Abenteuer in der alten Burgruine

Abenteuer in der alten Burgruine

Heike Scholze

Die Deutsche Nationalbibliothek verzeichnet diese Publikation in der Deutschen Nationalbibliografie; detaillierte bibliografische Daten sind im Internet über dnb.dnb.de abrufbar.

© 2023 Heike Scholze

Herstellung und Verlag: BoD – Books on Demand, Norderstedt

ISBN: 9783756898633

Inhalt

Kapitel 1 – Wiedersehen

Genau ein Jahr war es her - ihr großes Abenteuer in Köln. Julia hing ihren Gedanken nach, während die letzte Stunde Englisch vor den Ferien begann. Ein ganzes Jahr hatte es gedauert, bis sie sich jetzt endlich wiedersehen würden. Einiges war dazwischengekommen und so hatten sie viel telefoniert und geschrieben. Sie und Andreas, Sophie, ihre beste Freundin und Tobias. Sie hatten sich in einem Hotel in Köln kennengelernt und gemeinsam ein altes Rätsel auf einem Schloss gelöst. Julia seufzte, „ach, der gute alte Wilhelm", er hatte ihnen eine spannende Zeit bereitet und diese verging damals wie im Flug. Der Abschied war verwirrend gewesen, denn Andreas hatte das ausgesprochen, was er fühlte. Er mochte sie sehr und auch sie fühlte sich zu ihm hingezogen. Die Schmetterlinge in ihrem Bauch hüpften. Morgen, morgen werde ich ihn endlich wieder sehen, dachte Julia. „Au", entfuhr es ihr. Sophie hatte sie in die Seite geboxt, denn die Lehrerin hatte Julia aufgerufen. Das hatte sie gar nicht bemerkt.

„Sie fragt, was du in den Ferien machst", zischte Sophie.

„Oh", Julia überlegte kurz, „Freunde treffen", war ihre Antwort.

Die Lehrerin schien zufrieden und sie hing wieder ihren Gedanken nach. Eigentlich wollten sie sich im vergangenen Jahr noch in der zweiten Hälfte der Sommerferien bei Sophie zu Hause treffen. Es war schon alles geplant, da bekam Sophie solche Bauchschmerzen, dass sie sich bald von ihrem Blinddarm trennen musste. Das Treffen fiel ins Wasser, so sehr das alle bedauerten. Auch in den nächsten Ferien kam immer etwas dazwischen. Erst musste Tobias arbeiten, dann war erst Julia und darauf Sophie im Urlaub. Aber diesmal, so hoffte Julia, würde alles klappen.

Sophie plagten ganz andere Sorgen. Ihr Zeugnis war wieder nicht so gut ausgefallen, wie sie es sich vorgestellt hatte. Kein Vergleich zum letzten Jahr, wo sie die Versetzung nur gerade mal so geschafft hatte. Aber so richtig durchgestartet war sie immer noch nicht. Warum musste man Abitur machen? Sie hasste diesen Lernkram und wäre viel lieber mit der Mittleren Reife abgegangen um ihren momentanen Traumberuf, Köchin, zu erlernen. Ihre Mutter war davon nicht begeistert. Im Gegenteil, der sogenannte Traumberuf fand bei ihrer Mutter eigentlich kein Gehör. Nur weil Sophie seit einem halben Jahr Spaß am Kochen und Backen entwickelte konnte Barbara nicht erkennen, dass das der sogenannte Traumberuf war. So einigte man sich darauf, dass Sophie das Abitur absolvieren und danach eine Ausbildung beginnen würde. Insgeheim hatte ihre Mutter gehofft, dass sich in den drei Jahren bis zum Abitur der Berufswunsch ihrer Tochter noch mal ändern würde. Nun würde sie also ein weiteres Jahr vergeuden, um ihrem Traumberuf näher zu kommen. Irgendwie war es ungerecht. Bei ihr waren alle Möglichkeiten offen und sie musste dieses blöde Abitur machen. Sie überlegte, ob sie noch einmal mit ihrer Mutter sprechen sollte. Immerhin hatte sie nach dem Auffinden des Schatzes von Wilhelm zu Auersbach im letzten Jahr einen beträchtlichen Finderlohn erhalten, der selbst nach der Aufteilung durch vier Personen noch sehr beachtlich war. Es war ein gutes Startkapital ins Erwachsenenleben.

Endlich blinkte es und sie konnten das Schulgebäude verlassen. Auf dem Nachhauseweg fuhren sie zunächst bei Julia vorbei, um ihre Sachen zu packen. Sie sollte die drei Wochen, die die Jungs nun zu Besuch kamen, bei ihr wohnen. Bei Sophie gab es genug Platz für alle und so hatten sich die Mütter darauf geeinigt, dass Julia für die Zeit zu Sophie zog.

„Wie soll denn das Wetter in den nächsten Tagen werden?", fragte Julia.

„Was hast du denn für Sorgen?", gab Sophie zurück.

„Gut, dann frage ich anders herum: Wollen wir schwimmen gehen oder sonst irgendwas, wozu ich Badesachen, Handtücher, kurze Hosen oder ähnliches brauchen werde?"

„Moment", meinte Sophie, „ich schaue mal in die Wetter-App."

Es dauerte einige Zeit, bis Sophie sich für eine brauchbare Temperatur entschieden hatte, was der Vorteil von mehreren Wetter-Apps ist!

„Du kannst die Badesachen und kurze Hosen einpacken. Nach meiner favored Wetter-App bleibt es weiterhin schön warm."

Nachdem sie alles verpackt hatte, war Julias Koffer so schwer, dass sie Mühe hatten, ihn die Treppe herunter zu tragen. Zum Glück ließ er sich ziehen und so waren sie doch ohne größere Probleme bald bei Sophie angekommen.

„Eigentlich hätten wir auch eine kleinere Tasche packen können", meinte Julia. „Ich kann ja jederzeit zu Hause Nachschub holen."

„Und das sagst du erst jetzt", ereiferte sich Sophie und begann, das Bett für Julia zu beziehen. „Komm! Wir müssen uns beeilen, die Betten der Jungs müssen auch noch bezogen werden."

„Wann wollen die denn kommen?", fragte Julia.

„Also Tobias hat gestern noch mal geschrieben, dass sie gegen Mittag losfahren werden. Sie brauchen circa gute eineinhalb Stunden und so denke ich, dass sie spätestens zur Kaffeezeit hier sein werden."

„Hast du dir eigentlich schon mal überlegt, was wir mit denen den ganzen Tag machen wollen?", grübelte Julia plötzlich. „Klar können wir hier mal durch unsere Kleinstadt spazieren gehen, Eis essen..."

„Kino, Schwimmbad, Radfahren...", fügte Sophie hinzu, „Aber stimmt, so richtig was Spektakuläres, wie in Köln, haben wir hier sicher nicht zu bieten."

„Mach dir keine Gedanken", Julia lächelte, „wir werden die Zeit schon herumbekommen."

„Das kann ich mir auch ganz genau vorstellen", Sophie machte Bewegungen, die eine Knutschszene nachstellen sollte.

„Du bist so was von blöd", ereiferte sich Julia und trotzdem tanzten die Schmetterlinge in ihrem Bauch Samba. Es klingelte. Die Mädchen schauten sich an und rannten gemeinsam die Treppe hinunter. Sophies Mutter hatte bereits die Tür geöffnet und da standen sie etwas verlegen im Hausflur. Julia rannte auf Andreas zu, Sophie auf Tobias.

„Ihr habt doch gesagt, dass ihr erst mittags losfahren werdet", bemerkte Sophie.

„Das lag nur an Tobias. Wir wussten nicht, ob er heute Morgen noch mal arbeiten muss. Aber dann brauchte er nicht mehr arbeiten et voilà, da sind wir...", grinste Andreas.

Stille. Komisch, dachte Sophie. Nun hatten sie sich wochenlang auf die Jungs gefreut und jetzt wussten sie nicht, was sie miteinander reden sollten.

Sophies Mutter brach das Eis. „Nun stellt erst mal eure Taschen hier im Flur ab und kommt herein. Möchtet ihr etwas trinken?"

Nachdem die Gläser gefüllt und ein kleiner Snack auf dem Tisch stand, war der Bann gebrochen. Sie redeten und redeten, so viel gab es zu erzählen. Sophies Mutter hatte den Jungs das Du angeboten, eine Weile mit geplaudert und sich längst zurückgezogen als Julia auffiel, was sie noch erledigen mussten. Die Jungs nahmen ihre

Taschen und gemeinsam gingen sie nach oben. Sophie brachte Bettlaken und sie bezogen die Betten. Danach packten die Jungs ihre Koffer aus, während Sophie und Julia sich um das Mittagessen kümmerten. Sophies Mutter hatte eine Hackfleischsoße gekocht, die die Mädchen nur noch erwärmen mussten. Dazu kochten sie Nudeln, während die Jungs den Salat anmachten und den Tisch deckten. Als alle satt waren fragte Tobias: Was wollen wir unternehmen?"

„Gute Frage", stimmte Andreas zu.

Die Mädchen sahen sich an und Sophie begann: „Wir haben bisher noch keinen Plan erstellt, was wir alles machen können. Ihr könnt euch vorstellen, dass in einer Kleinstadt wie dieser das Angebot an Unternehmungen nicht ganz so groß ist, wie bei Euch in Köln. Wir haben ein Schwimmbad, wir könnten Fahrrad fahren oder wollt ihr Eis essen gehen?"

„Eis essen klingt wunderbar", Tobias zwinkerte den Mädchen zu. „Aber eigéntlich würde ich gerne erst mal etwas unternehmen, bevor ich mich wieder setze. Immerhin haben wir längere Zeit im Auto gesessen. Habt ihr denn genügend Fahrräder?"

Sophie schaute Julia an, die den Kopf schüttelte. „Darüber haben wir gar nicht nachgedacht. Wir brauchen ja vier Räder insgesamt. Mist. Ich frage nachher mal meine Mum, ob wir ihr Fahrrad haben dürfen und wenn deine Mutter uns ihres auch zur Verfügung stellt, dann könnten wir mit dem Fahrrad fahren."

„Wie wäre es mit einer Runde Minigolf und der Verlierer lädt die Gewinner zum Eis essen ein?", meldete sich Sophie. „Wir haben eine schöne Anlage draußen im Grünen."

Das fand allgemeine Zustimmung und so machten sich die Vier auf den Weg.

„Wollen wir Jungs gegen Mädchen spielen oder Pärchen?", fragte Andreas und schaute Julia an. Sie wollte gerade erwidern, als Sophie rief: „Jungs gegen Mädchen, ist doch klar!"

Zunächst führten die Jungs, aber schließlich siegte der Vorteil, dass die Mädchen die Bahnen schon oft bespielt hatten. Knapp gewannen sie vor den Jungs. Sophie lächelte und freute sich auf das Eis. Im Eiskaffee angekommen mussten sie zunächst warten, da alle Tische besetzt waren. Gerade als sie überlegten, ob sie lieber eine Eiswaffel nehmen und damit Richtung Auto gehen wollten, wurde ein Tisch frei. Nachdem alle ihre Bestellung aufgegeben hatten, lehnte sich Andreas zurück und schaute die Mädchen an.

„Was habt ihr mit dem Finderlohn gemacht", wollte er wissen.

„Angelegt", meinte Julia und Sophie sagte: „Noch nicht angerührt. Warum?"

„Ich überlege, ob ich mir davon ein schickes Auto kaufen soll, aber Tobias rät ab. Mein Auto ist noch nicht so alt. Schick ist es trotzdem nicht.

„Ich finde, man sollte es nicht einfach verprassen", gab Tobias zu bedenken und die Mädchen nickten.

„Ihr seid ganz schön spießig", grinste Andreas und nahm das Eis von der Kellnerin entgegen.

„Ich möchte mir davon den Führerschein und danach ein Auto leisten", erklärte Tobias. „Aber natürlich zunächst kein neues und schon gar kein schickes Auto, denn als Anfänger muss man doch mal mit einer Beule rechnen."

„Mir geht es auch so", meinte Sophie. „Führerschein, Auto und vielleicht mal einen tollen Urlaub."

Der Nachmittag verging wie im Flug. Sie holten die Räder bei Julia. Nach dem diese auf ihre Körpergröße eingestellt waren, fuhren sie ein bisschen durch die Stadt, um den Jungs die Fußgängerzone, das Kino und das kleine Einkaufszentrum zu zeigen. Im Park am Fluss machten sie Rast und kamen gerade pünktlich zum Abendessen wieder nach Hause. Sie waren richtig ausgehungert und fielen über das Brot und die Wurst regelrecht her. Zweimal musste Sophies Mutter Brot nachschneiden, dann waren alle gesättigt. Sie erzählten ihr, was sie den Tag unternommen hatten.

„Was macht ihr morgen?", wollte sie wissen.

„Wir haben uns noch nicht darüber unterhalten", meinte Sophie.

„Wie wäre es mit einem Stadtbummel", schlug Sophies Mutter vor. Die Jungs rollten die Augen.

„Wir waren heute doch schon mit den Rädern in der Stadt, viel mehr kann man auch bei einem Bummel nicht sehen", besänftigte Julia.

„Wir könnten nach dem Frühstück ins Schwimmbad fahren, das Wetter soll toll werden", meinte Andreas.

„Oder ihr packt einen Picknickkorb und fahrt zur alten Burgruine", schlug Sophies Mutter vor.

„Ja klar, dass mir das nicht früher eingefallen ist", Sophie schlug sich vor den Kopf.

„Was ist das für eine Ruine", wollte Tobias wissen.

„Ach, eigentlich nichts Besonderes", begann Sophie. Meine Mutter und ich waren früher schon immer mal sonntags dort. Haben einen Picknickkorb gepackt, das alte Gemäuer ein bisschen durchstreift und dort ein paar Stunden verbracht. Schon als ich ganz klein war, kam sie mit mir dorthin. An einem besonders heißen Tag, wir waren eigentlich gerade im Aufbruch, kam plötzlich ein Sturm auf".

„Ja, jetzt erinnere ich mich auch", stimmte Sophies Mutter zu. „Gerade hatten wir noch geschwitzt und auf einmal fröstelten wir, es wurde richtig dunkel."

„Na ja, auf jeden Fall haben wir Schutz gesucht im alten Gemäuer, wir wollten nicht unbedingt nass werden", erzählte Sophie weiter. „Der alte Turm ist nicht komplett kaputt, es ist zumindest im unteren Teil noch ein Stück Decke vorhanden, also suchten wir dort Schutz."

„Es war niemand mehr da, keine Besucher, irgendwie hatten wir die Zeit vertrödelt oder es war uns nicht aufgefallen, dass es plötzlich leer war", warf Sophies Mutter ein.

„Genau! Und während wir dort standen und auf den großen Regen warteten, habe ich mich ein bisschen umgesehen. In der Ecke war ein Ring im Boden eingelassen. An dem habe ich mal gezogen und als sich die Bodenplatte bewegte, hat meine Mutter mir geholfen. Wir haben also die Platte zur Seite geschoben, die war ganz schön schwer. Zum Vorschein kam eine Treppe, die in ein unteres Gewölbe führte."

„Ja und dann?", Julia hing förmlich an Sophies Lippen. „Das hast du mir noch nie erzählt."

„Viel mehr gibt es darüber auch nicht zu erzählen. Wir haben uns nicht getraut, nach unten zu gehen und die Platte wieder ordnungsgemäß zurückgeschoben. Am nächsten Tag habe ich in der Gemeinde angerufen und mal ganz vorsichtig gefragt, ob dieses unterirdische Gewölbe bekannt ist. Da habe ich von der Gemeindesekretärin gesagt bekommen, dass mich das nichts anginge, aber der Bürgermeister und die Behörde wüssten von der Existenz des Gewölbes. Als wir das nächste Mal einen Ausflug dorthin unternommen haben, sind wir natürlich wieder in den alten Turm. Wir hatten etwas Ausrüstung dabei: Taschenlampen, ein Seil, schützende Kleidung. Wir wussten genau, wo die Bodenplatte war, aber ihr werdet es nicht glauben. Dort war kein Ring mehr und die Platte war fest verschlossen", Sophies Mutter schaute von einem zum anderen.

„Das hat sie, äh, ich meine dich nicht stutzig gemacht, Barbara?", fragte Tobias Sophies Mutter nach einer kurzen Pause.

„Natürlich schon. Aber was hätten wir tun sollen?"

„Die Polizei einschalten", überlegte Julia.

„Was hätten wir sagen sollen?", erwiderte Sophies Mutter. „Dass wir ein Gewölbe gefunden haben, das bestimmt vor uns schon viele andere entdeckt hatten und das man nun fest verschlossen hatte? Die hätten uns bestimmt ausgelacht. Vielleicht diente es auch nur der Sicherheit, damit keiner dort unten hineinfällt, sich verirrt oder sich versehentlich einschließt. Trotzdem ärgert es mich noch heute, dass wir damals nicht runter gegangen sind. Bestimmt gibt es dort unten einiges zu entdecken."

Sie schaute entzückt in die Ferne. Sophies Mutter Barbara war bei den Ausgrabungen damals in Köln dabei gewesen. Sie war als Architektin tätig, sollte dort einen Neubau mitgestalten und überwachen. Ein paar Tage ging am Bau in Köln nichts vorwärts, weil die Ausgrabung Vorrang hatte. Sie interessierte sich sehr für alte Häuser und Schlösser. Die Baustiele aus den früheren Jahrhunderten faszinierten sie. Aber alte Kirchen, Burgen und Schlösser mit ihren geheimen Gängen, die hatten etwas magisches, fand sie. Sie seufzte, leider hatte ihre Tochter so gar nichts von ihrer Vorliebe geerbt.

„Wir sollten uns auf jeden Fall vorbereiten", schlug Andreas vor und festes Schuhwerk, Taschenlampen und vielleicht etwas mitnehmen, womit wir eine schwere Platte heben können."

„Das ist keine gute Idee", gab Barbara zu bedenken. „Wenn euch jemand dabei sieht, könnte man euch wegen Hausfriedensbruch anzeigen."

„Dann müssen wir eben hin, wenn uns eigentlich keiner sehen kann", sie schauten Tobias fragend an. „Ja nachts!"

„Ohne mich", schauderte Sophie. „Ich finde es bei Tag schon gewöhnungsbedürftig, wenn nicht so viele Besucher da sind. Aber nachts bekommen mich da keine zehn Pferde hin."

„Gut, dann ohne Sophie", erklärte Andreas, „du musst ja nicht mit".

„Das können wir nicht machen", meinte Tobias und sah Sophie an. „Wir fahren morgen früh los, nehmen den Picknickkorb mit und schauen uns gründlich um. Vielleicht finden wir noch eine andere Möglichkeit, möglichst unauffällig in die alten Gewölbe vorzudringen." Sophie schaute ihn lächelnd an. Barbara verabschiedete sich, sie musste am nächsten Morgen sehr früh aufstehen und die Vier wollten noch einen spannenden Film schauen.

Am nächsten Morgen nach dem Frühstück zogen sie mit den Rädern los. Sie radelten zunächst durch einen schönen Park, fuhren durch die Innenstadt und kamen nach weiteren fünf Minuten an der Burgruine an. Sie stellten die Räder ab und schauten sich um. Tobias und Andreas bewunderten zunächst die Gegend. Obwohl die Burgruine nicht hoch gelegen war, hatte man einen schönen Blick auf die Stadt. Da einige Besucher ebenfalls auf dem Gelände herumstreiften, entschlossen sie sich, erst mal die Picknickdecke auszubreiten und sich ins Gras zu legen. Sie unterhielten sich, tranken ihren mitgebrachten Saft und Sophie erklärte ihren Freunden ein bisschen die Gegend.

„Dort hinten, wo der Turm ist, grenzt noch ein Gebäude an oder besser gesagt, es war mal ein Gebäude. Heute stehen nur noch die Mauern, Bäume und Gras wächst darin." Sie drehte sich um. „Dort seht ihr die große Kirche, an der wir vorhin vorbei gefahren sind. Daneben steht das Rathaus und ganz da drüben, da wohnen wir."

„Warum ist dir der alte Turm so unheimlich?", fragte Tobias.

„Ich kann es dir nicht sagen", Sophie überlegte. „Wenn die Sonne scheint, ist es hier gut beleuchtet. Aber komm´ mal an einem trüben Tag hierher. Dann ist es so dunkel, das ist schon unheimlich. Die großen Bäume hier im Park schlucken viel Tageslicht."

Die Zeit verging schnell und so war es Mittag geworden. Außer einem Pärchen in ihrem Alter war niemand mehr auf dem Gelände. Sie packten die Picknicksachen ein, nahmen ihre Rucksäcke und schlenderten zum Turm. Im Inneren angekommen fröstelten sie leicht, denn hier war es kühl. Der Turm hatte den Umfang eines sehr großen Wohnzimmers. Keine Innenwände trennten hier Bereiche ab. Auf einer Seite war eine Treppe angebracht, die nach oben führte. Sophie erklärte ihren Freunden, dass oben ein weiteres Stockwerk unter freiem Himmel war. Alle weiteren Decken waren im Laufe der vielen Jahre zusammengebrochen und verfallen. Im Winter war die Treppe gesperrt, da man leicht darauf ausrutschen konnte. Ein Geländer gab es ohnehin nicht mehr.

„Wo ist die Falltür?", fragte Tobias.

„Hier ungefähr am Fuße der Treppe", Sophie zeigte auf eine große Platte. Sie kamen näher und betrachteten diese.

„Seht her!", sie deutete auf ein Loch in der Platte. „Hier war der Ring eingelassen, den man entfernt hat."

„Die Platte lässt sich keinen Zentimeter bewegen", gab Andreas zu bedenken. Irgendwie scheint sie mir auch versiegelt. Man kann nirgendwo einen Hebel ansetzen, um die Platte hoch zu heben."

„Vielleicht, wenn ich mit meinem Taschenmesser mal an der Kante entlang gehe", überlegte Tobias. „Julia oder Sophie einer von euch sollte Schmiere stehen, findet ihr nicht?"

„Das mache ich", erklärte Sophie und ging nach draußen. Sie machte ein paar Fotos von der Umgebung. Es war nichts los. Um die Mittagszeit saßen die Touristen sicher in einem Restaurant und die anderen mussten arbeiten. Nur da hinten schlurfte ein älterer Mann in Arbeitskleidung auf den Turm zu.

„Beeilt euch", zischte sie. „Wir bekommen gleich Besuch."

Andreas und Tobias verwischten die Spuren und gemeinsam stiegen sie die Treppe nach oben in den ersten Stock. Sie waren gerade oben angekommen, da trat der Mann in den Turm.

„Irgendwie sieht der nicht so aus, als ob er die Ruine besichtigen wollte", meinte Julia.

„Da hast du Recht", stimmte Andreas ihr zu. „Aber was will er dann hier?"

„Wir sollten das von hier oben beobachten", meinte Sophie.

„Wie willst du das anstellen?", fragte Tobias.

„Ganz einfach, du stellst dich genau an den Treppenabsatz, fotografierst die Landschaft aus dem Fenster hier und ich stehe neben dir. Von unten kann man mich dann nicht gut sehen, aber ich kann zumindest schauen, ob er die Falltür inspiziert", meinte Sophie.

„So machen wir das, mein Mädchen, wobei, viel wirst du von deinem Platz nicht sehen können.", grinste Tobias sie an und begann zu fotografieren.

Leider hatte Tobias Recht. Sie konnte durch die Dunkelheit den unteren Teil des Turms schlecht einsehen und von der Platte war nur eine kleine Ecke auszumachen. Der Mann ließ sich leider nicht blicken. Nach einer Weile entschieden die Vier, dass sie wieder nach unten gehen wollten. Sie würden an dem Mann einfach vorbei gehen und schauen, was es so Wichtiges in dem alten Turm gab, das er so lange brauchte, um ihn zu besichtigen. Die Tür konnten sie von hier oben recht gut überblicken und bisher war er nicht wieder herausgekommen. Es dauerte einen Moment, bis sich ihre Augen wieder an die Dunkelheit unten gewöhnt hatten doch da war nichts. Kein Mann oder sonst ein Besucher war in dem unteren Teil des Turmes.

„Wo ist der hin?", überlegte Andreas laut.

„Der kann nicht raus sein, ich habe den Zugang gut im Blick gehabt. Da war niemand", erklärte Julia, rannte nach draußen und schaute sich um. „Da ist er auch nicht."

„Wahrscheinlich haben wir nicht richtig aufgepasst und er ist gleich am Anfang wieder raus", das war Sophies Stimme. „Auf jeden Fall konnte er sich wohl kaum in Luft auflösen."

„Merkwürdig", meinte Andreas. „Lasst uns noch mal genau die Wände und Bodenplatten anschauen. Ich habe so ein komisches Bauchgefühl."

Sie suchten noch eine ganze Weile, verloren dann doch die Lust, denn sie konnten nichts Verdächtiges finden. In der Zwischenzeit hatten sie Hunger bekommen und breiteten die Picknickdecke erneut aus. Sie aßen schon eine ganze Weile, da kam ein älterer Herr aus dem Turm heraus. Sophie hätte sich beinahe verschluckt und auch Julia starrte in Richtung des Turmes, als hätte sie ein Gespenst gesehen.

„Was ist, was habt ihr?", fragte Tobias und wollte sich gerade umdrehen.

„Nicht!" zischte Sophie. „Ihr werdet nicht glauben, wer gerade aus dem Turm herausgekommen ist. Unser Mann. Jetzt wird die Sache aber langsam komisch."

„Vielleicht ist er wieder rein, als wir auf dem Weg zu unserem Picknickplatz waren", überlegte Tobias.

„Kann schon sein, hinten haben wir keine Augen und trotzdem, wo war er dann die ganze Zeit?", Julia biss wieder in ihr Brötchen und meinte mit vollem Mund: „Ich schlage vor, wenn wir gegessen haben, schauen wir uns noch einmal um, sobald der Herr weg ist."

Sie warteten noch eine ganze Weile um sicherzugehen, dass sie ihm bei ihren Recherchen nicht begegnen würden. Als sie ihren Picknickplatz aufgeräumt hatten, gingen sie langsam zum Turm zurück.

„Schaut euch die Wände ganz genau an", schlug Tobias vor. „Wir wissen von Wilhelm, was man alles an Mechanismen einsetzen kann, die man auf den ersten Blick nicht sieht."

Sie hatten sich jeder in einen Teil des Turmes zurückgezogen und betrachteten die Wände sehr ausführlich. Alte Mauern halt, wie man sie im Mittelalter gebaut hatte. Mehr gab es nicht zu sagen. Hier und da ein wenig uneben aber kein Knopf oder Hebel weit und breit.

„Ich glaube, das wird nichts. Wir haben einfach nicht aufgepasst. Der schaut hier vielleicht wirklich nach dem Rechten ist raus aus dem Turm, als wir es nicht bemerkt haben und wieder rein, als wir auf dem Weg zum Picknick waren. Ich kann sonst keine Erklärung finden", ereiferte sich Sophie.

„Ist schon gut, Sophie. Du brauchst nicht gleich in eine miese Stimmung zu verfallen. Ich glaube, du hast recht und wir sollten jetzt was anderes unternehmen", meinte Tobias.

Julia und Andreas schauten sich an, sie nickte ihm zu.

„Ich schlage vor", meinte Andreas, „du und Sophie, ihr fahrt schon mal zum Eissalon und sucht euch ein schönes Plätzchen. Julia und ich, wir schauen noch einen Moment weiter und kommen dann nach. Ist euch das recht?"

Erst wollte Sophie protestieren. Doch als sie in Julias Augen schaute, die vor Freude leuchteten, traute sie sich nicht, zu maulen.

„Gut! So machen wir das", sagte sie und nickte Tobias zu. Gemeinsam gingen sie zu den Fahrrädern.

Julia und Andreas vertieften sich wieder in ihre Suche und unterhielten sich dabei. So bemerkten sie nicht, dass nach einer Weile der ältere Herr wieder zur Tür hereintrat. Er musste sie schon eine Weile beobachtet haben, als er sich räusperte. Die Beiden erschraken.

„Könnt ihr mir erklären, was ihr hier sucht?", seine Stimme klang laut und unfreundlich.

Julia und Andreas überlegten fieberhaft nach einer Ausrede als Julia ganz frech meinte: „Wir suchen den Hebel, der die Geheimtür öffnet."

Andreas Mund blieb offenstehen und der Alte zuckte zusammen. „Wie kommt ihr darauf, dass es hier eine Geheimtür geben könnte?"

„Ach!", meinte Julia gleichgültig. „So was gibt es doch in jedem alten Gemäuer oder etwa nicht? Aber ich kann sie beruhigen. Wir haben mit unseren Freunden nur gewettet, wie viele Steine in diesem alten Turm verbaut sind. Jeder hat eine Zahl auf einen Zettel geschrieben. Der Gewinner wird von den Verlierern zum Essen eingeladen und nun wollen wir zumindest annähernd herausfinden, wie viele Steine hier verwendet worden sind", sie lächelte ihn an.

Seine Stimme klang schon etwas milder als er sagte: „Dann lasst euch nicht weiter stören, aber macht mir nichts kaputt."

Er wollte gerade zur Tür hinausgehen, da fiel Julia noch etwas ein: „Was machen sie eigentlich hier?"

Nun grinste der Alte: „Ich wüsste zwar nicht, was dich das angeht, aber ich schaue hier nach dem Rechten. Es kommen nicht nur Leute hierher, die die Steine in den Mauern zählen wollen. Ich wünsche euch gutes Gelingen."

„Puh!", seufzte Andreas, als der Alte außer Hörweite war. „Du warst absolut cool. Das könnte ich nicht. Mir ist das Herz in die Hose gerutscht, als er dastand."

„Und ich dachte nur, Frechheit siegt", lachte Julia und sie suchten weiter.

Als sie auch nach einer weiteren halben Stunde nichts Auffälliges entdeckt hatten, kam Andreas zu ihr. Er strich ihre Haare aus der Stirn und meinte: „Ich glaube, wir haben uns ein richtig großes Eis verdient, findest du nicht?"

Für einen Moment blieb Julia die Sprache weg und sie wünschte sich nichts mehr, als das er sie in den Arm nehmen würde. Aber das tat er nicht. Stattdessen wartete er ihre Antwort nicht ab und drehte sich um.

„Doch, haben wir", meinte sie und sie gingen zu ihren Rädern, um damit zum Eissalon zu fahren.

„Was hat denn da so lange gedauert?", wollte Sophie wissen, als sie ihre Räder angeschlossen und sich zu ihnen gesetzt hatten.

Nachdem Julia den Beiden von der Rückkehr des Alten berichtet hatte, bestellte sie sich ein großes Eis.

„Der macht einen absolut komischen Eindruck auf mich", gab Sophie zu bedenken.

„Auf mich auch", stimmte Tobias zu.

„Ach eigentlich war er nachher ganz freundlich", meinte Andreas. „Aber hast du gesehen, wie er zusammengezuckt ist, als du das von der Geheimtür gesagt hast?", er schaute Julia an.

Die lächelte ihn an und meinte: „Ja, das ist mir auch aufgefallen. Ich bin schon der Meinung, dass wir nach unserer Stärkung hier noch einmal zur alten Burgruine fahren sollten."

„Nur mal so fürs Protokoll", das war unverkennbar Sophie. „Für was soll das gut sein? Was meint ihr, was wir suchen wollen? Ich habe nicht schon wieder Lust, im Dreck oder sonst wo herum zu wühlen."

„Wir suchen nichts Genaues", besänftigte sie Tobias. „Auf der anderen Seite macht es doch Spaß.

„Euch vielleicht", warf Sophie ein und Tobias fuhr fort: „So haben wir ein Ziel und wer weiß, vielleicht gibt es in dem alten Gewölbe wirklich etwas, was interessant ist. Ich bin also dafür, dass wir weitermachen."

Julia und Andreas nickten und Sophie gab sich geschlagen. Nach ihrer Pause schwangen sie sich wieder auf ihre Fahrräder und fuhren zunächst an dem kleinen Bach entlang, der durch die Stadt fließt. Die Sonne schien und Julia hielt an, um ihre Jacke auszuziehen und sie in ihre Radtasche zu verstauen. Dann setzten sie ihre Fahrt zur Burgruine fort. Es war mittlerweile nach zwei Uhr mittags und einige Touristen schlenderten durch die verfallene Ruine. Kinder nutzten die flachen Mauern als Spielfläche. Sie schlossen die Räder an und schlenderten über das Gelände. Am Vormittag hatten sie nur den Turm angeschaut und einen Blick in das verfallene, angrenzende Gebäude geworfen. Nun spazierten sie durch das gesamte Areal. Der Turm und auch das Gebäude standen, von der Auffahrt aus gesehen, auf der rechten Seite. Eine intakte Mauer umschloss den gesamten Bereich, der als kleiner Hang abfiel und den Blick nach vorne, auf die Stadt, frei gab. Zwischen den halb verfallenen Gebäuden musste es früher noch weitere Gebäudeteile gegeben haben. Bei ihrer Erkundung schauten sie sehr genau, ob die im Boden vereinzelt erhaltenen Bodenplatten einen Einlass in das Gewölbe freigaben. Als sie am hinteren Teil der Burg angekommen waren konnte man diese durch einen kleinen Tunnel nach draußen wieder verlassen.

„Wo geht es da hin?", fragte Tobias.

„Keine Ahnung", erwiderte Sophie. „Bisher bin ich immer nur bis zum alten Turm gekommen, wir haben hier oben gepicknickt und dann sind wir zurückgefahren.

„Na, dann lohnt sich sicher ein kleiner Abstecher nach draußen", lächelte Andreas.

Der Weg schlängelte sich idyllisch durch einen Waldabschnitt parallel zur Innenstadt, oben auf der Höhe der Burg. Man sah, dass der Weg weder oft benutzt noch gepflegt wurde. Ruhig war es hier, es drangen kaum Geräusche aus der Stadt hoch, so dicht war der Wald an dieser Stelle bewachsen. Sie gingen eine ganze Weile, bis der Weg eine Biegung machte, sich von der Stadt entfernte und etwas nach unten abfiel. Nun waren sie hinter dem Turm angekommen. Sie schauten hier auf eine ungefähr drei Meter hohe Mauer, die mit dem Turm und dem angrenzenden Gebäuderest verbunden war. Der Hang war mit Bäumen zugewachsen und schwer zugänglich. Unterhalb des Turmes, im Mauerteil war eine Öffnung zu sehen. Vermutlich von einem Kerker oder ähnlichem. „Ob das unsere Eintrittskarte für den Gewölbekeller ist?" meinte Andreas. „Wie sollen wir denn überhaupt dorthin kommen?", überlegte Julia. „So einfach wird es nicht werden", erklärte Tobias. „Der Hang ist doch recht steil und selbst wenn wir bis zur Mauer vordringen, kommen wir vermutlich ohne Leiter nicht an das Mauerloch.

„Ich finde, wir sollten oben noch einmal gründlich nachsehen", Sophie hatte die Stelle fotografiert. „Nur wenn uns nichts mehr anderes übrigbleibt, sollten wir diese Variante in Erwägung ziehen."

Sie nickten und machten sich auf den Rückweg. Als sie in die Burg eintraten, waren die Eltern mit ihren Kindern verschwunden. Nur noch vereinzelt sah man Besucher umhergehen.

„Sollen wir uns weiter umschauen oder wollen wir heute noch etwas anderes unternehmen", Sophie schaute von einem zum anderen.

„Ich meine auch, es reicht heute. Wir können gerne wieder herkommen und weiter nachsehen. Von mir aus nehmen wir auch mein Auto und bringen eine Leiter mit", Andreas schaute in die Runde.

„Wer ist für schwimmen gehen?", Julia hob ihre Hand aber die anderen waren davon nicht so begeistert.

„Habt ihr denn schon überlegt, was wir später essen wollen?", erklärte Tobias.

Sophie schaute ihn entrüstet an: „Sag mal, denkst du nur ans Essen? Wir könnten später Reis mit…"

„Hähnchen machen", ergänzte Andreas. Dem stimmten alle zu. Sie fuhren zum nächsten Supermarkt, kauften die erforderlichen Zutaten und machten sich später zu Hause über die Kochtöpfe her. Der Reis kochte fast von alleine, die Jungs kümmerten sich um das Hähnchen und die Mädchen schnippelten die Zutaten für den Salat klein. Nach einer halben Stunde deckten sie den Tisch auf der Terrasse und nahmen Platz. Es schmeckte köstlich und erst da merkten auch Sophie und Julia, dass sie einen riesigen Hunger hatten. Nachdem sie auch den eingekauften Pudding zum Nachtisch verspeist hatten, lehnten sie sich in ihren Stühlen zurück und genossen den schönen Tag. Jeder hing ein bisschen seinen Gedanken nach und lauschte der Musik. Sophie hatte einen kleinen tragbaren

Lautsprecher mit ihrem Handy verbunden. Nach einer Weile meinte Julia: „Ich würde glatt noch einmal zur Burg fahren."

„Mit oder ohne Leiter?", Andreas schaute sie an.

„Von mir aus auch mit", gab sie zurück.

„Euch ist klar, dass wir sehr vorsichtig sein müssen. Dabei sollte uns möglichst niemand zusehen. Man nennt so was Hausfriedensbruch", gab Tobias zu bedenken.

„Genau das meine ich auch", erklärte Julia. Wenn wir da tagsüber hin spazieren, dann sind einfach zu viele Leute da. Wenn wir aber gegen Abend hinfahren, dürften die Touristen längst beim Abendessen sitzen und wir könnten ungestört nachsehen, ob es in dem Gewölbe etwas Spannendes gibt. Ich hätte schon Lust, wieder so eine interessante Geschichte zu erleben, wie im vergangenen Sommer."

Ihre Freunde nickten. Sophie ging mit Tobias in den Keller und sie holten eine Leiter hoch, die sie im Auto verstauten. Sie legten Sophies Mutter einen Zettel auf den Tisch, damit sie sich keine Sorgen machte und fuhren los. Unterwegs hielten sie noch einmal am Einkaufszentrum an. Andreas und Tobias wollten am Abend ein Bier trinken und Barbara hatte keines im Haus. Als sie herauskamen hatten sie auch Chips und weiteres Knabberzeug dabei.

„Uiii… das sieht nach einem gemütlichen Abend auf der Terrasse aus", meinte Julia und ihre Schmetterlinge tanzten mal wieder im Bauch. Die letzten Stunden hatten die mehr oder weniger geschlafen, kamen aber jetzt langsam wieder zu sich.

„Stimmt!", Sophie nickte. Wir könnten es uns so richtig gemütlich machen. Gute Musik…"

An der Burgruine angekommen schlenderten sie zunächst ganz unauffällig durch den Burghof. Auch im Turm und im Gebäudeteil war niemand mehr zu sehen. Andreas ging zum Auto zurück und holte die Leiter. Nachdem sie durch den Tunnel den Weg hinter dem Burgturm entlang gegangen waren, versuchten die Jungs sich einen Weg mit der Leiter zum Loch in der Mauer frei zu kämpfen. Die Mädchen blieben auf dem Weg zurück und schauten sich um, damit sie möglichst niemand beobachtete. Hier und da war das Gestrüpp ziemlich dicht und die Jungs zerkratzten sich Arme und Beine. Einmal blieb Tobias an einer besonders dornenreichen Hecke hängen. Zum Glück blieb das T-Shirt ganz. Als sie die Mauerstelle endlich erreicht hatten, stellten sie die Leiter auf. Sie schauten sich kurz an und entschieden sich dafür, dass Tobias, der Größere von beiden, nach oben stieg. Die Leiter reichte nur so weit, dass Tobias auf Zehenspitzen in das Innere schauen konnte. Er nahm die mitgebrachte Taschenlampe zu Hilfe und leuchtete hinein.

„Was siehst du?", fragte sein Freund neugierig.

„Bisher nichts Spektakuläres", gab Tobias zurück. „Ein Gang, Mauern und dort hinten vielleicht ein Raum oder so. Da müssen wir rein, um das näher zu beurteilen."

„Wir brauchen eine größere Leiter. Doch die bekommen wir auf jeden Fall nicht in mein Auto. Wenn wir doch nur wüssten, ob man diesen ursprünglichen Eingang reaktivieren könnte", Andreas hielt die Leiter fest.

„Mit Gewalt geht alles", Tobias kam wieder herunter und sprang die letzten zwei Stufen von der Leiter. „Aber definitiv nicht bei Tageslicht und am besten auch ohne die Mädchen."

„Das ist keine gute Idee, wenn wir den Mädchen nichts davon sagen", grummelte Andreas. „Zumindest Sophie wird uns fressen, sage ich dir."

„Wir können nachher, wenn wir alleine sind, noch einmal darüber sprechen – und kein Wort zu den Mädchen von unserem Plan", raunte Tobias seinem Freund zu während sie mit der Leiter zurück zu den Mädchen gingen.

„Und, was hast du gesehen?", Julia schaute Tobias fragend an.

„Nichts Interessantes", erklärte dieser. „Ein Gang, Mauern, vielleicht ein angrenzender Raum. Weiter reichte meine Taschenlampe und auch mein Blick nicht."

„Was schlagt ihr vor, wie sollen wir weiter vorgehen?", ereiferte sich Julia.

„Wir haben auch schon überlegt, was man machen könnte", fing Andreas an und Tobias ergänzte: „Es ist uns allerdings noch nichts Geistreiches eingefallen."

„Wo wir jetzt schon mal da sind und es so herrlich ruhig hier ist" begann Julia, „könnten wir doch noch einmal versuchen, die Bodenplatte zu heben."

„Viel Werkzeug habe ich leider nicht dabei", erklärte Andreas nickend. „Ich bringe die Leiter zum Wagen und schaue mal, was ich an Bordwerkzeug im Auto liegen habe."

Sie trafen sich im Turm wieder. Andreas hatte nur einen Klappspaten in der Hand.

„Mehr Werkzeug war leider nicht drin. Den Wagenheber und den Kreuzschlüssel habe ich zurückgelassen, glaube nicht, dass die Utensilien uns hier nützlich sein könnten."

24

Die Mädchen blieben draußen, um gegebenenfalls Tobias und Andreas zu warnen, sollte sich doch noch jemand zu späterer Stunde hierher verirren. Andreas hatte begonnen, die Bodenplatte mit dem Klappspaten zu bewegen. Diese tat ihm jedoch den Gefallen nicht.

„Als wäre sie fest verklebt oder vermauert, keine Ahnung, wie man so was zu macht, dass man es nicht mehr heben kann", stöhnte Andreas und gab Tobias den Spaten. „Versuch du mal dein Glück."

Tobias nahm Andreas den Spaten ab und versuchte die Fuge um die Bodenplatte weiter zu lockern. Auch er hatte keinen Erfolg. Sophie kam herein und wollte nachsehen, ob die Bodenplatte nachgegeben hatte. „Ich verstehe nicht, dass man diese Bodenplatte so fest zumauern kann", gab sie Andreas Recht. „Aber es ist die richtige Platte", bekräftigte sie noch einmal.

„Und wenn es doch einen Mechanismus gibt, der die Platte öffnet?", Julia stand im Türrahmen und versuchte an der Unterredung teilzunehmen.

„Möglich ist alles", Andreas kam auf sie zu und schaute sie an. „Ich kann mir aber nicht vorstellen, dass dieser Hebel oder Knopf oder was es auch immer sein mag, ganz wo anders angebracht ist. Hier haben wir doch einiges abgesucht und nichts gefunden."

„Ich werde jetzt mal alle Ziegel drücken und versuchen herauszuziehen. Mehr können wir im Moment sowieso nicht tun", ereiferte sich Sophie.

„Ich helfe dir", meinte Julia.

Andreas packte den Klappspaten zusammen und schaute den Mädchen und Tobias zu, wie sie die Ziegel drückten, daran zogen, versuchten sie zur Seite zu bewegen – aber nichts geschah. Er brachte den Spaten zum Auto und nahm seine Jacke heraus. Vorhin hatte er ganz schön geschwitzt und jetzt fröstelte ihn etwas. Gerade als er seine Jacke angezogen hatte, sah er ein kleines Licht in der Ferne, dass sich langsam aber stetig näherte. Er nahm sein Telefon aus der Hose und rief Tobias an. Danach setzte er sich ins Auto und wartete ab. Das Licht kam immer näher und als es in Sichtweite war, duckte sich Andreas nach unten. Er kam erst wieder hoch, als der Fahrradfahrer an seinem Auto vorbei geradelt war. Weiter hinten stellte er sein Fahrrad ab und kettete es an.

„Was die Person wohl hier macht", dachte er, als er sah, dass es sich um den älteren Herrn von heute Vormittag handelte. „Das ist interessant, da sollte ich vielleicht mal vorsichtig hinterher gehen."

Er stieg aus dem Auto aus und schloss leise die Tür. Der alte Herr war bereits die Auffahrt hoch gegangen und im Burghof verschwunden. So schnell es ging, lief Andreas hinterher. Als er oben angekommen war, sah er gerade noch, wie der Herr in dem Turm verschwand. Er schlich im Schatten der Mauern hinter ihm her und blieb kurz vor der Tür des Turmes stehen. Langsam ging er weiter und versuchte um die Ecke zu schauen. Der Alte war nicht da. Er wusste, dass seine Freunde sich nach seinem Anruf versteckt hatten. Nur wusste er nicht wo. Um die Aktion nicht weiter zu gefährden, schlich er vorbei und blieb hinter einem dicken Baum stehen. Von dort konnte er das Geschehen ganz gut beobachten. Es dauerte eine ganze Weile, dann kam der Alte wieder heraus. In der Hand hatte er eine Tüte, deren Inhalt augenscheinlich schwer war. Er schaute sich mehrfach um, bis er den Burghof verlassen hatte. Andreas Handy vibrierte. Mensch Alter, komm her, das musst du sehen" stand dort und er lief los.

Als er in den Turm trat sah er gerade noch, wie sich die Bodenplatte von Geisterhand verschloss. Seine Freunde grinsten, sagten aber nichts.

„Muss ich raten oder erzählt ihr es mir von euch aus?"

„Wir waren noch dabei", begann Tobias, „Ziegel für Ziegel zu bearbeiten, da kam dein Anruf. Die Mädchen beschlossen sich in das alte Gebäude nebenan zurück zu ziehen, während ich die Treppe nach oben bin. Ein Risiko, ich weiß, aber wenn wir etwas herausbekommen wollten, dann war das der einzige Weg. Und wenn, es ist ja auch nicht verboten, hier oben auf dem Turm zu stehen. Der Alte kam die Tür herein und ging zur Treppe. Dort drückte er einen Ziegel oder mehrere Ziegel in der Wand. Dann ging er zur Bodenplatte und trat auf die vier Zeichen, die du hier sehen kannst und siehe da, die Platte schob sich zur Seite. Als er weg war, haben wir den Ziegel an der Treppe recht schnell gefunden und es ausprobiert. Ist das nicht absolut cool?"

„Cool, ja. Absolut. Was hatte er dabei, als er wieder heraus kam?", fragte Andreas.

„Wie? Dabei? Das konnte ich von der Treppe aus nicht sehen."

„Er hatte eine Tüte in der Hand, als er aus dem Turm kam. Sie schien schwer zu sein", erklärte Andreas den anderen.

„Wir müssen da runter", ereiferte sich nun auch Julia.

„Ich finde, wir müssen im Moment nur sehen, dass uns hier keiner erwischt und dass auch der Rückweg gesichert ist", das war wie immer Sophies Stimme.

„Schon, aber versteh doch Sophie, wir müssen nachsehen", versuchte Julia ihre Freundin zu überzeugen.

„Ich muss nicht nachsehen, igitt", Sophie konnte nicht verstehen, dass ihre Freundin so Feuer und Flamme dafür war, in diesen Keller hinab zu steigen.

Einer muss eh hierbleiben, um den Rückweg zu sichern, wollte Andreas sagen, überlegte es sich dann doch anders. Laut sagte er: „Zwei sollten nach unten steigen und zwei hier oben bleiben, falls es Probleme geben sollte."

„Wollen wir das nicht auf morgen verschieben", fragte Sophie mit zaghafter Stimme. „Ich weiß nicht, ich finde es hier schon etwas gruselig und so langsam wird es auch dunkel."

„Schau mal Sophie", das war Tobias sanfte Stimme. „Wenn dann müssen wir heute Abend hier runter. Wir wissen definitiv, dass der Alte eben da war. Unter normalen Umständen kommt der heute nicht wieder. Morgen vielleicht schon. Heute sind wir sicher und finden hoffentlich auch etwas."

„Was glaubt ihr denn, was euch dort unten erwartet?", diesmal war es Julias Stimme, die etwas zaghaft klang.

„Keine Ahnung. Vielleicht hat der Alte dort unten einen Vorrat an Goldbarren angelegt. Können auch Drogen sein, die dort liegen. Ich weiß es nicht", meinte Andreas. „Aber ich bin gespannt. Julia, wollen wir beide nach unten gehen und du, Tobias, bleibst bei Sophie? Ich weiß, du würdest auch gerne mitgehen, aber die beiden Mädchen hier oben alleine zu lassen, während es in der Zeit unserer Abwesenheit dunkel wird, das halte ich für verantwortungslos."

„Da hast du Recht mein Freund, geht ihr, wir schauen, dass ihr heil wieder herauskommt. Wir geben euch eine Stunde, dann solltet ihr uns einen Zwischenbescheid signalisieren oder wieder hier sein, sonst…", das ließ er lieber offen.

Da sich die Bodenplatte in der Zwischenzeit wieder geschlossen hatte, öffneten sie diese nun noch einmal gemeinsam. Es klappte einwandfrei und so stiegen Julia und Andreas in das Gewölbe ein. Tobias und Sophie setzten sich auf die Treppe und unterhielten sich. Sie überlegten, was der Alte dort unten gelagert hatte.

„Sicher war es etwas Illegales, denn sonst hätte er es auch zu Hause verstecken können", meinte Sophie.

Tobias stimmte ihr zu.

„Es konnte aber auch möglich sein, dass er nicht alleine wohnte und das, um was es sich hier handelte, zu Hause nicht verstecken konnte", gab er zu bedenken.

Eine ganze Weile zerbrachen sie sich darüber den Kopf, dann wechselten sie das Thema.

„Ist dir auch aufgefallen, dass Julia Andreas anhimmelt?", fragte Sophie.

„Nicht nur Julia", meinte Tobias. „Ich glaube, auch Andreas findet Julia toll."

„Kann schon sein", gab Sophie zurück.

Dann schwiegen sie wieder und hingen ihren Gedanken nach.

„Glaubst du, die werden ein Paar?", Sophie schaute Tobias an.

„Wieso fragst du das?"

„Ich finde, sie passen gut zusammen", Sophie starrte in die Dunkelheit.

„Bist du eifersüchtig?", Tobias schaute Sophie an.

„Ach Quatsch!", sie schüttelte den Kopf.

Ehe Tobias noch etwas erwidern konnte, klopfte es von unten an die Platte. Er stand auf, drückte erst den Ziegel und dann die vier Fragmente auf der Platte. Sie fuhr zur Seite.

„Mensch Alter, ich denke, ihr seid weggegangen. Warum hört ihr denn nichts?", Andreas stiefelte zuerst nach oben und half dann Julia. „Wir klopfen schon bestimmt seit fünf Minuten."

„Wir haben es eben erst gehört, dabei war es hier sehr leise", meinte Sophie. „Und? Was gibt es dort unten spannendes?"

„Nichts!", Julia zuckte enttäuscht mit den Achseln. „Gänge, Mauern, Gänge, sieht fast ein bisschen aus, wie in Wilhelms altem Verlies."

„Kein Hinweis auf ein Versteck?", Tobias schaute Andreas ungläubig an.

„Nichts, aber auch gar nichts", meinte dieser. „Wir haben vermutlich noch nicht alles erkundet, wobei, so weitläufig wie bei Wilhelm ist es da unten nicht. Auf jeden Fall kein Schrank, kein Regal, nichts, wo man ein Depot vermuten könnte."

„Schade", Sophie Stimme klang ehrlich enttäuscht. „Dann lasst uns nach Hause fahren und uns noch ein bisschen auf die Terrasse setzen.

Die Anderen stimmten zu und eine halbe Stunde später saßen sie auf der Terrasse. Tobias und Andreas hatten sich ihr Bier geöffnet und die Mädchen tranken ein Glas Sekt. Es war sehr gemütlich. Gerade waren sie wieder bei ihrem Lieblingsthema angekommen. Was konnte der Alte dort unten versteckt beziehungsweise geholt haben. Das war schon eine komische Sache, da waren sich alle einig. Auch diese Bodenplatte war so genial bearbeitet worden. Jemand, der nichts von dem Gewölbe wusste, wäre nie auf den Gedanken gekommen, dass sich unter dem Fußboden etwas Derartiges befindet. Warum nur hatte man den Ring an der Bodenplatte entfernen und die Platte elektrisch antreiben lassen, wenn man das Gewölbe nicht zum Zweck der Besichtigung frei gegeben hatte? Irgendetwas stimmte da nicht, da waren sich die Vier einig. Julia lehnte an Sophie. Sie war müde, konnte kaum noch einen klaren Gedanken fassen und war die erste, die sich in Richtung Bad verabschiedete. Nach und nach begaben sich auch Tobias und Andreas dorthin, während Sophie noch aufräumte und die Terrassentür verschloss. Als sie die Tür zu ihrem Schlafzimmer aufmachte, schlief Julia schon tief und fest.

Kapitel 2 – Das Burggelände

Am nächsten Morgen wachte Julia erst auf, als Sophie sie zum Frühstück holte.

„Ich kann mir gar nicht erklären, warum ich so müde war. Das habe ich vermutlich mal gebraucht", mutmaßte sie.

Nach dem Frühstück fuhren die Vier zunächst mit den Rädern zum Einkaufen. Sophie wollte Brot backen und brauchte Mehl. Mittags sollte es die Reste vom Vortag geben, aber vom Salat war nichts mehr da. Salat, Tomaten und Paprika hatten sie ebenfalls erstanden und Eier für das Frühstück am nächsten Morgen. Sie schoben auf dem Rückweg die Räder durch die Einkaufsstraße und schauten sich die Auslagen an. Tobias wollte gerade beim Eissalon anhalten, um sich ein Eis zu holen, da stieß Andreas ihn an. Er deutete auf einen Mann, der dort mit einem weiteren Mann beim Kaffee saß. Das war doch der Alte, den sie von der Ruine her kannten. Sie beschlossen, sich in die Nähe der Beiden zu setzen und ebenfalls etwas zu bestellen. Vielleicht konnten sie etwas Interessantes hören.

„Wer ist das, der bei ihm sitzt?", überlegte Andreas laut.

„Das kann ich dir sagen", meinte Sophie, und schlürfte an ihrem Eiskaffee. „Es ist unser Bürgermeister. Der trinkt hier öfter mal einen Cappuccino. Das Rathaus ist nur ein Katzensprung von hier entfernt."

Nach ein paar Minuten stand der Bürgermeister auf und verabschiedete sich. Der Alte trank seinen Kaffee aus und bezahlte. Beim Vorbeigehen nickte er den Vier zu und verschwand. Sie überlegten eine ganze Weile, was die Beiden wohl gemeinsam zu tun hatten. Als die Kellnerin mal wieder vorbei kam bezahlten sie und machten sich auf den Nachhauseweg. Sie legten die Lebensmittel in der Küche ab, Sophie holte noch Wasserflaschen und sie fuhren ins Schwimmbad. Dort angekommen, suchten sie sich einen schönen Liegeplatz unter einem schattigen Baum. Die Mädchen breiteten die Picknickdecke aus und legten sich nach dem Eincremen in den Schatten. Sophie döste vor sich hin, Julia las in ihrem Buch. Die Jungs gingen zum Beckenrand und sprangen ins Wasser.

„Findest du es nicht auch komisch, dass der Alte Kontakt zu unserem Bürgermeister hat?", fragte Julia.

„Vielleicht kennen sie sich privat", gab Sophie zurück.

„Möglich wäre das natürlich", überlegte Julia und wandte sich wieder ihrem Buch zu.

„Sag mal", Sophie schaute in Richtung des Beckens, „was ist denn nun mit Andreas?"

„Was soll mit ihm sein?", gab Julia zurück ohne von ihrem Buch aufzusehen.

„Na, du weißt schon, was ich meine", druckste Sophie herum.

„Nicht wirklich", entgegnete Julia.

„Komm!", Sophies Stimme klang höher als normal. „Du hast mir selbst berichtet, dass du ihn letzten Sommer in den Arm genommen hast und er sich nicht gewehrt hat."

„Das hätte ich ihm auch nicht geraten", lachte Julia auf. „Nein, im Ernst, er hat gesagt, er hätte sich ein bisschen in mich verliebt und erst dann habe ich ihn in den Arm genommen, so war das."

„Aber hier ist er doch recht kühl zu dir oder?", fragtet Sophie vorsichtig.

„Findest du?", Julia blickte verträumt in Richtung des Beckens, wo sich Andreas und Tobias gerade eine Wasserschlacht lieferten. „Ich glaube eher, er weiß noch nicht so genau, wie er mit diesen Gefühlen umgehen soll. Schau doch, die sind noch wie kleine Kinder. Und wie geht es bei dir mit Tobias weiter?"

Diese Frage hatte Sophie nicht erwartet, sie dachte einen Moment nach. „Wie meinst du das?"

„Magst du ihn nicht?", Julia schaute ihre Freundin durchdringend an.

„Doch, natürlich. Aber ich glaube nicht, dass sich daraus mehr entwickeln könnte. Außerdem sind wir einfach zu weit voneinander entfernt. Ich glaube auch, unsere Interessen gehen zu sehr auseinander. Es ist schön, wie es ist. Ich weiß nicht, ob ich überhaupt mehr möchte."

„Du musst es probieren, wenn du es willst", erwiderte Julia. „Du siehst ja, von alleine kommen die Jungs nicht darauf."

„Auf was kommen wir nicht?", die Mädchen waren so in ihr Gespräch vertieft, dass sie nicht gemerkt hatten, wie sich Tobias in der Zwischenzeit angeschlichen hatte. Er schnappte sich sein Handtuch, trocknete sich ab und wartete eine Antwort nicht ab. „Andreas meint, ihr sollt auch ins Wasser kommen, es macht einfach viel mehr Spaß."

Julia legte ihr Buch zur Seite, sprang auf und zog Sophie mit sich hoch. Sie lieferten sich eine ausgedehnte Wasserschlacht mit den Jungs, mussten allerdings nach einer Weile aufgeben und flohen Richtung Treppe. Eine Wassersalve nach der anderen schwappte über sie drüber, so dass sie selbst nach Luft schnappten. Andreas zog Julia von der Leiter zurück, direkt in seine Arme. Sie ließ sich bereitwillig fallen. Er schaute sie an und küsste sie vorsichtig auf den Mund. Eigentlich hatte er mit Protest gerechnet und war selbst verwundert, als sein Kuss erwidert wurde. Sophie stand mit offenem Mund am Beckenrand und schaute auf das verliebte Paar. Tobias drehte sich herum und grinste Sophie an. Er hechtete aus dem Wasser zu ihr, nahm sie bei der Hand und zog sie zur Picknickdecke zurück. Als sie sich abgetrocknet hatten und nebeneinander saßen meinte er: „Ich habe mir gedacht, dass das so kommt, wie es jetzt gekommen ist."

„Man hat es förmlich knistern gespürt", meinte Sophie.

„Bist du sauer", er schaute sie an.

„Ich, wieso, nein, ich freue mich für Julia. Sie mag Andreas sehr und hat sich auf ein Wiedersehen mit ihm ganz besonders gefreut."

„Hattest du schon mal einen Freund?", fragte Tobias.

Nun schaute Sophie ihn entrüstet an und hätte fast erwidert, was geht dich das an. Laut sagte sie: „Nein, einen festen Freund noch nicht und du?"

„Vor zwei Jahren, da schwärmte ich mal für ein Mädchen, sie aber leider nicht für mich. Das war keine schöne Erfahrung", er schaute Richtung Schwimmbecken und betrachtete seinen Freund. Er und Julia hingen wie Kletten aneinander. Ein bisschen beneidete er ihn. Andreas hatte noch nie Hemmungen, ein Mädchen anzusprechen. Es machte ihm scheinbar auch nichts aus, wenn er zurückgewiesen wurde. Zumindest ließ er sich das nicht anmerken. In den vergangenen Monaten hatte er dann allerdings nur noch von Julia geschwärmt. Andere weibliche Wesen interessierten ihn auf einmal nicht mehr. Schön, dass seine Auserwählte auch Gefühle für ihn hegte. Er schaute Sophie an. Er mochte sie und sie mochte ihn, das merkte er. Aber er ordnete seine Gefühle mehr geschwisterlicher Art zu. Sie war ein Kumpel, mit dem man Rätsel lösen und sich unterhalten konnte. Sie nervte manchmal, was ihn eigentlich nicht störte. Im Gegenteil. Er konnte sie immer besänftigen. War das Verliebtheit, was er fühlte? Er schüttelte den Kopf und erschrak, als Sophie ihn fragend anschaute.

„Nichts, ich habe gerade überlegt, ob wir Julia und Andreas hierlassen und zu zweit einen kleinen Ausflug machen."

„Von mir aus gerne."

Sie packten ihre Sachen zusammen und gingen in Richtung der Umkleidekabinen am Becken vorbei. Julia und Andreas hatten bisher nicht gemerkt, dass ihre Freunde aufgebrochen waren und schauten sie verwundert an. Sophie erklärte es den Beiden, die damit einverstanden waren, dann ging auch sie sich umziehen. Als sie sich draußen an den Rädern wiedertrafen, meinte Tobias, was man denn nun machen wollte.

„Lass uns zur Ruine fahren. Ich möchte auf andere Gedanken kommen", Sophie rollte die Augen und Tobias grinste.

Sophie fuhr vorne weg, da sie sich besser auskannte und nahm einen kleinen, aber landschaftlich schöneren, Umweg in Kauf. Sie hing ihren Gedanken nach und merkte zunächst gar nicht, dass Tobias nicht mehr hinter ihr war. Erst als eine Frau ihr zurief, sie solle sich mal umdrehen, hielt sie an und erschrak. Sie drehte ihr Fahrrad um und radelte das kurze Stück zurück. Hastig stellte sie es ab und kniete sich neben ihn. Tobias war gestürzt und sie hatte es nicht gehört oder wahrgenommen.

„Verfluchter Mist", schimpfte er. „Ich glaube, ich habe mir eine Rippe gebrochen. Au tut das weh."

Er stützte sich auf Sophie und versuchte aufzustehen. Mit schmerzverzerrtem Gesicht gelang es ihm schließlich. Er beugte sich vornüber und atmete in den Schmerz.

„Wie ist das denn passiert", wollte Sophie wissen.

„Keine Ahnung. Plötzlich merke ich einen Widerstand am Vorderrad, da neigt sich das Fahrrad schon zur Seite und schwupp lag ich auf dem Asphalt. Für einen Moment war ich zu benommen und als ich gerufen habe, da hast du es nicht mehr gehört."

„Eine Passantin hat mir zugerufen, ich solle mich mal umdrehen, so bin ich darauf aufmerksam geworden", erklärte Sophie während sie das Fahrrad aufrichtete. „Meinst du, wir schaffen es zum Arzt?"

„Warte mal einen Moment", Tobias versuchte seinen Oberkörper zu bewegen. „Geht schon besser. Wie weit ist es noch zur Ruine?"

„Noch ungefähr fünf Minuten mit dem Rad."

„Das schaffe ich."

Bei der Ruine angekommen stellten sie ihre Räder wieder außerhalb ab und gingen die paar Schritte bis zum Innenhof zu Fuß. Tobias ächzte immer noch ein wenig und Sophie hatte ein schlechtes Gewissen. Wenn sie doch nur nicht den Umweg gefahren wäre. Sie breitete ihre Jacken aus und sie setzten sich ins Gras. Er stöhnte auf, als er sich mit dem Arm abstützte.

„Meinst du nicht, wir sollten zum Arzt fahren?", Sophie machte einen besorgten Eindruck.

„Ich glaube, ich habe mir die Rippe nur geprellt. Aber auch das tut ziemlich weh. Wahrscheinlich bin ich an der Stelle schon mit blauen Flecken übersät."

„Lass mich mal nachsehen", meinte Sophie und er zog das Hemd aus.

Sie lachte auf, als sie sich seinen Rücken betrachtete und zeigte ihm mit den Händen die Fläche. „So groß wird der blaue Fleck werden, das kann man jetzt schon ausmachen."

„Oh je, ich fühle mich wie ein alter Mann."

„Kannst dein Hemd wieder anziehen", Sophie half ihm dabei. Tobias legte sich hin, Sophie überlegte erst und legte sich dann neben ihn. So dösten sie eine Weile vor sich hin. Von der Turmuhr schlug es zwei und pünktlich meldete sich Sophies Magen. Schwimmen und Rad fahren machte Hunger und sie ärgerte sich, dass sie aus der Stadt nichts mitgenommen hatten. Ihr Magen knurrte erneut.

„Hast du Hunger? Blöde Frage, ich weiß", meinte Tobias. „Ich könnte auch was vertragen."

„Ich kenne eine gute Pizzeria, da können wir uns was holen oder dort essen", schlug Sophie vor und Tobias nickte.

Sophie hob die Jacken vom Boden auf und schüttelte sie aus. Tobias´ Blick folgend drehte sie sich dabei um.

„Was macht der denn schon wieder hier?", raunte sie ihm zu.

„Dasselbe habe ich mich auch eben gefragt."

„Ich wüsste zu gerne, was der hier macht", Sophie legte die Jacken sehr gewissenhaft zusammen. Der Alte hatte sie bisher wohl noch nicht gesehen oder erkannt.

„Komm!", er zog Sophie vorsichtig mit sich. „Au, meine rechte Seite."

„T´schuldigung", Sophies Stimme klang genervt.

„Nein, du kannst nichts dafür. Wenn ich mich drehe, dann merke ich meine Rippe. Auf jetzt! Dort hinter dem großen alten Baum können wir uns verstecken und den Turm ganz gut beobachten."

Sie schlenderten langsam auf den Baum zu, um nicht aufzufallen. Der Alte war in der Zwischenzeit im Turm verschwunden. Hinter dem Baum blieben sie stehen und Tobias beobachtete den Turm. Gerade wollte es sich Sophie gemütlich machen, da pfiff er leise durch die Zähne.

„Schau du mal, für was du das hältst."

Er trat hinter den Baum, damit Sophie sich an seinen Platz stellen konnte.

Später in der Pizzeria trafen sie zeitgleich mit Julia und Andreas ein. Diese hatten mittlerweile auch Hunger bekommen und angefragt, ob man gemeinsam Essen gehen wollte. Sophie überschlug sich fast, als sie den Beiden von ihren Beobachtungen erzählte.

„Wir räumen also gerade unsere Jacken zusammen", die Kellnerin erschien und fragte nach der Bestellung.

„Wollt ihr nur was trinken oder auch Essen bestellen?"

„Natürlich wollen wir auch essen", Sophie schaute ärgerlich, weil sie nicht weitererzählen konnte.

„Ich bringe euch die Speisekarte"

„Moment Sophie!", Andreas unterbrach sie während er die angebotene Speisekarte von der Kellnerin in Empfang nahm. „Ich glaube, wir wollen erst mal schauen, was wir bestellen wollen.

34

Es dauerte gefühlt eine ganz Ewigkeit, bis die Kellnerin zurückkam und alle Wünsche aufgenommen hatte. Sophies Augen verdunkelten sich immer mehr.

„Da geht der Alte in den Turm", fuhr sie fort, als die Kellnerin gegangen war. „Tobias schaut zu, während ich mich hinter dem Baum verstecke. Plötzlich kommt der Bürgermeister die Auffahrt entlang spaziert und verschwindet ebenfalls in dem Turm."

„Also doch", wollte Julia ansetzen, doch Sophie unterbrach sie.

„Ich schaue also eine Weile gespannt auf den Turm. Da kommt ein Lieferwagen rückwärts die Auffahrt hochgefahren. Zwei Männer steigen aus, begrüßen den Bürgermeister und den Alten per Handschlag und laden ab."

„Was dann?", das war Andreas Stimme.

„Keine Ahnung", Sophie zuckte mit den Schultern.

„Ja, aber was habt ihr denn gesehen?", fragte Andreas ungeduldig.

„Na zwei Kisten wurden geliefert, habe ich das nicht erwähnt?" Sophie schaute Tobias an, der die Erzählung übernahm.

„Wir haben gewartet, bis die Männer wieder in ihrem Lieferwagen weggefahren waren. Auch der Bürgermeister verabschiedete sich, nur der Alte blieb. Da wir ihm nicht begegnen wollten, haben wir hinter dem Baum gewartet, bis auch er weg war. Dann habt ihr uns angeklingelt. Leider hatten wir keine Zeit, mal in den Geheimgang hinabzusteigen und nachzuschauen."

„Ich glaube, das sollten wir tun und zwar möglichst bald", erklärte Andreas als die Kellnerin das Essen servierte.

Ob es an dem Hunger lag oder an der vor ihnen liegenden Erkundung konnte man nicht sagen. Sie schlangen das Essen förmlich in sich hinein, zahlten und fuhren mit den Rädern zur Burgruine zurück. Als sie auf dem Parkplatz ankamen staunten sie nicht schlecht. Ein großer Bus stand dort und lud gerade eine größere Schar Touristen mit Reiseleitung ab. Sie mussten sich gedulden, das war klar. Sophie schnaubte schon wieder, doch Julia beruhigte sie. Sie schlossen die Fahrräder ab, nahmen ihre Picknickdecke mit, machten es sich unter einem schattigen Baum gemütlich und warteten, dass die Besichtigungstour ein Ende hatte. Julia war in der Zwischenzeit in Andreas Armen eingeschlafen, Sophie las und die Jungs beobachteten den Turm. Die Kirchen in der Stadt läuteten zur vollen Stunde, Andreas schaute auf die Uhr. „Jetzt könnten die aber mal langsam wieder in ihren Bus steigen. So viel gibt es hier doch auch nicht zu besichtigen."

Als hätte die Reiseleiterin das gehört, trommelte sie ihre Schützlinge zusammen und langsam leerte sich der Burghof.

„Endlich!", meinte auch Tobias und stand auf. Julia blinzelte in die Sonne und gähnte. „Ich habe so richtig gut geschlafen."

„Es ist ruhig geworden", bemerkte Andreas und so packten sie ihre Picknickdecke zusammen und brachten diese zu den Fahrrädern. Aus der Fahrradtasche nahmen sie eine Tasche mit. Darin enthalten waren Taschenlampen, ein Seil und anderes, von dem sie glaubten, dass es in dem alten Gemäuer nützlich sein könnte. Vorsichtig gingen sie auf den Turm zu. Andreas drückte auf den Knopf während Sophie auf die Platte trat. Sie schob sich lautlos zur Seite und die Vier stiegen gemeinsam in das Gewölbe hinab. Kühl war es hier unten und die Mädchen zogen die mitgebrachten Jacken an. Zunächst gingen Julia und Andreas voran. Sie waren bereits einmal hier unten gewesen. Nachdem sich ihre Augen an die Dunkelheit gewöhnt hatten, erkannte Sophie, dass es sich um einen großen Raum handelte. Vielleicht ein altes Kirchenschiff, so ungefähr sah der Raum aus. Überall Mauerreste und Nischen, wie man sie von Ausgrabungen bei den Römern sieht. Vielleicht entdeckten sie ja gerade die Sensation. Sophie sah schon die Schlagzeile in der Zeitung: *Schüler finden lange verschollene römische Festung.* Ihre Augen erfassten den Raum nun ziemlich klar. Er war leer, nur in einer Ecke standen die Kisten, die der Bürgermeister hier in Empfang genommen hatte.

„Was da wohl drin ist?", meinte Andreas während Tobias in dem mitgebrachten Beutel kramte. Er suchte das Taschenmesser, damit sie eine der Kisten öffnen konnten.

Endlich hatte er das Messer gefunden. Andreas leuchtete mit der Taschenlampe auf eine Kiste und Tobias schnitt die Klebestreifen auf. Im Licht der Taschenlampe kamen alte Kunstgegenstände zum Vorschein. Julia pfiff durch die Zähne. Sie war die Einzige, die sich für alte Kunst interessierte und war der Meinung, dass es sich hier um wertvolle Stücke handeln könnte. In dieser Kiste waren mehrere alte Gemälde versteckt. In der zweiten Kiste befanden sich kleinere Gemälde und altes Geschirr.

„Hört auf", das war Sophies Stimme. „Wir können die Kisten doch gar nicht wieder zukleben, das fällt doch auf."

Tobias kramte erneut in der Tasche, beförderte durchsichtiges Paketklebeband heraus und schaute Sophie triumphierend an.

„Ich verstehe trotzdem nicht, warum der Bürgermeister alte Kunstgegenstände hier deponiert. Wo kommen die her? Er wird doch wohl kaum die Bilder an den Wänden des Rathauses weggenommen haben", Julia schüttelte den Kopf.

„Vielleicht sind das Gegenstände, die im Keller des Rathauses lagern. So wie in manchen Museen. Da sind auch viele Exponate im Keller, weil sie vielleicht gerade nicht in die aktuelle Ausstellung passen oder aus welchen Gründen auch immer", gab Andreas zu bedenken.

„Das fällt doch auf, wenn die plötzlich weg sind", dachte Julia laut nach.

„Vielleicht nicht sofort", meinte Tobias und war gerade dabei, die erste Kiste wieder zu verkleben. Julia hatte schnell noch Fotos gemacht, dann sah man der Kiste nicht mehr an, dass sie bereits geöffnet worden war.

„Ich verstehe trotzdem nicht, warum die Gemälde hier gelagert werden", überlegte Sophie. „Ist das nicht gefährlich. Immerhin könnten andere sie finden. Wie wir auch. Soweit ich weiß, hat bisher noch niemand die Gemälde als gestohlen gemeldet. Vielleicht ist das der Trick: Versicherungsbetrug. Denn die Versicherung würde doch für die Gegenstände zahlen, wenn sie gestohlen würden oder?"

Während sie die zweite Kiste zuklebten, hing jeder seinen Gedanken nach. Keiner konnte sich einen Reim darauf machen, warum die Bilder hier gelagert wurden. So sicher war der Ort nicht und die Lagerung war vermutlich auch nicht so, wie sich ein Restaurator das vorstellen würde.

Nachdem beide Kisten wieder ordnungsgemäß verschlossen waren, machten sich die Vier daran, das Gewölbe weiter zu erforschen. Es dauerte eine Weile bis sie sich alles angeschaut hatten. Im Schein der Taschenlampen war es nicht so einfach, die Größe des Raumes zu erfassen. Es machte tatsächlich den Eindruck, als hätte hier früher schon mal ein Gebäude gestanden und man hätte, nachdem dieses vermutlich zerfallen war, ein weiteres Gebäude auf die Grundmauern gebaut. Nachdem sie alles erkundet hatten, kehrten sie zur Treppe zurück. Die Schiebetür hatte sich in der Zwischenzeit geschlossen und Andreas suchte an den Wänden nach einem Schalter oder Knopf, um sie zu öffnen. So gründlich er auch suchte, er konnte nichts finden. Sie suchten eine ganze Zeit gemeinsam und mussten dann feststellen, dass es hier keinen Hebel oder ähnliches gab. Irgendwann mussten sie sich eingestehen, dass sie nicht darauf geachtet hatten, als sie hinabgestiegen waren.

„So ein Mist", schimpfte Sophie und Julia, die sonst erst mal nichts schrecken konnte gab mit leiser Stimme zu bedenken, dass man nun hier wohl länger verweilen müsste.

„Oh was sind wir blöd", Tobias klang richtig ärgerlich, weder er noch die anderen hatten vor lauter Euphorie an den Rückweg gedacht.

„Was machen wir denn jetzt?", fragte Sophie und schaute die Jungs an.

Auch die schauten ziemlich erschrocken drein. Sophie verlor den Mut und begann aufzuschluchzen. Julia nahm sie in den Arm und begann sie zu trösten während Tobias und Andreas sich auf die Suche nach der Lösung ihres Problems machten. Nach einer Weile gaben sie auf. Sie hockten sich auf die Treppenstufen und überlegten.

„Wenn der Mechanismus von außen funktioniert, dann muss er auch von innen zu betätigen sein", erklärte Andreas.

„Schon klar", bestätigte auch Tobias. „Trotzdem bleibt die Frage, wo ist der Hebel dafür? Ich könnte mich ohrfeigen, dass wir nicht besser aufgepasst haben."

„Komm!", Andreas klopfte ihm auf die Schulter. „Das kann jedem passieren. Wir waren einfach zu euphorisch unterwegs. Geht es dir besser Sophie?"

„Es tut mir leid", war eine leicht zitternde Stimme von Sophie zu hören.

Sie leuchteten mit den Taschenlampen die Wände an der Treppe ab und versuchten erneut, einen Hebel zu finden. Unterdessen versuchte Julia eine Verbindung mit ihrem Handy herzustellen aber keine Chance. Hier unten herrschte im wahrsten Sinne des Wortes Funkstille. Sophie seufzte auf.

„Wir werden verhungern und verdursten."

Julia schaute sie von der Seite an: „Glaubst du das wirklich?" Sophie nickte.

„Das gibt es doch nicht, dass wir diesen verdammten Hebel nicht finden. Der Alte stapft hier unten auch immer herum und kommt locker wieder hinaus", erklärte Andreas.

„Im schlimmsten Fall müssen wir das Fenster suchen, an dem wir außen mit der Leiter schon mal standen. Von dort hat man sicher Handy-Empfang", meinte Julia.

„Genau! Fragt sich nur, wo das Fenster ist. Hier in diesem Gang sehe ich keines und in dem Raum da hinten ist mir bisher keines aufgefallen", überlegte Tobias.

„Ich verstehe nicht, warum wir so blöd waren, nicht aufzupassen. Als hätten wir von Wilhelm gar nichts gelernt", schluchzte Sophie erneut auf.

„Es ist, wie es ist", versuchte Julia zu trösten als sie Andreas fluchen hörte. „Was ist?"

„Absoluter Mist, mein Akku. Das Handy ist gleich leer", erklärte er.

„Wir sollten unsere Handys nicht alle gleichzeitig nutzen, sonst können wir nachher keinen Hilferuf mehr starten, wenn wir das Fenster gefunden haben", gab Tobias zu bedenken.

„Wenn", seufzte Sophie erneut.

„Mädels, macht eure Mobiltelefone komplett aus. Wir nutzen zunächst meines, bis auch das leer ist. Kommt zu mir, wir sollten die Zeit und den Akku nutzen, uns den Mechanismus der Falltür ganz genau anzuschauen. Das wäre doch gelacht, wenn wir nichts finden würden", sagte Tobias.

Zunächst betrachteten die Vier die Falltür ganz genau. Vielleicht war der Mechanismus an der unteren Seite der Tür angebracht. Sie war hübsch verziert und sie fragten sich, wer sich überhaupt so eine Mühe machte, eine Tür, die man kaum anschaut, so ansprechend zu gestalten. Die Oberfläche war in vier Kassetten unterteilt. In jedem der Vierecke war eine Szene aus der Bibel zu erkennen.

„Sieht fast wie die Darstellung des Kreuzwegs Jesu aus", meinte Julia, als sie sich alle vier Bilder genau angeschaut hatte.

„Ja und?", Sophie wurde ganz ungeduldig. „Sagt dir das etwas?"

„Nicht auf den ersten Blick", Julia nahm Tobias das Handy aus der Hand und leuchtete erneut auf die Falltür.

„Mach das noch mal", rief Andreas.

„Was genau?", Julia schaute ihn verdutzt an.

„Fahr mit der Lampe noch einmal so an den Bildern entlang wie eben", er deutete auf den Schein.

Julia versuchte ihre eben gemachte Bewegung zu kopieren.

„Stopp!", rief Andreas, „Schau doch mal genau auf dieses Bild", er hielt ihre Hand fest und Julia durchzuckte es.

„Ich sehe da gar nichts", erklärte Sophie.

„Soweit ich mich erinnern kann, gibt es 14 Stationen des Kreuzweges", versuchte Andreas seine Entdeckung zu erklären. Es beginnt mit der Verurteilung Jesu und endet mit der Kreuzigung, seinem Tod und zum Schluss der Grablegung. Tobias, erinnere dich, wir waren doch mal Messdiener."

Tobias nickte, konnte aber seinem Freund nicht folgen.

„Schaut euch dieses Bild hier an. Das sieht zwar aus, wie ein Teil des Kreuzweges, ist es aber nicht. Es gehört nicht dazu."

Die Drei schauten ihn an, als hätte er gerade vorgeschlagen, dass sie alle einen Handstand machen sollten, damit die Falltür sich dann wie von Geisterhand öffnen würde.

„Was möchtest du uns sagen?", Tobias schaute seinen Freund durchdringend an.

„Das weiß ich nicht, ich weiß nur, dieses Bild gehört nicht dazu. Für mich wirft das eine Frage auf. Warum erstellt man so ein Werk und fügt dann absichtlich oder nicht ein falsches Teil dazu. Das muss doch einen Grund haben?"

„Aber welchen?", Julia seufzte auf.

„Leuchte noch mal Julia, ich will mir das Bild etwas genauer anschauen", Andreas dirigierte Julias Hand mit seiner.

Es stimmte, was Andreas entdeckt hatte. Auf den zweiten Blick hatte dieser Teil des Bildes nichts mit den anderen drei Teilen zu tun. Die Personen auf diesem Bild waren viel moderner gekleidet. Im Hintergrund konnte man eine große Stadt erkennen. Diese Abbildung ergab überhaupt keinen Sinn.

„Schaut mal, hier im Hintergrund stehen sogar Hochhäuser", erklärte Tobias. Leuchte mal näher ran."

Julia hielt das Licht auf die Häuserzeile und erschrak. „Ist doch seltsam, da hat man ein Kreuz mit dem toten Jesus angebracht, wie ungewöhnlich und schief ist es auch noch." Sie nahm die Taschenlampe in die andere Hand und wollte, einem Reflex folgend, die Figur wieder korrekt ausrichten. Es machte klack und die Falltür schob sich zur Seite.

Als sie später auf der Terrasse saßen und darüber sprachen, konnten sie wieder lachen. Sie mussten sich eingestehen, dass sie nur mit viel Glück hier saßen. Barbara hatte ihnen bereits eine Predigt gehalten und sie waren froh, als diese sich ins Bett verabschiedete. Tobias und auch die anderen mussten ihr insgeheim Recht geben.

„Wie konnten wir nur so unvorsichtig sein", jammerte Sophie gerade. Tobias und Andreas verdrehten die Augen. Seit einer halben Stunde drehte sich ihr Gespräch immer wieder um die Falltür.

„Ich glaube, wir haben nun genug darüber gesprochen", besänftigte Julia die Freundin, der die Reaktion der Jungs nicht entgangen war. „Wir haben Mist gebaut und sicher alle daraus gelernt."

„Viel wichtiger ist doch jetzt, was wollen wir mit unserem Wissen anfangen?", das war Andreas.

„Im Moment weiß ich noch gar nicht, was ich weiß", versuchte Tobias die Stimmung aufzumuntern. „Zwei Kisten mit Kunstgegenständen, was ist daran Besonderes? Die Sachen sind augenscheinlich nicht gestohlen gemeldet, es gibt vielleicht einen guten Grund, warum sie hier lagern."

„Oder auch nicht", gab Julia zu bedenken. „Können wir überhaupt irgendetwas tun? Wem sollen wir vertrauen? Ich bin dafür, wir machen morgen mal was ganz anderes und kommen damit auf andere Gedanken."

Die Jungs murrten zwar etwas, gaben sich aber doch geschlagen.

Am nächsten Morgen nach dem Frühstück klingelte das Telefon. Die Vier waren gerade dabei, das Haus zu verlassen.

„Lass es klingeln!", meinte Andreas, Das ist wahrscheinlich eh nur Werbung."

Sophie meldete sich und zuckte zusammen. Sie stammelte nur „ja" und „gleich" und „sofort" und legte anschließend auf.

„Was ist los?", wollte ihre Freundin wissen.

„Das war die Sekretärin vom Bürgermeister. Wir sollen umgehend in sein Büro kommen, er hat etwas mit uns zu besprechen."

„Wie? Was?", Tobias schaute Sophie ratlos an. „Woher kennt der Bürgermeister uns?

„Das werden wir ihn fragen", meinte Julia und zog die Haustür hinter sich zu.

Eine halbe Stunde später saßen sie im Büro des Bürgermeisters. Die Sekretärin hatte gefragt, ob sie etwas zu trinken haben wollten und sich dann zurückgezogen.

„Zunächst möchte ich euch erst mal danken, dass ihr so schnell vorbeikommen konntet. Das, was ich mit euch besprechen möchte, ist von absoluter Wichtigkeit und bedarf im Moment noch strengster Geheimhaltung", er sah von einem zum anderen.

„Sie können mit unserer Verschwiegenheit rechnen, wenn es der Sache dient", erklärte Andreas und seine Freunde nickten.

Der Bürgermeister begann mit seiner Erzählung: „Vor ein paar Wochen hat mich Herr Meier, das ist der ältere Herr, der euch schon ein paar Mal oben auf der Burg begegnet ist, angesprochen. Er habe bereits drei Erpresserbriefe erhalten, in denen eine Bande von Kunstdieben uns um unsere schönen Sammlerstücke bringen möchte. Zwei hatte er als Unsinn abgetan und vernichtet, nur das dritte Schreiben war noch da. Dort stand, wenn wir die Gemälde und weitere Kunstgegenstände nicht ausliefern, wird etwas Schlimmes passieren. Natürlich haben wir auch auf das dritte Schreiben nicht reagiert. So machen wir das immer. Wenn wir auf jedes mysteriöse Schreiben eingehen würden, bräuchten wir hier nichts mehr zu arbeiten. Nach dem ein paar Tage vergangen waren und wir nicht reagiert hatten, erhielten wir ein kleines Päckchen. Darin waren Pralinen, der Absender eine Firma, mit der wir zusammenarbeiten. Die Pralinen waren für die Belegschaft gedacht als Dankeschön." Der Bürgermeister seufzte. „Selbstverständlich haben alle zugegriffen. Es dauerte nicht lange, da war den ersten übel, andere bekamen kaum noch Luft. Daraufhin haben wir die Polizei eingeschaltet, die die restlichen Pralinen im Labor untersucht hat. Diese waren mit diversen Keimen belastet. Die Firma, die uns die Pralinen als Dank geschickt hatte, wurde dazu befragt. Sie hatte diese Lieferung nicht in Auftrag gegeben. Am Abend kam auf mein privates Handy dann eine Nachricht, dass die Briefe echt wären und man nun endlich die Aufforderungen der Bande erfüllen sollte, sonst würde schlimmeres passieren." Der Bürgermeister wischte sich den Schweiß von der Stirn.

„Und warum erzählen sie uns das und nicht der Polizei?", verständnislos schaute Tobias den Mann an.

„Die Polizei ist natürlich informiert. Wir haben mit ihr einen Plan ausgearbeitet und einen Köder in Richtung der Bande ausgelegt. Die Lagerung der Gegenstände im Gewölbe ist ein Teil davon. Deshalb meine Bitte an euch. Haltet euch von dort fern, sonst stört ihr die weitere Ermittlungsarbeit, die vermeintliche Übergabe und den Zugriff."

Die Vier nickten betreten. Natürlich wollten sie die Arbeit der Polizei nicht stören.

Sie erklärten, das Gelände zukünftig weitläufig zu meiden und wollten sich gerade vom Bürgermeister verabschieden, als Sophie sagte: „Woher wussten sie überhaupt, wer wir sind, bzw. wo wir wohnen?"

Der Bürgermeister grinste. „Ich brauchte nur eins und eins zusammen zu zählen. Deine Mutter hat mir in den letzten Tagen von euren Unternehmungen beim Mittagessen erzählt."

„Ganz schön doof", meinte Julia, als sie vor dem Rathaus ihre abgestellten Fahrräder bestiegen. „Unser schönes Abenteuer ist bereits zu Ende, ehe es richtig begonnen hat."

„Ich weiß nicht", Tobias schüttelte den Kopf. „Irgendwas stimmt da nicht." Während die anderen noch nickten, fuhr er als erster davon.

Nach dem Mittagessen auf der Terrasse im Garten bei Sophie hing jeder seinen Gedanken nach. Sophie und Andreas räumten die Spülmaschine ein und spülten die Töpfe ab, Julia las und Tobias spielte auf dem Handy.

„Hat das bisher so ausgesehen, als wäre die Polizei eingeschaltet?", sagte er mehr zu sich selbst, aber Julia schaute hoch.

„Schon seltsam", sie klappte ihr Buch zu. „Für mich klang das mehr so, als wollte man uns loswerden."

„Den Eindruck hatte ich auch", kam es von der Terrassentür, Andreas trat mit einem Glas Wasser heraus. „Ich überlege schon die ganze Zeit, was wir tun könnten. Wir dürfen auf keinen Fall auffallen. Es kann uns keiner verbieten, dort oben an der Burg unseren Beobachtungsposten weiter zu beziehen. Was bezweckt man damit, wenn man Gemälde, Geschirr und weiteren wertvollen Hausrat in einem Gewölbe versteckt und es nicht als Lockmittel verwendet? Ich kann mir keinen Reim darauf machen.

„Nehmen wir mal an, der Bürgermeister…", weiter kam Tobias nicht.

„Wieso ausgerechnet der Bürgermeister?" fiel ihm Sophie ins Wort.

„Also gut. Nehmen wir mal an, eine Person erkennt den wahren Wert der Gegenstände, bringt sie hierher und versucht sie an Hehler zu verkaufen. Wenn man alles schön abfotografiert und anschließend ins Netz stellt…", schloss Tobias.

„In welches Netz willst du Diebesgut einstellen?", Julia schaute ihn an.

„Noch nie was vom Darknet gehört?", gab Tobias zurück.

„Doch schon, aber meinst du nicht, das Darknet wäre eine Nummer zu groß für unseren Bürgermeister?"

„Was habt ihr als mit dem Bürgermeister?", funkelte Sophie Julia an.

Julia funkelte zurück: „Warum nimmst du den ständig in Schutz?"

„So verkehrt ist der nicht", wich Sophie aus und versuchte einzulenken. „Was hätte er denn davon? Irgendwann würde das Fehlen der Gegenstände doch bemerkt werden."

„Ich blicke langsam nicht mehr durch", erklärte Andreas, nahm sich Zettel und Stift und begann zu schreiben: „1. Was sind das für Gegenstände, die sich im Gewölbe befinden. Warum vermisst die niemand? Was hat der Bürgermeister damit zu tun?"

„Das sind schon mindestens drei Punkte", erklärte Tobias. „Wäre die nächste Frage, was hat Herr Meier damit zu tun? Gibt es die Erpresserbande wirklich? Und als vorläufig letzten Punkt: Wie kommen wir an Informationen, ohne aufzufallen?

„Kannst du dich noch an den Lieferwagen erinnern, der die Kisten damals gebracht hat? Welcher Name stand dort noch mal auf der Plane, Tobias?", Sophie schaute ihn an.

Der kratzte sich am Kopf und bemerkte: „Ich kann mich absolut nicht daran erinnern, ob überhaupt etwas draufgestanden hat."

„Ich bin mir sogar ziemlich sicher, dass da etwas draufstand. Doch von dem Baum war der Lieferwagen zu weit entfernt."

„So richtige Detektive sind wir nicht", bemerkte Julia. „Was uns so alles entgeht. Apropos entgeht, wenn wir so weitermachen, entgeht uns ein wunderschöner Nachmittag, meine Herrschaften. Was wollen wir unternehmen?"

„Ich schlage ein Picknick auf der Burg vor", Sophie schaute von einem zum anderen.

„Ob das eine gute Idee ist, wage ich zu bezweifeln. Man kann uns zwar nicht verbieten, dass wir uns da oben aufhalten, aber in so geballter Form muss es bestimmt nicht sein. Dann müssten wir uns trennen und vielleicht fahren zwei zur Burg und zwei unternehmen etwas anderes", gab Andreas zu bedenken.

„Was erwarten wir, dort oben zu sehen?", fragte Tobias. „Macht es nicht eher Sinn, den Bürgermeister zu beschatten oder den zweifelhaften Herrn Meier?"

„Leute, ich glaube, so habe ich mir meine Ferien nicht vorgestellt", unverkennbar Sophie. „Können wir nicht was Spannendes machen?

„Nach was ist dir denn?", Tobias schaute sie an.

„Keine Ahnung", nörgelte Sophie weiter bis Julia der Kragen platzte.

„Hör mal zu, Sophie. Ich weiß nicht, was dich im Moment hier stört. Wir versuchen alle, das Beste aus der Situation zu machen und du jammerst hier nur rum."

Tobias und Andreas schauten sich erstaunt an. So kannten sie Julia gar nicht und auch sie selbst erschrak und fuhr in gemäßigterem Ton fort: „Entschuldige Sophie, aber das musste jetzt wirklich mal gesagt werden und nun schlag etwas vor."

Sophie schaute Julia verdutzt an. Auch sie kannte ihre Freundin so nicht. Julia, der immer besonnene, ruhige Gegenpol war kaum wieder zu erkennen. „Ich könnte mir vorstellen, mal ganz was anderes zu machen. Es gibt in der Stadt so einen Bastelladen, die bieten auch Bastelnachmittage an. Heute kann man Sticken mit Perlen lernen." Sie schaute von einem zum anderen.

„Was schlägst du vor, machen wir in der Zwischenzeit?", Tobias schien nicht sonderlich von der Idee begeistert. „Das ist doch Mädchenkram."

„Ach komm", Julia gab Tobias einen Schubs. „Das machen wir, das lenkt mal ab und anschließend gehen wir mit euch Eis essen oder kriechen durch irgendwelche Höhlen, wenn euch das mehr Spaß macht."

Sie hatten Glück, der heutige Kurs war nicht besonders voll und so konnten die Vier teilnehmen. Eine junge Frau zeigte gerade die einzelnen Techniken. Andreas rollte die Augen und überlegte für sich, auf was er sich da eingelassen hatte. Er und Tobias waren die einzigen männlichen Vertreter, ansonsten saßen nur junge Mädchen und zwei ältere Frauen in diesem Kurs. Obwohl er erst sehr skeptisch war, gelang ihm das Sticken dann aber doch wesentlich besser als er gedacht hätte. Er war so in seine Arbeit vertieft, dass er gar nicht merkte, wie sich der Raum leerte. Erst als ihm Tobias auf die Schulter klopfte und meinte, dass er jetzt langsam Schluss machen könnte, schaute er auf.

„Komm Alter, Feierabend für heute", erklärte der Freund und Andreas schaute sich suchend um.

„Wo sind die Mädchen?"

„Die sind schon vor einer ganzen Weile nach draußen gegangen. Wollten mal was besprechen."

„Nett, wir dürfen hier weiter schuften", Andreas packte seine Arbeit ein und folgte Tobias nach draußen.

Die Mädchen winkten die Beiden zu sich.

„Na, keine Lust mehr gehabt?", fragte Andreas.

„Wieso, ich war schon lange fertig", erwiderte Sophie grinsend. „Wir wollten dich in deinem Arbeitsdrang nicht unterbrechen. Hast du dir wenigstens etwas überlegt?"

„Lasst uns doch hoch zur Burg radeln. Dort setzen wir uns hinter den großen Baum, können den Turm beobachten, aber uns sieht man nicht gleich auf Anhieb."

Diese Idee wurde von allen begeistert aufgenommen. Auf der Burg angekommen, schlossen sie die Räder am Fahrradständer an und schlenderten zum großen Baum. Es war Nachmittag geworden. Bis auf eine Schulklasse mit ihren Lehrern war das Gelände ziemlich leer. Sophie breitete die Decke aus. Die Jungs legten sich darauf. Sophie musste noch einmal zurück zu ihrem Rad, sie hatte versehentlich ihr Handy in der Fahrradtasche zurückgelassen.

Während sie nach dem Gerät in der Tasche suchte, hörte sie Stimmen. Sie drehte sich um, konnte aber niemanden sehen. Komisch, dachte sie, waren doch die Stimmen sehr klar und deutlich zu verstehen. Wenn sie sich anstrengte, konnte sie sogar einzelne Wortfetzen hören. Bei dem Wort Gemälde horchte sie ungewollt auf und versuchte die Stimmen zu orten. Sie kamen aus dem kleinen Waldstück vor ihr, das direkt an die Außenmauer der Burg angrenzte. Langsam und vorsichtig schlenderte sie in die Richtung, aus der die Stimmen kamen. Sie wurden deutlicher und so konnte sie mittlerweile der Unterhaltung gut folgen. Sie sah sich um und versuchte, einen Unterschlupf zu finden. Sie wollte in Ruhe zuhören und hatte keine Lust, dabei erwischt zu werden. Verdammt, wo kamen diese Stimmen her? „Was für ein Zufall, hier liegen Hölzer zum Abtransport bereit, hinter denen verstecke ich mich", dachte sie. In gebückter Haltung schlich sie um den Stapel. Sie sah sich um. An der Mauer waren weit oben kleine Lichtschächte angebracht, vermutlich Schießscharten. Ob die Stimmen daherkamen? Sie traute sich nicht, das näher zu ergründen und versuchte nun wieder, der Unterhaltung zu folgen. Die dunklere Stimme versuchte gerade, eine Erklärung wegen der Gemälde abzugeben. Da die Stimme mittlerweile mit gedämpftem Tonfall sprach, musste sich Sophie sehr anstrengen, um überhaupt noch etwas mit zu bekommen. Wem die Stimme gehörte, konnte sie nicht erkennen. So viel war klar, dachte sie, nachdem sie ihr ein paar weitere Minuten zugehört hatte. Die, die sich dort unterhielten, sprachen über die Gemälde und sonstigen Kunstgegenstände, die sich in den beiden Kisten befanden. Man hatte diese zur Seite geschafft, um sie vor einem Erpresser zu beschützen. Zwei Mal war das Wort Uhr gefallen und von einem Suchtrupp war auch die Rede. Die beiden anderen Stimmen gehörten wohl auch Männern, diese waren aber noch schlechter zu verstehen, als die dunkle kräftige Männerstimme. In ihrer Hosentasche spürte sie, wie das Handy vibrierte. Hier draußen war es so ruhig, dass man den dunklen Summton gut hören konnte. Sophie erschrak und nahm das Handy heraus. Ihre Freunde machten sich Sorgen. Sie tippte schnell einen kurzen Text hinein und hörte weiter zu.

„Wenn wir nicht bald etwas herausfinden", so erklärte die dunkle Stimme gerade, „dann muss ich die Exponate wieder zurück in das Rathaus bringen. Das fällt sonst auf. Ein Kollege hat mich schon gefragt, wo das Bild ist, was bei mir im Büro über dem Sideboard hängt. Ich konnte ihn beruhigen und habe etwas von Restaurierung erklärt."

Ob das der Bürgermeister ist, überlegte Sophie als eine Frauenstimme zu hören war. Sophie horchte auf. Diese Stimme kam ihr bekannt vor, sie hätte sie vermutlich unter tausenden Stimmen heraus gehört und obwohl sie leise sprach war ihr klar, das war die Stimme ihrer Mutter. Ihre Hände wurden eiskalt. Was hatte ihre Mutter damit zu tun und warum hatte sie ihr nichts erzählt?

„Wir können das nicht länger verantworten", erklärte die wohlbekannte Stimme. „Die Gemälde sind hier wahrlich nicht gut aufgehoben, mal vom Diebstahlrisiko ganz abgesehen. Außerdem hat sich doch bisher nie wieder jemand gemeldet, der ihnen diesen fantastischen Fundort einer wertvollen Uhr mit Innenleben präsentieren wollte."

„Allerdings!", das war eine der beiden Männerstimmen, die etwas heller klangen. „Wenn wir bis Mitte dieser Woche nichts von diesem", die Stimme suchte nach Worten, „Kriminellen hören, dann holen wir die Gegenstände wieder zurück."

„Wer von ihnen möchte das verantworten, wenn der Kriminelle sich tagsüber im Rathaus aufhält, sich abends einschließen lässt und in der Nacht sein Unwesen treibt?", die dunkle Stimme schnaubte laut. „Ich nicht. Sie wissen genau, was er gedroht hat. Entweder er bekommt das Gemälde der rosa Dame oder er wird alle illegalen Bilder mit Säure bespritzen. Da tröstet es wenig, dass er uns im Gegenzug das Versteck einer sehr alten Uhr verraten will, die ein weiteres großes Geheimnis in sich birgt."

„Wir haben immer noch die Möglichkeit, die Polizei zu informieren", das war Sophies Mutter.

„Sie wissen genau, dass das nicht geht", die dunkle Stimme seufzte.

„Dann müssen sie eben Farbe bekennen und erklären, dass ein Teil der Gemälde nicht ganz legal...", Sophies Mutter wurde barsch unterbrochen.

„Das möchte ich nie wieder hören", erklärte die dunkle Stimme. Langsam wurde das Gespräch leiser. Augenscheinlich hatte die Gruppe ihren geheimen Besprechungsort verlassen. Sophie blieb ziemlich geschockt und ratlos hinter dem Holzstapel sitzen. Es dauerte eine ganze Weile, bis sie sich aufrappelte. Wieder in gebückter Haltung schlich sie zum Fahrrad zurück. Sie wollte auf keinen Fall ihrer Mutter oder den anderen Gestalten begegnen. Voller Ungeduld wurde sie von ihren Freunden erwartet und musste sofort berichten.

„Du willst uns also erklären, dass Barbara mit dem Bürgermeister und diesem komischen Herrn Meier unter einer Decke steckt?", Andreas schaute Sophie verständnislos an.

„Ich kenne doch die Stimme meiner Mutter", erwiderte Sophie. „Aber ob das die Stimmen vom Bürgermeister und Herrn Meier waren, das kann ich beim besten Willen nicht sagen."

„Begreift ihr das?", Julia blickte ratlos von einem zum anderen. „Wenn ich es richtig verstehe und ihr dürft mich gerne unterbrechen, hat der Bürgermeister mal ein paar Kunstgegenstände illegal erworben. Wir vermuten, dass eine nicht gerade wohlgesonnene Person das herausgefunden hat und den Bürgermeister damit erpresst. Warum auch immer, will die Person ein Gemälde mit dem Titel „Die rosa Dame" (was für ein Name) haben und würde im Gegenzug das Versteck einer Uhr verraten. Was macht das denn für einen Sinn? Entweder ich erpresse, dann bekomme ich nur das Gemälde. Oder ich mache einen Deal, dann reimt sich aber die Erpressung nicht. Wie seht ihr das?"

Tobias hatte die ganze Zeit geschwiegen und aufmerksam zugehört. „Ich befürchte, dazu müssten wir die gesamte Story kennen, sonst werden wir aus dem bisschen, was du bisher gehört hast, nicht schlau. Was hast du eigentlich gemacht, nachdem die weg waren?"

„Ich habe hinter dem Holzstapel gewartet, um ihnen nicht zu begegnen", erklärte Sophie.

„Die sind hier gar nicht vorbeigekommen", Andreas grübelte. „Wir haben den Turm die ganze Zeit im Blick gehabt, nachdem du geschrieben hattest."

„Wie geht das denn?", Tobias schaute von einem zum anderen und gab sich dann selbst die Antwort: „Es muss noch einen weiteren Ausgang geben, meint ihr nicht auch?"

„Sophie! Du kennst deine Mutter doch am besten. Wie kommen wir an weitere Informationen?", Julia war richtig aufgeregt.

„Du glaubst doch nicht, dass sie uns irgendetwas erzählen wird. Sonst hätte sie es bestimmt längst getan. Ich überlege die ganze Zeit, woher sie den Bürgermeister überhaupt kennt. Also ich meine persönlich", Sophie zuckte mit den Achseln und murmelte mehr als sie sprach: „Vielleicht ein alter Schulkamerad?"

Sophie konnte sich nicht erinnern, dass ihre Mutter den Bürgermeister jemals erwähnt hätte. Durch ihre Arbeit als Architektin kam sie natürlich hin und wieder mit den Ämtern in Berührung, aber bis zum Bürgermeister vermutlich eher nicht. Es sah ihrer Mutter eigentlich nicht ähnlich, dass sie krumme Sachen machte. Eher im Gegenteil. Wenn irgendwo etwas Ungerechtes geschah, konnte sich ihre Mutter schon sehr darüber aufregen. Auch Korruption oder Klüngel verurteilte sie sehr und nun sah es so aus, als wäre sie ziemlich tief in etwas verstrickt, was sie normalerweise nicht gutheißen würde. Was war da los? Sie überlegte angestrengt, an welchem Projekt ihre Mutter gerade arbeitete und musste sich eingestehen, dass sie das gar nicht wusste. Seltsam war das schon, denn normalerweise erzählte sie immer von ihrer Arbeit, aber jetzt, wo Sophie darüber nachdachte, hatte sie schon lange nicht mehr darüber gesprochen. Ihr war das nicht weiter aufgefallen, da sie genug andere Themen hatten, um sich zu unterhalten. Die Schule zum Beispiel, war immer ein Dauerthema zu Hause, da musste man gar nicht nach weiterem Gesprächsstoff suchen.

„An welchem Projekt arbeitet deine Mutter denn im Moment?", riss Tobias sie aus ihren Gedanken.

„Das ist ja das Eigenartige. Ich weiß es nicht. In der letzten Zeit haben wir uns mehr über meine Schulnoten unterhalten. Ich kann noch nicht mal sagen, wo sie im Moment ihr Büro hat."

„Irgendwie seltsam", musste Julia ihrer Freundin beipflichten. „Fast so, als wollte sie es geheim halten. Das ist nicht unbedingt ihre Art."

„Genau das Gleiche habe ich auch eben gedacht. Das passt nicht zu meiner Mutter."

„Wisst ihr, worauf ich Lust habe?", Andreas schaute von einem zum anderen.

„Noch nicht, aber du wirst es uns bestimmt gleich sagen", Tobias schaute ihn an.

„Ich könnte jetzt so einen Eisbecher verdrücken", er zeigte mit den Händen eine ordentliche Größe an.

Sie packten ihre Utensilien zusammen und kamen auf dem Weg zu den Fahrrädern am Turm vorbei.

„Zu gerne würde ich wissen, wie deine Mutter und die anderen das Gelände verlassen haben", erklärte Julia.

Andreas schüttelte den Kopf: „Ihr wisst doch, was wir dem Bürgermeister versprochen haben und außerdem habe ich jetzt Hunger auf Eis."

„Versprochen habe ich ihm nichts", erklärte Tobias. Komm, Eis können wir nachher auch noch essen."

Sophie wollte draußen bleiben, da man nicht wissen konnte, ob der Mechanismus der Falltür auch wirklich funktionierte. Außerdem sollte sie sich an den Ort des Lauschpostens begeben, damit man sichergehen konnte, den richtigen Gang gefunden zu haben. Dass sie damit auch sehen konnte, wenn einer der Verdächtigen in Richtung der Burg ging, verstand sich von selbst.

Kapitel 3 – Die Entdeckung

Julia atmete auf, als die Falltür sich wie gewohnt öffnete. Immerhin wäre es möglich gewesen, dass die Verantwortlichen diese Tür dauerhaft verschlossen hatten. Sie warteten einen Moment, bis sie sicher waren, dass sich die Tür wieder geschlossen hatte und zogen dann los. Die beiden Kisten standen noch an Ort und Stelle. Augenscheinlich hatte bisher niemand sie erneut geöffnet. Die von ihnen sorgsam angebrachten Klebestreifen waren noch unversehrt. Tobias deutete nach rechts und erklärte, dass sich ungefähr dort die Öffnung befinden musste, von der Sophie ihre Mutter belauscht hatte. Es wurde kühler als sie näherkamen und auch ein Luftzug war zu spüren, aber ein Fenster oder eine Öffnung konnte man nicht erkennen. Sie suchten weiter nach dem Einlass, den man von draußen erkennen konnte, leider vergeblich. Julia setzte sich auf einen Sockel in der Ecke, ließ die Beine baumeln und meinte: „Ich könnte mal rufen, vielleicht hört uns Sophie da draußen."

„Bist du noch ganz bei Trost?", fuhr Andreas sie an.

„Wieso? Zunächst müssen wir doch mal schauen, ob wir überhaupt an der richtigen Stelle sind oder siehst du hier eine Öffnung?"

„Wenn du hier herum krakelst kann es sein, dass dich jemand hört", brummelte Andreas.

„Ach echt? Das war eigentlich meine Absicht", erklärte Julia spitz.

Tobias horchte auf. Was war denn zwischen den beiden Turteltauben los?

„Denk doch mal nach! Immerhin ist es doch möglich", weiter kam Andreas nicht.

Julia schnaubte auf: „Ich bin kein kleines Kind mehr und kann für mich selbst Verantwortung übernehmen."

„Kommt runter!", war die Stimme von Tobias zu vernehmen.

„Jetzt fällst du mir auch noch in den Rücken, ihr seid echt doof", Julia schossen die Tränen in die Augen. Sie wusste gar nicht, warum sie sich so aufregte. Andreas hatte eigentlich Recht, die Idee, zu rufen, war sicher nicht gut gewesen. Das konnte sie aber irgendwie nicht zugeben. Stattdessen liefen ihr nun die Tränen wirklich an den Wangen hinunter. Gut, dass es hier so dunkel ist, dachte sie und versuchte nicht zu schniefen. Sie schaute sich um, von ihrem Sockel hatte sie eine ganz gute Übersicht. Schade, dass man kaum etwas sehen konnte. Wenn hier doch bessere Lichtverhältnisse herrschen würden. Sie ärgerte sich, dass keiner an gute Taschenlampen gedacht hatte. Die Handyfunzeln, die leuchteten das Gewölbe einfach nicht so gut aus. Als hätte Tobias ihre Gedanken gehört, schlug er sich vor die Stirn.

„Was bin ich doch so blöd, ich habe doch eine große Taschenlampe vorhin in meine Tasche gepackt."

Die Lampe war gar nicht so groß aber sie erleuchtete einen größeren Teil des Gewölbes optimal.

„Sag mal, hast du geweint", Andreas schaute Julia verlegen an.

Diese wischte sich die letzten Spuren aus dem Gesicht und sagte mit kratziger Stimme: „Wie kommst du denn darauf? Ich schwitze nur ganz fürchterlich." Darüber musste sie lachen. Andreas fiel erleichtert mit ein und zog sie in seinen Arm. Tobias, der ebenfalls froh war, dass sich der kleine Streit schnell gelegt hatte, klopfte die Wände ab. Er hoffte, ein oder mehrere Steine würden hohl klingen.

„Schaut mal hier", unterbrach er die beiden Verliebten, die sich nur schwer voneinander lösen konnten.

„Was ist denn", knurrte Andreas.

Julia kam näher und Tobias zeigte ihr einen Hebel, der in der Wand eingelassen war.

„Meinst du, wir sollen den drücken?", Tobias schaute sie an.

„Anders werden wir kaum herausfinden, wofür er gut ist", erklärte Andreas.

Tobias drückte den Hebel nach unten. Es quietschte etwas und mit einem leichten Kratzen schwang sich eine in die Wand eingelassene Tür auf. Die Drei staunten nicht schlecht. An dieser Stelle hätten sie eine Tür nicht vermutet, die Lichtverhältnisse waren einfach zu schlecht. Tobias wollte schon durchgehen, da hielt Andreas ihn fest.

„Nicht schon wieder", erklärte er und der Freund verstand sofort. „Lass uns einen Moment warten, ob die Tür von allein zugeht. Ich gehe schon mal auf der anderen Seite nach einem Hebel suchen."

Der Hebel auf der anderen Seite war schnell gefunden. Andreas drückte ihn nach unten und die Tür schwang zu. Nach erneutem Drücken öffnete sie sich wieder. Julia stieß einen Pfiff aus, als sie auf der anderen Seite waren, Tobias auf den Hebel gedrückt und sich die Tür geschlossen hatte. Sie standen in einem wunderschönen Raum. Der Fußboden war mit dunklen alten Fliesen durchzogen. An den Wänden sahen sie Fresken, die zum großen Teil noch wunderbar erhalten waren. Die Farben leuchteten im Schein der Taschenlampe.

„Was ist das für ein fantastischer Raum?", bemerkte Julia. Sie konnte sich überhaupt nicht satt sehen.

„Was ist das?", Tobias stand in einer Ecke und schaute in einen Kamin. Zumindest sah es so aus. Feuer war hier wohl nie gemacht worden. Es gab keinen Abzug oder Schacht. Dieser Vorsprung und die Aushöhlung dienten nur der Dekoration.

„Moment mal!", er hielt die Taschenlampe etwas näher. „Dachte ich es mir doch."

Es knackte und die Wand schob sich zur Seite. Julia konnte nicht anders, sie pfiff erneut durch die Zähne. „Das ist ja der absolute Wahnsinn hier." Sie ging durch die frei gewordene Wandöffnung und schaute sich mit der Taschenlampe ihres Handys um. „Ich habe den Hebel", rief sie und drückte ihn nach unten.

„Das ist prima", hörte sie eine Stimme von außen rufen.

„Sophie, an dich habe ich gar nicht mehr gedacht."

„Das merke ich hier schon eine ganze Weile. Ehrlich, ich habe schon vor ein paar Minuten überlegt, was ich mache, wenn sich nicht bald jemand von euch meldet."

„Ich komme jetzt raus und hole dich", sagte Tobias. „Das musst du hier gesehen haben. Komm zum Turm, ich erwarte dich dort."

Als sich hinter Tobias die Schiebetür geschlossen hatte, nahm Andreas die Hand von Julia. Etwas verlegen schaute er sie an. „Es tut mir leid, dass ich vorhin so überreagiert habe."

„Das muss dir nicht leidtun", erwiderte Julia. „Ich weiß auch nicht, was mich geritten hat. Was hältst du von der Sache hier?"

„Ich weiß es noch nicht. Es ist alles ziemlich verwirrend. Der Raum da drüben, wozu ist der da oder besser gesagt, wozu war der da? Irgendwie habe ich das Gefühl, dass sich hinter dem Raum mehr verbirgt, als wir eben im Vorbeigehen gesehen haben."

Sophie staunte nicht schlecht, als sie mit Tobias durch die Geheimtür gegangen und den wunderschönen Raum durchquerte. Sie konnte sich kaum satt sehen, obwohl sie für alte Räume oder Kunstgegenstände eigentlich nicht zu begeistern war. Der Raum faszinierte auch sie. Tobias wollte sie schon weiterziehen, da machte sie sich los und blieb stehen. Sie schaute sich die gegenüberliegende Malerei fasziniert an.

„Was ist?", Tobias trat neben sie und folgte ihrem Blick.

„Das Gemälde da", sie deutete mit dem Kopf dorthin und trat mit ihrer Taschenlampe näher.

„Jetzt sehe ich es auch. Das könnte das Bild der „Rosa Dame" sein. Das wir nicht gleich darauf gekommen sind, die Bilder genauer zu betrachten. Wir hatten nur Augen für den Kamin."

„Wieso könnte? Das ist das Bild. Schau doch hin. Viele Kleidungsstücke auf diesem Bild, sind irgendwie rosa", Sophie schüttelte den Kopf.

Das Bild hob sich eindeutig von den anderen Gemälden ab. Es passte nicht zu den Anderen und wirkte, als hätte man es nachträglich aufgemalt.

„Was ich nicht verstehe, ist, wie man so ein Bild haben will? Es ist nicht auf Leinwand gemalt, sondern auf die blanke Wand. Dazu müsste man die Wand abtragen und das ist eigentlich unmöglich, würde ich mal sagen.

„Nun ganz unmöglich ist es nicht", erklärte Tobias aber es würde vermutlich an dem Gemälde sehr viel beschädigen."

„Hat jemand eine Ahnung, warum das Gemälde so interessant für diesen Typen ist?", warf Andreas ein.

„Nein", versuchte sich Sophie zu erinnern. „Der Typ hat nur gefordert, dass er die rosa Dame haben will, sonst vernichtet er die Bilder und er will ein Versteck verraten, wenn er die rosa Dame hat."

„Schaut doch mal genau!", forderte Julia ihre Freunde auf. Das kann man unmöglich abtragen. Also entweder gibt es noch etwas anderes, was auch „rosa Dame" heißt oder der Typ ist vollkommen irre. Ich finde überhaupt, das Gemälde ist absolut merkwürdig. Es passt einfach nicht zu diesem Raum. Es kommt mir so vor, als hätte jemand diesen Teil der Wand absichtlich übermalt."

„Worauf willst du hinaus, Julia?", Tobias schaute sie an.

„Vielleicht versteckt sich ja in diesem Gemälde ein Hinweis, so wie bei Wilhelm". ihre Augen leuchteten auf. „Ja wirklich, vielleicht wollte der Maler, der dieses Gemälde angefertigt hat, uns etwas mitteilen."

„Uns sicher nicht", Sophie schaute erneut auf das Bild. Es war eine Tanzszene zu einem Hofball, die auf diesem Bild festgehalten wurde. Die verschiedenen Paare drehten sich im Kreise, auf der einen Seite konnte man das Orchester erkennen. Eines hatten alle Personen gemeinsam, ein Kleidungsstück, das sie trugen, war rosa. Dabei gab es sowohl rosa Hosen, rosa Hemden, rosa Hüte und einzelne rosa Socken. Sophie überlegte gerade, warum der Maler den Protagonisten nur einen Socken rosa gemalt hatte, da stellte Tobias die Frage laut.

„Ist doch seltsam?", findet ihr das nicht. Julia dachte laut nach. „Jede Person auf diesem Bild hat ein Kleidungsstück in der Farbe Rosa an. Das kann ich noch nachvollziehen. Aber warum alle die, die rosa Socken anhaben, davon nur einen Strumpf tragen, der rosa ist und der andere hat eine andere Farbe, das verstehe ich nicht. Vielleicht will uns der Maler einen Hinweis geben?"

Die Anderen horchten auf.

„Was meinst du damit, einen Hinweis geben?", Andreas Stimme klang aufgeregt.

„Na, ihr wisst schon. Vermutlich müssen wir alle Socken zählen, das Ergebnis dann durch uns Vier teilen, einer von uns muss so oft auf einem Bein hüpfen, um die Zahl zu erreichen und schwupps öffnet sich die Geheimtür." Sie lachten.

„Und wenn es wirklich ein Hinweis ist?", fragte Tobias gedehnt. „Woher wollen wir wissen, dass der Maler nicht etwas damit aussagen wollte. So ein Durcheinander habe ich selten auf einem Bild gesehen. Außerdem haben auch Männer rosa Hosen an, wo gibt es denn sowas? Damals?"

„Moment mal!", Andreas überlegte kurz. „Ich erinnere mich, mal einen Artikel über Mode und ihre Farben gelesen zu haben. Darin wurde berichtet, dass früher rosa eine Männerfarbe war. Man nannte sie „das kleine Rot" und rot war die absolute Männerfarbe. Rot stand für Blut und das für Krieg. Blau war damals den Frauen vorbehalten. Man assoziierte es mit der Jungfrau Maria."

„Bist du dir da sicher?", Julia schaute Andreas ungläubig an.

„Ziemlich sicher", erklärte er. „Was uns aber immer noch nicht die Frage beantwortet, warum manche Personen einen einzelnen rosa Socken tragen. Das ist doch sowieso das Einzige, was an dem Bild wirklich ungewöhnlich ist. Alles andere ist doch nur seltsam für uns, weil in unserer Zeit vorwiegend die Mädchen rosa tragen.

„Zwanzig, einundzwanzig, zweiundzwanzig", erklärte Sophie, die in der Zwischenzeit alle Socken gezählt hatte. „Und jetzt?"

„Eine Schnapszahl", lachte Tobias und fügte hinzu als er in Sophies funkelnde Augen schaute: „Oder 2 und 2, wenn man es von der mathematischen Seite sieht. Zwei nach rechts und zwei nach unten, zwei nach links und zwei nach oben…" Er hörte auf, denn er merkte, dass Sophie bereits ziemlich genervt schaute.

„Vielleicht bringt es uns weiter, wenn wir mal schauen, wo sich diese Szene abgespielt hat. Das hier im Hintergrund, das könnte der Turm sein oder?"

„Du meinst, dass sich das Fest hier auf dem Gelände zugetragen hat?", Tobias hoffte, dass sich Sophies Ärger verzogen hatte. „Es könnte draußen in dem Garten stattgefunden haben, ungefähr dort, wo wir gepicknickt haben."

Andreas trat näher heran. „Doch, du könntest recht haben. Trotzdem ergibt die Zahl Zwei in diesem Zusammenhang keinen Sinn. Auf dem Bild sind außer den Personen noch der Turm, das Gebäude und ein paar Bäume zu sehen. Wenn uns der Maler etwas mit dem Bild sagen wollte, dann musste er doch davon ausgehen, dass vielleicht irgendwann weder das Gebäude noch die Bäume da sein konnten."

„Stimmt", Julia griff den Faden auf. „Es konnte unmöglich der Hinweis auf ein Versteck in der Landschaft sein. Ist euch schon aufgefallen, dass nur eine Person ein Paar rosa Socken anhat?"

„Richtig!", Sophie pfiff durch die Zähne. „Wer ist diese Person, müsste man sie kennen?"

„Weißt du wie alt dieses Bild unter Umständen ist?", Tobias lächelte. „Da stellt sich die Frage, ob überhaupt noch jemand weiß, was beziehungsweise wer hier dargestellt ist. Außerdem, wen können wir fragen? Die, die mir dazu einfallen, denen würde ich im Moment nicht trauen."

Sophie schaute Tobias erneut wütend an. „Du glaubst doch nicht, dass meine Mutter etwas mit denen zu tun hat? Sie könnten wir bestimmt fragen."

„Glaubst du denn, dass sie sich mit alten Gemälden auskennt?", Julia versuchte, Sophie zu besänftigen.

„Nein, das glaube ich nicht", Sophie zuckte mit den Achseln.

„Ich weiß, wen wir befragen könnten und wer sich damit auch ganz gut auskennt", Tobias schaute verschmitzt von einem zum anderen.

„Jetzt spann uns doch nicht so auf die Folter", erklang Sophies Stimme.

„Ihr erinnert euch an meinen Onkel, der, der uns in dem Museum in Köln geholfen hat?"

„Richtig, natürlich erinnere ich mich an ihn", diesmal pfiff Andreas durch die Zähne. „Aber wie stellst du dir das vor? Wir können ihn doch unmöglich hierher bitten."

„Nun ja, das könnten wir schon", gab Tobias zu bedenken. „Aber vielleicht ist das auch gar nicht nötig. Ich würde jetzt ein paar Fotos machen, die wir ihm zum Beispiel per Mail zuschicken. Damit kann er uns bestimmt schon mal helfen. Los, macht mal das Licht an euren Handys an, damit wir ein gutes Fotoergebnis erhalten."

Nachdem er ein paar Zeilen geschrieben hatte, versuchte er, die Mail mit den Bildern zu versenden. Die Mauern waren viel zu dick und ließen keine Verbindung zu.

„Ich gehe nach draußen und versuche die Mail loszuschicken, schaut ihr doch mal, wohin der Gang führt."

Während Tobias nach draußen ging, um die Mail samt Anhang an den Onkel zu versenden, schauten sich die Anderen weiter um. Hinter der Kaminwand lag ein schmaler Gang. Andreas ging voran, die Mädchen folgten ihm. Es wurde kühler, je weiter sie im Gang vorwärts gingen. Nach einer Weile erreichten sie eine Abbiegung. Andreas schaute sich nach den Mädchen um. Sie zuckten die Schulter. Er deutete auf die rechte Seite und so gingen sie weiter. Der Gang endete nach ein paar weiteren Minuten in einem größeren Raum. Andreas leuchtete die Wände ab. Auch Sophie und Julia schauten sich um. Es sah aus, wie in einem Kellerraum und kalt war es auch. Sophie erschauderte, als sie in eine Ecke leuchtete. Diesen Teil des Kellers hatte wohl selten jemand betreten. Sie lenkte ihr Handylicht auf den Boden.

„Ist ja eklig hier", meinte sie und folgte dem Handylicht von Julia.

„Finde ich nicht, schau mal", Julia leuchtete in eine andere Ecke, „als wäre gestern jemand mit dem Besen hier durch.

„Na dann betrachte mal diese Ecke etwas genauer", Sophie nickte mit dem Kopf in die verstaubte Ecke.

Andreas drückte auf die Türklinke. Sophie pfiff durch die Zähne. Hinter der Tür konnte man einen weiteren Keller erkennen.

„Bitte sehr, meine Damen, nach ihnen", Andreas machte eine Verbeugung und schob sich als letzter durch die Tür. Ein paar Meter weiter konnte man eine Treppe nach oben erkennen.

„Meinst du, wir sollten nach oben gehen?", Julia hoffte, dass Andreas zustimmen würde.

„Meint ihr nicht, wir sollten auf Tobias warten?", Sophie erinnerte sich plötzlich an den Freund, der von dieser Geheimtür noch nichts wissen konnte.

„Du, Sophie, könntest doch hier auf Tobias warten, während Julia und ich mal schauen, was es dort oben zu sehen gibt."

„Findet ihr es eine gute Idee, wenn wir uns immer mehr zerpflücken?", Sophies Stimme klang ängstlich.

„Oder fürchtest du dich hier unten alleine?", Andreas schaute sie durchdringend an.

„Pah, ich fürchte mich nicht, geht ihr nur!"

„Wir schauen nur mal, was da oben ist und vielleicht können wir auch erkennen, wo wir ungefähr sind und kommen auf jeden Fall hierher zurück. Bleib mit Tobias hier unten und warte", erklärte Andreas die weitere Vorgehensweise und zog Julia mit sich. Sie stiegen die Treppe nach oben.

Sophie schaute sich um, wo sie es sich etwas bequem machen konnte. Sie stand in einem größeren Raum von dem mehrere Türen abgingen und die Treppe nach oben führte. Plötzlich fiel ihr ein, dass sie vielleicht die Tür öffnen sollte, damit Tobias sie finden würde. Also öffnete sie die Tür und ging zurück in den Gang. Zaghaft rief sie Tobias´ Namen und hielt vor lauter Anspannung den Atem an. Nichts. Es war absolute Stille hier unten. Umso mehr erschrak sie, als sich die Tür hinter ihr schloss. Sie überlegte kurz, ob sie diese wieder öffnen sollte, entschloss sich dann aber, Tobias entgegen zu gehen. Unterwegs rief sie immer mal verhalten nach ihm, erhielt aber keine Antwort. Als sie an der Abzweigung ankam, überlegte sie kurz, welche die richtige Richtung war und entschied sich dann dafür, dem Gang zu folgen.

In der Zwischenzeit waren Julia und Andreas ein Stockwerk höher in einem Büroflur angekommen und schauten sich um.

„Wir sind im Rathaus, da bin ich mir absolut sicher", stieß Julia ihn an. „Schau hier, sie ging zu einer Fensternische. Hier kann man auf den Marktplatz schauen."

„Dann lass uns zurückgehen, eh man uns erwischt und Sophie davon berichten", erklärte Andreas.

Sie waren die Treppe bereits halb hinabgestiegen, als sich eine Tür öffnete und zwei Herren über den Flur auf sie zukamen. Schnell huschten sie nach unten und suchten Schutz. Die Stimmen kamen näher. Julia schaute sich um, wo war Sophie? Andreas zog sie unter den Treppenabsatz, dort kauerten sie gemeinsam und warteten. Die beiden Herren kamen die Treppe herunter. Julia hielt den Atem an und schob sich noch tiefer unter den Treppenabsatz. Sie waren so in ein Gespräch vertieft, dass sie keine Notiz von den Beiden nahmen. Der eine zog einen Schlüssel aus der Hosentasche und öffnete die Tür am Ende des Raumes, machte Licht und ließ den anderen eintreten. Danach schloss sich die Tür.

Julia seufzte auf. Andreas zog sie aus ihrem Versteck, lief mit ihr zur Geheimtür. Andreas öffnete die Tür. Sie liefen hindurch und atmeten erleichtert auf, als sich diese Tür hinter ihnen schloss.

„Sophie!", rief Andreas leise. Es kam keine Antwort.

„Wo zum Teufel steckt sie?", fluchte sie leise.

Andreas schaute sich um, leuchtete den Raum ab, konnte aber Sophie nirgends erkennen.

„Das gibt es doch gar nicht", er schüttelte den Kopf. „Was ist an „bleib mit Tobias hier unten und warte" nicht zu verstehen?"

Tobias starrte noch immer auf sein Handy. Der Onkel hatte recht schnell geantwortet.

„Sei vorsichtig", stand dort zu lesen. „Wenn ich es auf dem Foto richtig erkennen kann, handelt es sich um ein Bild, das die Kunstwelt seit langem sucht. Ich habe mich im Internet auf die Schnelle zum Thema „die rosa Dame" schlau gemacht und folgendes dazu herausgefunden: Ein bekannter Maler sollte damals im Auftrag des Königs dieses Bild malen. Vielleicht muss man dazu die Geschichte hinter dem Bild kennen. Der König, ein gütiger und weiser Mann, hatte seine Probleme mit dem Leben am Hof. Er war schon in jungen Jahren ein Mann, der gerne sein Leben selbst in die Hand nahm. Als junger Prinz war das noch möglich, seine Eltern sahen über seine unkonventionelle Lebensweise hinweg, aber als König war es selbstverständlich unmöglich, so zu leben. Er hatte das höfische Leben so satt, dass er immer wieder für ein paar Wochen verschwand. Nur ein treuer Diener durfte ihn begleiten. Wohin er fuhr blieb geheim und wenn ich mir das Gemälde nun so anschaue, dann ist es durchaus möglich, dass er auf eurer Burg ein Doppelleben führte und hier den Maler beauftragte, seinen – nennen wir es mal Frust – in einem Bild auszudrücken. Auf seinem Totenbett hat er seiner Frau von dem Gemälde und seinem Geheimnis erzählt, aber wo es sich befindet, dazu hatte er keine Zeit mehr. Heute weiß man nur noch, dass es ein solches Gemälde gegeben haben soll, mehr ist darüber nicht mehr bekannt. Seid also vorsichtig, wenn ihr euch der Sache annehmt, man weiß nie, wer sich sonst noch damit beschäftigt".

Tobias schluckte und dachte, warum sie immer in solche Abenteuer hineinschlitterten. Er hätte es auch gut gefunden, wenn sie mal recht ruhige Ferien verbracht hätten. Stattdessen ging von diesem Bild augenscheinlich eine Gefahr aus, die er und auch der Onkel nicht einschätzen konnte. Er hoffte, dass der Onkel sich noch mal auf seine Antwortmail meldete, dieser tat es aber nicht. Also beschloss Tobias nach Sophie, Julia und Andreas zu suchen und betrat das Kellergewölbe. Er kam zu der Tür, öffnete diese mit dem Hebel und trat in den Raum mit den Gemälden ein. Er betrachtete sich das „Rosa Gemälde" erneut. Was wollte der König oder der Maler mit diesem Bild sagen? Alle hatten rosa Kleidungsstücke an. Nur eine Dame trug zwei Strümpfe aus rosa Wolle an ihren Füßen. Es war schon ein seltsames Bild. „Wenn man vielleicht" – ein gedämpfter Schrei riss ihn aus seinen Gedanken. Da! Noch einer. Er musste sich orientieren. Der Schrei kam aus der Richtung des Kamins. Sofort rannte er zum Hebel, öffnete die Tür und lief den Gang hinunter.

An der Abzweigung schaute er sich um. Schon von weitem sah er zwei Handylichter, die auf ihn zu gerannt kamen. Julia und Andreas schauten ihn an.

„Hast du das auch gehört?", Julia rang nach Atem.

„Ja, das klang richtig grauenvoll", Tobias schaute sich um. „Wo habt ihr denn Sophie gelassen?"

„Wieso wir? Ich denke, sie ist bei dir?", Julias Stimme klang ängstlich.

„Warum sollte sie bei mir sein? Ich bin doch alleine nach oben, um die E-Mail an meinen Onkel zu schicken. Ihr habt sie mitgenommen."

„Das ist schon richtig", versuchte Andreas zu besänftigen, obwohl ihm langsam auch mulmig wurde. „Am Ende des Ganges sind wir auf eine weitere Tür gestoßen. Sophie blieb unten und wir beide sind die Treppe nach oben, um zu schauen, wo wir sind. Nachdem wir festgestellt hatten, dass wir im Rathaus sind, uns dort aber kurz verstecken mussten, war Sophie verschwunden."

„Oh nein", nun jammerte Julia. „Wenn das Sophie war, die geschrien hat. Nicht auszudenken. Was machen wir denn jetzt?"

„Wenn Sophie wirklich hier unten ist, warum sind wir ihr unterwegs nicht begegnet?", Andreas runzelte die Stirn.

„Vielleicht ist sie falsch abgebogen?", überlegte Tobias laut.

Kapitel 4 – Verwirrung

Sophie bewegte sich langsam an der Wand entlang. Das war aber auch duster hier. Wann kam denn der Kamin mit dem Durchgang zum Raum mit dem Bild der rosa Dame? Irgendetwas stimmte nicht. Hatte der Weg vorhin auch so lange gedauert? Langsam wurde sie unruhig. Vielleicht hätte sie doch vorhin an der Abzweigung nach links laufen sollen. Sie überlegte gerade, ob sie umkehren sollte, da tat sich vor ihr ein Raum auf. Sie leuchtete mit ihrer Taschenlampe die Wände ab und suchte die Rückseite des Kamins. War sie also doch richtig gelaufen, denn der Schalter befand sich hinten in der Ecke. Als sie ihn drückte glitt die Wand zur Seite.

Warum war es hier auf einmal so dunkel? Vorhin war ihr der Raum viel heller vorgekommen. Sie trat einen Schritt hinein, leuchtete die Wände ab, als hinter ihr die Tür zurück glitt. Ihr gegenüber erkannte sie eine Person, die sie mit drohenden Gesten anblickte. Sophie schrie, sie schrie so laut, dass es in ihren Ohren rauschte. Dann kippte sie vornüber.

„Was sollen wir jetzt machen?", Julia war den Tränen nahe.

Auch die Jungs schauten sich ratlos an. Wenn sie sich trennen würden, um nach Sophie zu suchen, riskierten sie, dass ihnen das gleiche Schicksal blühen könnte. Auf der anderen Seite machte die Suche in nur eine Richtung keinen Sinn, da Sophie spätestens an der Abzweigung an ihnen vorbeilaufen konnte.

„Wir müssen uns aufteilen", sagte Andreas, der als erster alle Möglichkeiten durchdacht hatte.

„Auf keinen Fall", sagten Julia und Tobias gleichzeitig.

„War nur ein Vorschlag, so wären wir am effektivsten."

„Ich glaube, sie ist hier an der Abzweigung versehentlich nach links gegangen", überlegte Julia.

„Dann schauen wir mal, was es dort so gruseliges gibt", meinte Andreas. Nach kurzer Zeit kamen sie in einen Raum, der fast wie ein Spiegelbild dem anderen glich. Andreas überlegte nicht lange, suchte nach einem Hebel, fand einen und drückte ihn herunter. Die Tür schob sich zur Seite.

„Los Tobias!", gab er Anweisung, schau du nach, ich bleibe zur Sicherheit hier, sollte es drinnen keinen Hebel geben.

Tobias leuchtete den Raum ab, als Julia einen Schrei ausstieß.

„Da, da liegt sie."

Tobias beugte sich nach unten und versuchte Sophie zu rütteln.

„Ist sie…?", stammelte Julia.

„Nein, sie ist nur ohnmächtig", beruhigte sie Tobias. „Sophie, Soooophiiiie!"

Die so Gerufene schlug die Augen auf und um sich.

„Hey, hey, hey, hör´ auf Sophie! Wir sind es", erklärte Tobias und nahm sie in den Arm.

Sie schluchzte auf und zitterte am ganzen Körper. „Es war schrecklich", stammelte sie. „Ich habe mich so erschreckt. Dort drüben an der Wand stand ein Mann mit einer Fratze vor dem Gesicht."

Julia deutete Andreas an, dass sie den Schalter nach draußen gefunden hatte und so trat auch er in den Raum. Er sah sich um. Hier wurden alte Requisiten aufbewahrt. Es sah fast so aus, als hätte man die Kleiderkammer eines Theaters aufgespürt. Er drehte sich um: „War es diese Maske?"

Sophie schrie erneut auf: „Ich glaube schon."

„Meint ihr, es hat uns jemand beobachtet und Sophie hier aufgelauert?", Julia dachte angestrengt nach.

„Wenn es diese Maske ist und sie vorhin getragen wurde und nicht hier lag, dann müssen wir wohl davon ausgehen", erklärte Tobias.

„Es sieht so aus, als hätte irgendjemand Interesse daran, dass wir uns hier nicht weiter umschauen. Wer könnte das sein?", Andreas stellte die Frage mehr sich selbst als seinen Freunden.

Tobias zog Sophie hoch, die sich die Hose abklopfte. „Sehr staubig ist es nicht, obwohl man das hier doch erwarten könnte."

Plötzlich fiel Tobias wieder ein, dass er seinen Freunden noch gar nichts von der Mail des Onkels erzählt hatte. Dies holte er sofort nach, während sie sich gemeinsam den Raum genauer anschauten. So sehr sie auch in den Kisten und Regalen stöberten, sie konnten nichts Verdächtiges entdecken.

„Auf jeden Fall handelt es sich nicht um einen Geheimgang", meinte Julia. „Es sieht schon so aus, als wären diese Räumlichkeiten hier unten bekannt oder was denkt ihr?

„Na, zumindest sieht das Zeug hier nicht so aus, als würde es schon hunderte von Jahren hier liegen", Andreas seufzte.

„Ich habe mir vorhin das Gemälde der rosa Dame etwas genauer betrachtet, bis Sophie dann so geschrien hat", schloss Tobias seine Erzählung. „Dabei ist mir etwas eingefallen. Machen wir hier Schluss und gehen noch mal zu dem Bild, ich will etwas ausprobieren."

Julia drückte auf den Schalter, es knackte, aber die Tür schob sich nicht zur Seite.

„Du hast nicht richtig gedrückt", Andreas versuchte es ebenfalls, ohne Erfolg.

„Macht mich nicht schwach. Ich bekomme gleich einen Anfall", das war unverkennbar Sophie, Julia musste grinsen, obwohl ihr eigentlich gar nicht nach Grinsen zumute war.

„Warum geht diese verdammte Tür nicht auf?", Tobias drückte den Schalter erneut, es knackte, die Tür bewegte sich keinen Millimeter.

„Sag bitte, dass das nicht wahr ist", Sophie war den Tränen nahe. Sie schaute von einem zum anderen.

„Mist!", schimpfte Andreas. „Mein Handy hat sich gerade verabschiedet. Tobias und Julia, macht eure Handys aus, um Akku zu sparen. Sophie halte das Licht mal auf die Tür, Julia drück du mal den Hebel und Tobias kommt her, wir versuchen, die Tür zur Seite zu schieben."

Nichts geschah. Julias Magen begann sich zu verkrampfen. Ihr fiel ein, dass sie schon lange nichts mehr gegessen hatte und schlagartig hatte sie einen riesigen Hunger. Ihr Magen knurrte.

„Mir geht es auch so", Andreas schaute sie an.

„Ihr könnt an Essen denken, während wir hier um unser Leben kämpfen", schniefte Sophie.

„Ganz so schlimm ist es sicher nicht", versuchte Tobias sie zu beruhigen doch auch ihm wurde es langsam mulmig. „Wenn der Mechanismus kaputt ist, dann gute Nacht", Sophie malte sich gerade aus, wie sie hier im Kellerraum qualvoll zu Grunde gingen und fing an zu schreien.

Julia erschrak, während Tobias sie in den Arm nahm und ihr liebevoll zuflüsterte: „Wir schaffen das, keine Angst, wir schaffen das."

Sophie beruhigte sich nicht. Ihr Schreien hatte eine Lautstärke angenommen, die in diesem kleinen Kellerraum unerträglich wurde. „Vielleicht hört uns doch jemand", dachte Tobias während er weiter beruhigend auf Sophie einredete.

Nach einer Weile ging Sophies Schreien in ein Wimmern über. Sie war schweißnass gebadet. Das war einfach zu viel für sie. Tobias setzte sich auf den Boden und zog Sophie mit herunter. Er wiegte sie wie ein kleines Kind und flüsterte ihr immer wieder beruhigende Worte ins Ohr. Julia und Andreas suchten in der Zwischenzeit die Wände ab. Vielleicht gab es ja noch einen weiteren Ausgang aus diesem Raum. Aber so sehr sie sich auch bemühten, sie konnten keinen Hebel oder eine Tür finden. Julia nahm Sophies Handy und schaute, ob sie Empfang hatte. Als sie auf die Akkuanzeige schaute, erschrak sie. Kein Empfang und kaum noch Akku. Es wurde nicht besser. Sie zeigte Andreas den Bildschirm, der leise fluchte.

„Wer weiß denn überhaupt, wo wir heute hinwollten?", flüsterte er Julia zu.

„Eigentlich weiß niemand etwas, weil wir niemandem etwas gesagt haben", überlegte Julia laut.

„Doch! Einer weiß, wo wir sind, aber dem wird kaum auffallen, dass wir nicht heimkommen", erklärte Tobias.

„Wen meinst du denn?", Sophie schniefte, Hoffnung keimte in ihr auf.

„Der Onkel!", Tobias strich Sophie die Haare aus dem Gesicht.

„Wenigstens etwas Positives", Sophie lehnte sich an Tobias.

„Julia!", Andreas deutete auf den Hebel. „Drück bitte einmal darauf, ich will es noch mal versuchen."

Julia drückte auf den Hebel und ganz leicht schob sich die Tür zur Seite. Sie schauten sich verdutzt an, bis Andreas rief: „Nichts wie raus hier."

„Versteht ihr das?", fragte Tobias, als sie durch den Gang auf dem Weg zum Raum mit den Gemälden waren. „Wir haben doch nichts anders gemacht. Warum ließ sich die Tür keinen Millimeter bewegen und nach ein paar Minuten fährt sie ganz leicht, so als wäre nie was gewesen, zur Seite?"

„Man könnte meinen, sie wäre von außen festgehalten worden. Das würde auch das Knacken erklären", bemerkte Andreas.

„Wer sollte denn so etwas tun?", Sophie schüttelte den Kopf.

„Jemand, der dich auch erschreckt hat", gab Julia zu bedenken. „Jemand, der uns aus dem Weg haben möchte und uns vielleicht deswegen einen gehörigen Schrecken einjagen wollte."

Die Tür zum Gemälderaum ging ohne weiteres auf und so standen sie kurze Zeit später vor dem Gemälde der rosa Dame. Tobias versuchte seinen Freunden gerade seine Gedanken zu erklären als sich die Tür zur Seite schob.

„Was macht ihr denn hier?", Sophies Mutter schaute von einem zum anderen.

„Und was machst du denn hier?", gab Sophie zurück.

„Ich habe einen Anruf von einem Onkel von Tobias erhalten, der befürchtete, dass ihr vielleicht bald in Schwierigkeiten stecken könntet. Und da ihr nicht nach Hause gefunden habt, wollte ich mal schauen, ob ich bei irgendetwas behilflich sein könnte."

„Woher hatte der Onkel denn deine Rufnummer", Julia schaute Barbara verdutzt an.

„Das habe ich ihn auch gefragt und er erklärte mir, dass Tobias´ Mutter sich für alle Fälle mal meine Rufnummer aufgeschrieben hatte. So ergab eins das andere. Was macht ihr denn hier und wie habt ihr das herausgefunden?"

„Findest du es nicht seltsam, dass du auch von dem Raum weißt und mir nie etwas davon erzählt hast?", Sophie sprach mit trotziger Stimme.

„Seltsam eigentlich nicht", Sophies Mutter versuchte, sich zu erklären. „Im Rahmen meiner Arbeit habe ich mit zwei anderen Architekten eine Zeitlang oben im Turm gearbeitet und da sind wir auf das in Vergessenheit geratene Gewölbe hier unten gestoßen. Es war nicht schwer, den Sinn der Hebel zu erkennen und so standen wir irgendwann in diesem Raum und bestaunten die Gemälde.

„Warum hast du nie etwas darüber erzählt?", Sophie schaute ihre Mutter verständnislos an.

„Weil ich meine neugierige Tochter nicht noch mehr Input geben wollte. Damals wärst du sicher sofort hierhergefahren und hättest alles untersucht. Das wollte ich vermeiden und irgendwann habe ich der Sache keine Bedeutung mehr beigemessen und es schlichtweg vergessen. Erst als der Onkel heute Nachmittag anrief und mir erklärte, dass ihr vielleicht in Schwierigkeiten wegen eines Gemäldes steckt, fiel mir auch das Gewölbe wieder ein."

„Was kannst du uns zu dem Raum hier erzählen?", das war Julia, sie war in ihrem Element.

„Nun ja, wollt ihr die offizielle oder die inoffizielle Version?", sie schaute von einem zum anderen. „Ist klar, ihr wollt sie beide hören. Wollen wir uns nicht einen gemütlicheren Ort suchen?"

„Eigentlich wollte ich gerade etwas überprüfen", begann Tobias, während Julia ihm unbemerkt auf den Fuß trat.

Barbara wurde hellhörig: „Was meinst du mit überprüfen?"

„Ach nichts", erklärte er schnell. „Meint ihr, wir sollten den Ort hier verlassen?"

„Warum nicht", Barbara schaute die Jungs an, so gemütlich ist es hier eher nicht und ich spendiere gerne eine Runde Eis, wenn ihr mögt."

„Wenn das eine Falle ist", raunte Julia Andreas zu.

„Wie kommst du darauf?", raunte er zurück.

„Findest du nicht auch, dass sie uns so schnell weg haben möchte, ist irgendwie seltsam."

„Vielleicht gefällt es ihr wirklich nicht so gut hier", überlegte Andreas während sie gemeinsam zum Parkplatz liefen.

Barbara war mit dem Auto da und fuhr in Richtung Eisdiele davon. Die Vier machten ihre Fahrräder los und schlossen sich in gemäßigtem Tempo an. Dabei unterhielten sie sich darüber, ob sie Barbara trauen konnten.

„Na hör mal", entrüstete sich Sophie, „Sie ist immerhin meine Mutter."

„Das schon, aber sie hat auch einen Beruf und wird dort ihrem obersten Boss loyal gegenüberstehen", gab Andreas zu bedenken.

„Wieso Boss?", Sophie schaute verdutzt.

„Deine Mutter arbeitet als Architektin doch für die Stadt und somit ist der Bürgermeister ihr Chef", erklärte Andreas.

„Ich bin der Meinung, wir hören uns nun mal an, was Barbara uns erzählt, dann können wir immer noch überlegen, ob wir unsere Erkenntnisse preisgeben", beendete Julia das Gespräch, denn sie waren an der Eisdiele angekommen.

Als die Vier die Eisdiele betraten, saß Barbara bereits an einem Tisch und winkte ihnen zu. Neben ihr saß Herr Meier.

„Oh, nein", jammerte Sophie. „Ist das jetzt Zufall oder ist das Zufall?"

Sie schienen tatsächlich sehr betreten zu schauen, denn Barbara begann mit einer Entschuldigung.

„Es tut mir leid, dass Herr Meier dabei ist", begann sie, während dieser sie verdutzt anschaute. „Ich glaube, ich, nein wir sind euch eine Erklärung schuldig."

Nachdem jeder sein gewünschtes Eis vor sich stehen hatte, begann Barbara zu erzählen: „Du erinnerst dich doch, Sophie, wie wir damals die alte Platte gefunden haben."

Sophie nickte, ihr Mund war zu voll.

„Ich habe dir immer erzählt, dass ich mit der Gemeinde telefoniert hatte, die aber nichts unternommen haben. Das stimmte nur zum Teil. Ich hatte Angst, dass du vielleicht mit ein paar Freunden anfängst, hier oben zu suchen. Der alte Turm galt damals als baufällig und sollte eigentlich gesperrt werden. So habe ich dir erzählt, dass man nichts unternehmen wird. In Wirklichkeit habe ich damals meinem Kollegen Ewald, Herr Meier lächelte, angesprochen, der für die Bauaufsicht zuständig war. Er veranlasste zunächst, dass der Turm geprüft und die Bodenplatte verschlossen wurde. Damit wusste ich, dass niemand unbefugt nach unten gehen konnte. Als dann alles geprüft war, haben Ewald und ich uns daran gemacht, das unterirdische Gewölbe zu erkunden. Ihr könnt euch vorstellen, dass wir mehr als erstaunt waren, als wir eines Tages im Keller des Rathauses standen. Es ging auch alles gut, bis ein anderer, ehemaliger Kollege, Ewald erpresste. Ewald und er hatten gemeinsam im Stadtarchiv recherchiert und geheimnisvolles über ein altes Bild erfahren. Das Bild hatten wir bald entdeckt. Es konnte sich nur um das rosa Gemälde handeln, es war einfach zu seltsam und passte nicht in den Raum. In den alten Schriften, die Ewald mühsam studierte, konnte er nichts finden."

„Wieso mühsam?", fragte Tobias. „Waren sie so schlecht zu lesen?"

„Das eher nicht", nun sprach Ewald. „Aber wir durften nicht auffallen. Herbert, so heißt mein damaliger Kollege und ich hatten im Stadtarchiv eigentlich nichts zu suchen und so mussten wir uns immer wieder etwas Neues einfallen lassen, um die Schriftstücke einzusehen. Zum Glück kennen wir die Kollegin, die dafür zuständig ist, sehr gut und so hat manche Pralinenschachtel oder eine gute Flasche Wein den Besitzer gewechselt."

„Habt ihr denn herausgefunden, was es mit der rosa Dame auf sich hat?", Andreas schaute erst Barbara und dann Ewald an.

„Ja und nein", Barbara schmunzelte, als sie in die Gesichter der Vier schaute, die sie erwartungsvoll anblickten. „Wir haben da auch schon alles versucht. Die Kleidungsstücke gezählt, die Dame, die als einzige ein Paar Socken anhat, genau betrachtet, die anderen Gemälde studiert und versucht, da einen Zusammenhang zu finden, bisher sind wir nicht fündig geworden."

„Wie ist das mit dem Erpresser weiter gegangen?", wollte Julia wissen.

„Ja, das war und ist gar nicht so ohne", Ewald schaute Julia an. „Wegen einer anderen Sache kam man Herbert dahinter, dass er Gelder von Kunden annahm, damit diese bevorzugt behandelt wurden. Bestechung nennt man das oder Vorteil im Amt. Er musste vor ein paar Monaten seinen Schreibtisch räumen. Der Bürgermeister konnte ihn nie leiden und so hat es auch noch das ein oder andere böse Wort gegeben. Herbert erklärte, dass er sich rächen würde. Das tat er scheinbar auch umgehend. Ein paar Tage später begann es mit den Briefen. Wir hatten mit dem Bürgermeister abgesprochen, dass wir darauf nicht reagieren würden. Dann die Pralinen, die nicht vergiftet, aber mit etwas präpariert waren, dass es den Angestellten schlecht wurde. Wir wissen zum gegenwärtigen Zeitpunkt nicht, ob er wirklich dahintersteckt. Es kann natürlich auch jemand anderes dafür verantwortlich sein. Als dann neulich ein Brief kam, in dem derjenige Details darüber verriet, dass der Bürgermeister mal ein paar Gemälde auf nicht ganz legalem Weg beschafft hatte, da war uns eigentlich klar, es konnte nur Herbert dahinterstecken. Von diesem Coup wissen nicht so sehr viele. Der Bürgermeister hat sofort kalte Füße bekommen und alle damals gekauften Gegenstände verpacken und ins Gewölbe bringen lassen. Der Erpresser hatte gedroht, alle Bilder mit Säure zu zerstören, wenn wir seiner Forderung nicht nachgeben. Er wusste genau, dass wir nicht zur Polizei gehen konnten, denn dann hätte der Bürgermeister Farbe bekennen müssen. Zum einen hätte das ein Strafverfahren gegeben, zum anderen darf man nicht vergessen, die nächsten Wahlen stehen vor der Tür und der Bürgermeister möchte sich ungern sein eigenes Grab schaufeln, wenn ihr versteht, was ich meine."

„Habt ihr eigentlich jemals probiert, auf das Bild zu drücken?", Tobias schaute Barbara an, die ihn irritiert musterte. „Wie meinst du das?"

„Als ich vorhin vor dem Gemälde stand und es betrachtete, wollte ich es gerade „abtasten" und mal auf die Socken drücken, da kamst du herein. Habt ihr das schon mal probiert?"

Barbara schüttelte den Kopf: „Nein, ich auf jeden Fall nicht." Als auch Ewald verneinte meinte sie, „das sollten wir unbedingt ausprobieren, vielleicht finden wir so das, was in den alten Manuskripten immer als dunkles Geheimnis angepriesen wird."

„Was meinte der Erpresser eigentlich damit, dass er das Gemälde der rosa Dame haben möchte?" Nun schauten Barbara und Ewald verdutzt. „Ich habe zufällig ein Gespräch belauscht, als ihr euch darüber unterhalten hattet."

Barbara schaute ihre Tochter immer noch erstaunt an. „Na da, als ihr in dem Gewölbe wart."

Barbara und Ewald zuckten mit den Schultern. „Das ist es ja eben. Wir können uns auch nicht vorstellen, was das für eine Forderung ist. Das Gemälde kann man nicht abtragen. Das geht nicht. Es handelt sich hier um ein Fresko."

„Und wenn der Erpresser etwas ganz anderes im Sinn hat?", gab Andreas zu bedenken. „Es könnte doch sein, dass Tobias recht hat. Wenn wir auf die Socken drücken, geht vielleicht irgendwo eine geheime Wand auf oder eine Tür oder ein Ziegel fährt zur Seite. Vielleicht möchte der Erpresser das haben, was dann zum Vorschein kommt?"

„Dann hätte er uns das auch sagen können", erklärte Sophie.

„Oder vielleicht auch nicht", Andreas dachte laut nach. „Vielleicht sucht er selbst danach. Meint ihr nicht auch, wir sollten uns beeilen und sofort nachsehen?"

Ewald und Barbara warteten bereits, als die Vier mit ihren Rädern angeradelt kamen. Nachdem sie diese angeschlossen hatten, spazierten sie gemeinsam zum Turm. Ewald drückte die Knöpfe und die Platte schob sich zur Seite. Unten angekommen holte er aus einem verborgenen Winkel eine sehr starke Lampe hervor. Damit konnte er den Weg wunderbar erhellen. Er drückte auf den Hebel und die Tür zum Raum der rosa Dame schob sich zur Seite. Sie traten ein. Tobias trat vor das Gemälde der rosa Dame und betrachtete die Socken erneut.

„Los! Worauf wartest du?", Sophie war ungeduldig.

„Sei doch nicht so hektisch", rügte Tobias sie und drückte auf beide Socken gleichzeitig. Er war selbst erstaunt, dass das funktionierte.

Zunächst machte sich ein Knacken bemerkbar. Tobias trat erschrocken zur Seite. Sie trauten ihren Augen nicht, als sich unterhalb des Bildes eine Steinplatte zur Seite schob und ein Fach zum Vorschein kam. Sie schauten verdutzt hinein. Eine alte Uhr stand darin.

Andreas fand als erster die Sprache wieder: „Wow!"

„Was heißt da „wow", das ist ultra… spannend", erklärte Julia. Sie war in ihrem Element.

Tobias schaute Barbara und Ewald an. „Soll ich die Uhr herausholen?"

Barbara nickte aber Ewald meinte, er wollte sich das Fach erst mal noch genauer anschauen, nicht dass man böse Überraschungen erleben würde. Er gab die Lampe an Tobias, der es ausleuchtete. Er befürchtete Fallen oder sonstige Widrigkeiten. Nachdem er das Fach genauestens inspiziert und nichts feststellen konnte, nickte er Tobias zu. Der hob die Uhr vorsichtig heraus und schaute sich um.

„Hier", rief Julia und deutete auf den Steinquader, der in einer anderen Ecke stand.

Tobias trug die Uhr dorthin und stellte sie ab. Fast ehrfürchtig schauten sich alle die Uhr an. Sie war aus Gold gefasst, hatte in der Mitte ein großes Zifferblatt und darunter ein Kästchen.

„Soll ich es aufziehen?", fragte Tobias.

Keiner sprach aber Barbara nickte. Tobias zog das Kästchen auf. Darin lagen ein Zettel und ein Schlüssel. Langsam faltete er den

Zettel auseinander und versuchte die Schrift zu entziffern. Sophie nahm den Schlüssel heraus und betrachtete ihn.

„Der ist ganz schön schwer", erklärte sie.

„Wo der wohl passt?", fragte Julia. „Kannst du etwas lesen oder entziffern oder ist es vielleicht ein Rätsel?" Im vergangenen Jahr hatte sie Wilhelm auf Schloss Auersbach mit seinen Rätseln auf Trapp gehalten. Sie hatte die Zeit in guter Erinnerung behalten und hoffte, dass vielleicht wieder ein Geheimnis auf sie wartete.

„Ich bin mir nicht sicher, ob ich das verstehe, was hier steht", Tobias legte den Zettel auf die Steinplatte und alle schauten darauf. Dort stand „Üb immer Treu und Redlichkeit, bis an dein kühles Grab". "Was soll denn das bedeuten?"

„Das ist der Anfang eines alten Volksliedes", erklärte Barbara.

„Schaut doch mal", Sophie deutete auf ein Schlüsselloch. „Vielleicht passt der Schlüssel in die Uhr?"

Sophie steckte den Schlüssel in die Uhr, er passte. Sie drehte ihn herum nichts passierte.

„Schade", meinte sie und zog ihn wieder heraus.

Nun aber fing die Uhr an, eine Melodie zu spielen.

„Das kenn ich, das ist das Lied „Üb immer Treu und Redlichkeit", erklärte Ewald.

„Schaut doch", Julia konnte sich kaum beruhigen. „Da ist ein kleines Fenster an der Uhr aufgegangen. Ach wie allerliebst, das sind ja Figuren, die sich dort bewegen."

Sie schauten fasziniert unter das Zifferblatt. Ganz filigrane Figuren bewegten sich zur Musik. Und noch etwas anderes konnten sie sehen. Vier Öffnungen hatte die Spieluhr frei gegeben. Jede für sich ungefähr so groß wie ein Fingernagel. Sie lauschten der Musik noch eine kleine Weile, dann schloss sich das Fenster unter dem Zifferblatt, die Musik verstummte und die vier Öffnungen verschwanden wieder.

„Was war denn das?", fragte Andreas, der als erster die Sprache wiederfand.

„Absolut", Julias Augen glänzten. „So was Schönes habe ich selten gesehen."

Barbara nickte. „Das ist die Uhr, von der Herbert immer sprach, jetzt ist mir das klar. Er hat doch immer zu uns gesagt, ich will das Bild der rosa Dame und dann verrate ich Euch das Versteck einer alten Uhr."

„Moment mal", unterbrach Ewald sie. „Wir haben zwar das Versteck der Uhr nun selbst gefunden, nur, von welchem Bild der rosa Dame spricht er. Er kann unmöglich das Bild hier an der Wand meinen."

„Vielleicht gibt es das Bild der rosa Dame noch ein weiteres Mal und zwar auf Leinwand gemalt?", Julia schaute Ewald an.

„Das wäre zumindest eine erklärbare Möglichkeit", gab dieser zurück.

„Also ich bin ganz hin und weg von dieser Uhr", Julia streichelte sie förmlich. „Gib mir doch bitte noch einmal den Schlüssel, Sophie, ich möchte mir das Schauspiel noch einmal anschauen."

Julia drehte den Schlüssel im Schloss, zog ihn heraus und erneut begann die Uhr ihre Musik zu spielen. Die Figuren wiegten sich im Takt, die vier Öffnungen kamen zum Vorschein und dieses Mal hob sich zusätzlich der Deckel der Uhr ein Stück nach oben.

„Wie hast du denn das gemacht?", fragte Tobias erstaunt.

„Keine Ahnung", Julia schaute verdutzt auf das Dach der Uhr, das sich ein Stück vom restlichen Gehäuse abgehoben hatte.

„Was ist da drin?", Barbara versuchte mit ihrem Handylicht hineinzuleuchten.

„Hast du den Schlüssel vielleicht länger gedreht?", gab Ewald zu bedenken.

„Möglich ist das, ich habe ihn eigentlich nur einmal herumgedreht", erwiderte Julia und schaute Sophie an.

„Ich hatte ihn ungefähr zur Hälfte gedreht."

Wie aufs Stichwort beendete die Uhr ihr Spektakel und alle waren sich einig den Schlüssel erneut und dieses Mal um das eineinhalbfache zu drehen. Julia zog den Schlüssel ab und erneut staunten sie über die Uhr. Zunächst öffnete sich das Fenster, die Musik erklang, man konnte die Öffnungen erkennen, das Dach schob sich weiter nach oben und gab dieses Mal ein Kästchen in der Mitte frei.

„Ich bin platt", erklärte Julia. Wer denkt sich denn so etwas Tolles aus?"

Andreas nahm das Kästchen aus der Uhr heraus. Keine Sekunde zu früh, denn gerade verstummte die Musik, das Dach senkte sich langsam und die Öffnungen verschwanden.

Er machte das Kästchen auf und holte einen weiteren Zettel mit einem Schlüssel heraus.

„Ein echter Fan von alten Volksliedern, habe ich den Eindruck",
schmunzelte er. „Auf diesem Zettel steht: „Kein schöner Land in
dieser Zeit, als hier das unsre weit und breit"."

„Ich finde", Barbara schaute in die Runde, „wir sollten die Uhr
einpacken und zu uns nach Hause fahren. Dort könnten wir in Ruhe
weiter nach diesem phantastischen Rätsel schauen, man weiß ja nie,
bei uns zu Hause haben die Wände auch keine Ohren. Was haltet
ihr davon?"

Der Vorschlag wurde einstimmig angenommen.

Zu Hause angekommen, holte Ewald Getränke aus dem Keller.
Die Uhr stellten sie auf den Tisch im Wohnzimmer. Die Gespräche
am Tisch bezogen sich nur auf die Rätsel und das Bild der rosa
Dame. Sie waren mittlerweile einer Meinung darüber, dass es ein
weiteres Bild geben musste. Vielleicht führte der Zettelkram sie auf
eine Spur. Aber bisher hatten sie keine Idee. Es waren so viele Fragen offen. Wer wusste von diesem Rätsel, wer hatte es kreiert, was
würden sie finden?

„Und was passiert eigentlich, wenn wir Herbert nicht das Bild
aushändigen? Der wird doch sicher auf Rache sinnen oder?", Tobias
war schlecht zu verstehen, hatte er doch noch einige Brotstücke im
Mund.

„Ich bin mir vor allen Dingen nicht sicher, was er überhaupt
weiß", überlegte Ewald. „Zumindest wusste er etwas über eine Uhr,
denn sonst hätte er diese nicht erwähnt. Vielleicht hat er das, was
wir in der Zwischenzeit wissen, bereits herausgefunden und kam
nicht weiter. Dann hat er alle bisherigen Spuren beseitigt und lässt
uns nun ermitteln.

„Um im entscheidenden Moment wieder zu uns zu stoßen? Das
macht mir Angst, Ewald", Barbara schaute ihn an. „Meinst du nicht,
wir sollten den Bürgermeister und die Polizei verständigen?"

„Das sollten wir nicht tun", sprach Ewald mit beruhigender
Stimme. „Zumindest jetzt noch nicht. Du weißt selbst, Barbara, was
unser Bürgermeister für ein Angsthase ist. Entschuldigung, aber das
stimmt. Wenn wir vorsichtig agieren und aufpassen, dann kann uns
eigentlich nichts passieren. Wenn ihr alle fertig gegessen habt, sollten wir uns unserem Fund widmen."

Die Teller wurden schnell in die Küche geräumt, dann nahm Julia
den Schlüssel und drehte ihn erneut anderthalbmal herum. Nachdem die Musik verklungen war, drehte sie den Schlüssel zweimal
im Schloss. Sie staunten nicht schlecht, als sich zu den bereits

bekannten Attraktionen auf der Rückseite noch ein weiteres Fenster öffnete. Nun konnte man also von der Vorderseite durch das hintere Fenster wieder hinausschauen. Sie waren fast schon ein bisschen enttäuscht als sich nach einem weiteren Versuch mit einer zweieinhalbfachen Umdrehung keine Neuerungen mehr einstellten.

„So, was können wir daraus schließen?", Sophies Stimme klang etwas genervt.

„Was haben wir bisher?", überlegte Tobias laut. „Wir haben einen Zettel mit dem Liedtext „Üb immer Treu und Redlichkeit bis an dein kühles Grab" und einen mit dem Text „Kein schöner Land in dieser Zeit, als hier das unsre weit und breit". Dazu zwei Schlüssel. Bei dem einen handelt es sich um den Schlüssel für unsere Uhr. Was ist mit dem zweiten Schlüssel. Soweit ich bisher gesehen habe, gibt es an der Uhr kein weiteres Schlüsselloch oder?"

Ewald nahm die Uhr vorsichtig hoch und Julia leuchtete alle Seiten akribisch ab.

„Nein", bestätigte sie, „keine weiteren Schlüssellöcher. Und nun?"

„Keine Ahnung", Barbara zuckte mit den Achseln.

„Was machen wir jetzt mit der Uhr? Die können wir unmöglich hier so herumstehen lassen", gab Tobias zu bedenken.

„Ich kenne ein gutes Versteck", Barbara zwinkerte Sophie zu.

„Ich auch", zwinkerte diese zurück.

„Sicher, dass ihr die im Haus behalten wollt, sonst nehme ich sie mit zu mir? Ich habe einen Safe, da könnte ich sie einschließen", Ewald schaute Barbara an.

„Ich glaube das ist nicht nötig, Ewald. Bei uns ist sie absolut sicher."

„Wie ihr meint", Ewald zuckte mit der Schulter. „Ich werde mich langsam auf den Weg machen, es ist schon reichlich spät geworden."

Die Jungs und Julia räumten die Küche auf, während Sophie und Barbara die Uhr versteckten. Auch ihren Freunden hatte Sophie nicht gesagt, wo sich die Uhr befand. „Je weniger Mitwisser, desto besser", hatte sie gesagt. Barbara ging zu Bett und die Vier saßen noch eine Weile im Wohnzimmer und beratschlagten, was man weiter tun konnte.

Sophie und Julia bemühten das Internet und versuchten so viele Informationen wie möglich zusammen zu tragen. Das war nicht einfach und auch kaum ausreichend. Wieder einmal stellten sie fest,

73

dass das Internet mindestens hundert Jahre zu spät erfunden worden war. Die Jungs brüteten über den Zetteln und überlegten, was die Sprüche mit den Schlüsseln und der Uhr zu tun hatten. Dabei überlegten sie auch, was es mit den vier Öffnungen auf sich hatte und waren sich bald einig, dass die Uhr an einem bestimmten Ort aufgestellt werden musste, um mit einer Vorrichtung oder ähnlichem verbunden zu werden. Wo das nur sein konnte? Sie nahmen zum x-ten Mal die Zettel in die Hand. Tobias war gerade dabei, alle Anfangsbuchstaben auf einen separaten Zettel zu schreiben.

ÜiTuRbadkG und KsLidZahduwub damit konnten sie auch nichts anfangen. Andreas überlegte gerade, ob vielleicht nur die Großbuchstaben einen Hinweis ergeben könnten, da fuhr Julia dazwischen.

„Vielleicht ergibt es einen Code, wenn wir die Buchstaben anhand der Reihenfolge im Alphabet nummerieren?"

„Du meinst „A" = 1, „B" = 2?", Andreas nickte.

„Ja, lass uns mal sehen, was dabei herauskommt."

Sophie hatte schon eine Tabelle aufgezeichnet und war dabei, die Anfangsbuchstaben mit Zahlen zu versehen.

„Das gibt eine ganz schön lange Zahl, meint ihr, das ist so richtig?"

„Ich dachte eher, du zählst alle einzeln gewonnenen Zahlen zusammen, so", Julia zeigte Sophie was sie meinte.

„Dann habe ich beim ersten Spruch die Zahl 110 und beim zweiten 161. Bringt uns das weiter?", Sophie schaute in die Runde. Julia gähnte.

„Ich glaube, wir verschwinden nun mal alle in den Betten und überdenken morgen unsere Erkenntnisse", erklärte Andreas.

Sophie konnte nicht einschlafen. Sie wälzte sich von einer Seite auf die andere. Was hatte das alles nur zu bedeuten? Die Liedtexte, die Buchstaben, die Zahlen, sie fiel in einen unruhigen Schlaf und träumte wirr. Sie fuhr zusammen, als sie ein Poltern hörte. Zunächst dachte sie, es wäre ein Bestandteil ihres Traumes, aber als sie Julia ebenfalls im Bett sitzend entdeckte, sprach sie leise: „Hast du das auch gehört?"

„Ja, klang so, als hätte jemand etwas fallen lassen."

„Vielleicht können die Jungs auch nicht schlafen und haben den Krach verursacht."

„Meinst du nicht, wir sollten mal nachsehen?", Julia sah Sophie an.

„Ich überlege gerade, ob ich mich das traue."

„Komm, sei kein Frosch, da müssen wir jetzt durch", Julia war bereits aufgestanden und zog Sophie hoch.

„Meinst du nicht, wir sollten die Jungs wecken?", fragte Sophie ängstlich.

„Ach komm, das können wir hinterher immer noch", erklärte Julia.

Leise schlichen sie auf den Flur. Hier oben waren alle Türen geschlossen.

„Ich glaube, das Geräusch kam von unten", überlegte Sophie.

Also gingen sie langsam im Dunkeln die Treppe herunter. Nur von außen schien eine Straßenlaterne hinein und beleuchtete die Szene gespenstisch. Ihre Handys lagen auf dem Nachttisch. Julia fluchte innerlich. Sie waren unten angekommen, da hörten sie ein Flüstern. Sophie zuckte zusammen und hielt Julia am Arm fest.

„Hast du das gehört, da ist wirklich jemand und augenscheinlich sind sie zu Zweit."

„Ich könnte mich ohrfeigen, dass ich das Handy oben vergessen habe", erklärte Julia und Sophie nickte, was Julia bei dieser Dunkelheit nicht sehen konnte.

„Soll ich das Licht anmachen?", fragte Sophie.

„Nein, besser nicht. Vielleicht solltest du hochgehen und die Jungs wecken und ich gehe vorsichtig weiter."

„Das lasse ich nicht zu", erklärte Sophie entschlossen. „Wir gehen besser gemeinsam weiter."

Vorsichtig schlichen sie weiter. Zunächst öffneten sie die Tür zum Wohnzimmer und schauten sich um. Hier konnte man besser sehen, da die Straßenbeleuchtung durch das große Wohnzimmerfenster schien.

„Nichts", flüsterte Sophie.

Sie schlichen weiter in die Küche und öffneten die Tür. Hier war es dunkel, denn Barbara hatte vorhin den Rollladen heruntergelassen. Sie wollten gerade rückwärts wieder hinausschleichen, da wurde Sophie der Arm umgedreht und der Mund zugehalten. Auch Julia wurde von hinten festgehalten. Ihr gelang es, laut zu schreien. Erschrocken ließen die Einbrecher von den Mädchen ab. Einer drückte auf den Lichtschalter. Alle blinzelten zunächst wegen der Helligkeit dann sagte Tobias: „Das hätten wir uns ja denken können."

Barbara hatte mitten in der Nacht Kakao für alle warm gemacht und nun saßen sie gemeinsam im Wohnzimmer. Auch die Jungs hatten das Geräusch gehört und waren kurz vor den Mädchen die Treppe heruntergeschlichen. Als sie unten ankamen, hörten sie eine Tür und versteckten sich im Wohnzimmer hinter dem Sofa.

„Deshalb haben wir euch nicht gesehen, als wir ins Wohnzimmer geschaut haben", nickte Julia.

„Aber wer hat das Geräusch verursacht?", überlegte Barbara.

„Also wir haben niemanden gesehen", Julia zuckte mit den Achseln.

„Ich habe mit Tobias alle Türen und Fenster kontrolliert. Keine Spuren eines Einbruchs", erklärte Andreas.

„Ich schlage vor, wir sollten uns alle wieder ins Bett begeben. Vermutlich kam das Geräusch von der Straße", meinte Barbara, trank ihren Kakao aus und ging nach oben.

Der Rest der Nacht verlief ruhig und am nächsten Morgen hatten alle den Vorfall bereits vergessen, als Julia nach den Zetteln fragte. Diese waren nicht aufzufinden, obwohl sie am Abend vorher noch auf dem Tisch gelegen hatten. Die Schlüssel hatte Julia in ihrem Waschbeutel versteckt, sie waren noch an ihrem Ort. Sophie schaute daraufhin im Geheimversteck nach der Uhr. Auch diese war noch da. Nur die Zettel waren und blieben verschwunden.

„Ich verstehe absolut gar nichts mehr", erklärte Tobias mal wieder mit vollem Mund. „Ich bin mir sicher, dass die Zettel gestern Abend dort auf dem Tisch gelegen haben. Andreas und ich haben doch noch versucht hinter das Geheimnis der Zettel zu kommen. Wir haben sie ganz sicher hier liegen lassen."

„Alle Fenster und Türen waren geschlossen, erinnere dich bitte daran, wir haben selbst nachgesehen", versuchte Andreas dem Freund auf die Sprünge zu helfen.

„Meinst du, deine Mutter hat die Zettel mitgenommen?", Julia schlug sich vor den Kopf.

„Ich frage sie", Sophie zückte ihr Handy. „Nein, sie hat die Zettel nicht mitgenommen", erklärte sie kurze Zeit später.

„Wo können die denn hingekommen sein?", Julia krabbelte bereits auf dem Boden und suchte unter dem Tisch.

„Verstehe das wer will, ich verstehe es nicht", Sophie schüttelte den Kopf. „Wer wusste von den Zetteln und was wollte derjenige damit anfangen. Die Uhr, sogar die Schlüssel könnte ich verstehen, aber die Zettel. Da hätte abfotografieren doch wohl gereicht oder?

„Wenn wirklich jemand die Zettel gestohlen hat und wir sie nicht nur verschlampt haben, dann stellt sich für mich die Frage, wie ist er hier hereingekommen? Alle Türen und Fenster waren zu und unbeschädigt", gab Andreas zu bedenken.

„Darauf bin ich noch gar nicht gekommen", Sophie schaute Andreas an. „Du hast recht. Leute, lasst uns hier im Wohnzimmer alles umdrehen. Ich muss wissen, ob die Zettel noch hier sind."

Nach einer halben Stunde intensiver Suche konnten die Zettel nicht gefunden werden.

„Mir macht das echt Angst", Sophies Stimme klang weinerlich.

„Wer hat einen Schlüssel von eurem Haus?", Tobias sah Sophie an.

„Also Mama und ich und meine Großeltern. Die sind aber im Moment im Urlaub."

„Wir sollten vielleicht mal überprüfen, ob bei Deinen Großeltern in der Wohnung noch alles in Ordnung ist, was meint ihr?", Tobias schaute in die Runde.

„Irgendwo müssen wir ja ansetzen", nickte Sophie und so nahmen sie den Ersatzschlüssel vom Haken und fuhren mit ihren Rädern zur Wohnung der Großeltern. Sophie hatte ihre Großeltern kurz angerufen und um Erlaubnis gefragt. Die Wohnungstür war verschlossen, die Wohnung selbst unauffällig und der Schlüssel von Sophies Haus hing am Haken.

„Schade", meinte Andreas während ihn die anderen verdutzt anschauten. „Na, das wäre doch eine Erklärung gewesen", rechtfertigte er sich.

„Sophie, denk nach, wer könnte noch einen Schlüssel haben?", animierte Julia die Freundin.

Ihr Telefon klingelte. Es war die Großmutter, die wissen wollte, ob in der Wohnung alles in Ordnung wäre. Ihr Nachbar, Herr Stein, würde täglich nach dem Rechten schauen und hätte sich sicher gemeldet, wenn etwas nicht in Ordnung wäre. Sophie beruhigte ihre Oma, wünschte weiterhin einen schönen Urlaub und legte auf. Daraufhin rief Sophie ihre Mutter an, die noch einmal bestätigte, dass es keine weiteren Schlüssel gäbe. Als Sophie das Gespräch mit ihrer Oma und den Namen Stein erwähnte, stieß ihre Mutter einen Schrei aus, der durchs Telefon zu hören war. Sophie wurde immer blasser und legte zitternd auf.

Kapitel 5 – Die Schlüssel

„Ihr glaubt nicht, wer bei meiner Oma die Blumen gießt."

„So wie du aussiehst, kann ich mir vorstellen, dass wir den Namen kennen", erwiderte Julia.

„Es ist Herbert", sagte Sophie fast tonlos.

Tobias pfiff durch die Zähne.

„Das sagt noch nichts", meinte Andreas.

„Das sagt doch alles", Julia schaute Andreas ernst an. Während er die Blumen gießt und die Post herausnimmt, hat er den Schlüssel entwendet."

„Ganz so war es nicht", erklärte Tobias. „Der Schlüssel hing am Schlüsselbrett deiner Großeltern.

„Vielleicht hat er sich eine Kopie anfertigen lassen?", überlegte Julia laut.

„Oder er hat den Schlüssel heute Nacht benutzt und anschließend wieder hingehängt, es ist alles möglich", erklärte Sophie.

Sie kamen zu dem Schluss, dass nur Herbert sowohl die Möglichkeit als auch das Wissen hatte und er vermutlich die Uhr samt Inhalt hatte holen wollen. Vielleicht war er in der Zwischenzeit zu weiteren Erkenntnissen gekommen zu denen er die Gegenstände brauchte. Er hatte ja erwähnt, dass er das Versteck der Uhr preisgeben würde, damit er das Bild der rosa Dame bekäme. Sie überlegten, ob er sie gestern beobachtet hatte, als sie die Uhr gefunden und abtransportiert hatten. Bisher hatte er nicht gefunden, was er suchte, aber er würde sicher wiederkommen.

„Langsam bekomme ich wirklich Angst", jammerte Sophie.

„Und langsam verstehe ich dich auch", versuchte Tobias sie zu beruhigen. „Mir wird auch ein bisschen mulmig und ich würde fast vorschlagen, deine Mutter sollte umgehend den Schüsseldienst bestellen."

Bis Mittag hatte der Schlüsseldienst das Zylinderschloss ausgetauscht. Nun waren die Vier halbwegs beruhigt, sie wollten die Wohnung aber trotzdem nicht verlassen. Sophie hatte die Uhr aus dem Versteck geholt und gemeinsam überlegten sie, was Herbert vielleicht wissen konnte, das ihnen entgangen war.

Sophie spielte mit den Schlüsseln während sich die anderen über den Buchstabencode beugten. Zum Glück hatte Julia am Abend vorher Bilder von den Zetteln gemacht. Sie zog die Uhr erneut auf und lauschte der Musik. Wo hatte sie die schon mal gehört, überlegte sie. Irgendwie kam ihr die Melodie bekannt vor. Volkslieder gehörten jetzt nicht so ganz zu ihrer Playlist. Aber sie war sich sicher, dass sie dieses Lied erst neulich wieder gehört hatte. Nur wo? Das gab es doch nicht. Sie spulte die letzten Tage vor ihrem geistigen Auge ab. War es bei einem Besuch? War es noch in der Schule? Plötzlich fiel ihr ein, woher sie die Musik kannte.

„Wisst ihr, woher ich die Musik kenne?", fragte Sophie ihre Freunde.

„Ich würde mal sagen, aus dem Musikunterricht?", Tobias schaute sie fragend an.

„Nein, Julia, überleg mal, woher kennen wir diese Musik?"

„Also ich kenne sie nicht", Julia beugte sich erneut über den Zahlencode.

„Natürlich kennst du die Melodie. Am Rathaus ist doch ein Glockenspiel angebracht, dort hört man diese beiden Lieder manchmal."

„Stimmt, du hast Recht, Sophie", Julia knuffte ihre Freundin. „Du bist richtig gut."

„Was nützt uns die Erkenntnis?", fragte Andreas.

„Na vielleicht ist die Auflösung des Rätsels dort vergraben?"

„Apropos Schlüssel. Ist euch schon mal aufgefallen, dass sich die beiden Schlüssel aneinander schmiegen?", fragte Sophie. Sie nahm beide Schlüssel in die Hand und knipste sie zusammen. „Schaut, so ergeben beide Schlüssel einen neuen Schlüssel."

„Du bist spitze", lobte Julia und schob ihr das Blatt Papier mit dem Buchstabencode hin. „Wenn du hier vielleicht auch noch mal drüber schauen möchtest. In der Geschwindigkeit, in der du die Rätsel löst, wird dir das hier auch keine Schwierigkeiten bereiten."

„Na, dann gib mal her", lachte Sophie. „Nein, ich würde vorschlagen, ich verstecke die Uhr erneut. Wir fahren zum Rathaus und schauen uns dort mal um. Vielleicht kommen wir mit unserem neuen Wissen nun weiter."

„Meint ihr, wir können einfach so ins Rathaus spazieren und denen sagen, lasst uns mal schauen, ob es hier eine Vorrichtung gibt, an der man eine Uhr aufhängen kann oder zeigt mal alle Schlüssellöcher, wir haben ein Rätsel zu lösen? Die erklären uns doch für verrückt und werden uns sicher kaum dort herumschnüffeln lassen", meinte Andreas.

„Das befürchte ich auch", seufzte Julia.

„Und wenn es unter dem Rathaus die Vorrichtung gibt?", Sophie schaute von einem zum anderen.

„Mensch Sophie, du bist heute aber wirklich gut drauf", lobte Tobias und Sophie strahlte.

Nachdem sie die Uhr in ihr Versteck gebracht hatte, machten sie sich auf den Weg zur Burg. Sie mussten vor Barbaras Feierabend wieder da sein, sonst stand sie vor einer verschlossenen Wohnung. Sophies Mutter hatte noch keinen neuen Schlüssel. Die Vier wollten gerade mit den Rädern losfahren, da bemerkten sie eine Gestalt, die auf der anderen Straßenseite stand und auffällig zu ihrem Haus schaute. Julia überlegte und täuschte geistesgegenwärtig ein Problem an ihrem Fahrrad vor. Während sich Tobias um das Fahrrad bemühte, konnten sie ihn eine Weile aus den Augenwinkeln beobachten. Immer wieder schaute er zu ihrem Haus, dann wieder zu den Vier, so als warte er darauf, dass sie endlich abfahren würden. Sophie versuchte heimlich ein Foto von dem Typ einzufangen. Das war nicht so einfach, weil er immer wieder in ihre Richtung schaute. Irgendwann gelang es ihr aber doch und sie schickte das Foto an ihre Mutter. Es dauerte nicht lange, da kam deren Antwort: „Vorsicht, das ist Herbert!"

„Und nun?", sie schauten sich ratlos an.

„Zunächst sollten wir zurück ins Haus gehen, denn er wartet doch förmlich darauf, dies wieder betreten zu können", erklärte Andreas.

„Kann er gar nicht, der Schlüssel passt nicht mehr", gab Julia zu bedenken.

„Wer weiß, was er anstellt, wenn der Schlüssel nicht passt. Ich finde, wir sollten das Risiko nicht eingehen. Es muss uns etwas anderes einfallen", sagte Andreas.

„Vielleicht wenn meine Mutter nachher hier ist?", doch das verwarf Sophie schnell wieder. „Nein, wir können nicht zulassen, dass sie alleine im Haus ist, wenn Herbert sich vielleicht Zutritt verschafft.

„Lasst uns erst mal von der Straße verschwinden", Tobias stand auf und zuckte mit den Achseln. Laut sagte er: „Da ist nichts zu machen, Julia. Das Fahrrad musst du zur Werkstatt bringen."

Julia legte eine Oscar reife Show hin. Sie jammerte und nörgelte eine ganze Weile und schob ihr Fahrrad dann widerwillig wieder zum Haus zurück. Sie traten ein und verschlossen sofort die Tür. Sophie telefonierte mit ihrer Mutter und berichtete ihr. Diese war sehr besorgt, hatte aber noch so viel Arbeit, dass sie nicht Feierabend machen konnte.

„Soll ich euch Ewald schicken?", Sophie gab die Frage ihrer Mutter an ihre Freunde weiter.

„Bist du dir sicher, dass man ihm trauen kann?", fragte Andreas und Sophie gab es weiter.

„Absolut sicher bin ich mir nicht", ließ Barbara durch Sophie erklären.

„Dann sollten wir gar keine Experimente machen. Ich bin dafür, wir rufen meinen Onkel an. Dem können wir auf jeden Fall vertrauen", meinte Tobias.

„Was genau soll er hier machen?", Sophie schaute etwas verständnislos.

„Uns helfen und deine Mutter beschützen, wenn wir weg sind."

„Wo soll er denn schlafen?", überlegte Julia.

„Wir haben noch kleines Zimmer. Dort legen wir einfach eine Matratze hin. Ich muss nur Mum fragen, ob es ihr recht ist."

Sophie besprach die neue Lage mit ihrer Mutter, der die Unterstützung durch den Onkel sehr gelegen kam. Im Anschluss rief Tobias seinen Onkel an. Es dauerte eine Weile, bis Tobias alles erzählt hatte und eine noch größere, bis er den Onkel überzeugt hatte, hierher zu kommen. Er wollte nicht zur Last fallen und Zeit hatte er eigentlich auch keine. Schließlich sagte er zu.

„Jetzt ist mir wesentlich wohler", erklärte Sophie.

Nach dem Mittagessen fuhr der Onkel vor. Sie hatten überlegt, ob es besser war, ihn heimlich ins Haus zu holen. Man konnte über einen Wirtschaftsweg auf die Terrasse und ins Haus gelangen. Von der Vorderseite des Hauses war dieser nicht einzusehen. Dann aber waren sie übereingekommen, den Onkel direkt vor dem Haus mit großem Jubel zu empfangen. Herbert sollte schon sehen, was sie alles aufboten.

Am späten Nachmittag kam Barbara nach Hause. Sie begrüßte den Onkel und setzte sich an den Kaffeetisch, den die Vier gedeckt hatten. Nachdem sie ein bisschen Smalltalk betrieben hatten, erklärte Barbara, dass sie mit dem weiteren Vorgehen nicht einverstanden sei. Sophie schaute ihre Mutter wütend an.

„Traust du uns nicht zu, dass wir das schaffen?", sie schnaubte förmlich.

„Doch, Sophie, ich vertraue euch. Aber Herbert ist gefährlich. Bitte bedenkt, was er schon alles angestellt hat. Da ist Erpressung fast noch harmlos, Pralinen zu präparieren, damit es den Leuten schlecht geht, finde ich, gelinde gesagt, höchst kriminell. Wer weiß, was ihm sonst noch so einfällt. Sein Gewissen scheint ja sehr dehnbar zu sein. Also ich bin dafür, wir übergeben den Fall an professionelle und ausgebildete Fachleute und ihr konzentriert euch auf eure Ferien mit Schwimmen, Faulenzen und was man sonst noch so machen kann."

Sophie war rot vor Zorn geworden. „Nein, Mum, das kannst du uns nicht antun. Das haben WIR angefangen und das ziehen WIR jetzt auch durch."

Tobias und Andreas schauten betreten auf den Boden, sie konnten Barbara verstehen, aber das Abenteuer reizte sie natürlich auch. Da ergriff der Onkel das Wort. Er sprach mit ruhigen Worten auf Barbara ein. Er hob den Vorteil des Wirtschaftsweges hervor und das man nicht bemerken würde, wenn dort jemand das Haus verlassen würden. Immer vorausgesetzt, dass sich Herbert zu diesem Zeitpunkt vor dem Haus aufhalten würde. Aber das hätten sie ja im Griff, man musste nur aus dem Fenster schauen, Herbert lungerte noch immer vor dem Haus herum. Sobald er seinen Posten vor dem Haus verlassen würde, könnte man immer noch die Vier warnen. An sie appellierte er, vernünftig und besonnen vorzugehen. Lieber eine Sache abzubrechen und Verstärkung zu holen, als ein Risiko einzugehen.

Barbara nickte widerwillig nach dem Plädoyer des Onkels. Sophies Gesicht hatte wieder eine normale Farbe angenommen und die Freunde atmeten erleichtert auf. Sie bereiteten ihren Ausflug vor. Ein Rucksack mit brauchbarem Werkzeug wurde gepackt, der auch zwei gute Taschenlampen enthielt. Zum Glück stand das Auto von Andreas in einer Seitenstraße, so dass sie sich eine halbe Stunde später unbemerkt vom Haus wegschleichen konnten.

Sie stellten das Auto im Ort in einer Seitenstraße ab und stiegen die paar Meter zu Fuß zur Burg hinauf. Es war nicht viel los und so konnten sie schnell unbemerkt in das Gewölbe verschwinden.

Die Platte schloss sich und Tobias erhellte mit der Taschenlampe den Raum. Andreas hatte die andere in der Hand.

„Wo wollen wir suchen, wo wollen wir anfangen?", fragte er.

„Ich befürchte, wir müssen uns Stück für Stück vorarbeiten, alles andere hat überhaupt keinen Sinn", erklärte Tobias.

„Nach einer halben Stunde hatten sie einen Teil der Wände abgesucht, da ging Tobias nach oben und versuchte mit seinem Handy ein Netz zu bekommen. Er schrieb Barbara, dass hier alles in Ordnung wäre. Sie meldete sich umgehend und berichtete, dass Herbert noch immer vor dem Haus stand. Bei der dritten Rückmeldung durch Tobias verzichtete Barbara darauf, zu schreiben, sie rief ihn direkt an. Herbert hatte gerade seinen Posten verlassen. Tobias hörte an ihrer Stimme, dass sie sehr nervös war. Der Onkel hatte es beobachtet und war Herbert hinterher gegangen. Der aber stieg in sein Auto und fuhr davon. Bis der Onkel an seinem Auto war, war Herbert weg.

„Sollen wir Schluss machen?", fragte Tobias. „Wir haben nichts zu verlieren. Zum Glück haben wir das Equipment und können den Takt vorgeben."

Barbara fand die Idee gut und bat Tobias, dies den anderen vorzuschlagen.

Sophie und Julia waren nicht sehr begeistert, stimmten aber zu, als Andreas sich auch für Aufbruch entschied.

„Lasst uns schleunigst verschwinden, erklärte er. „Es ist wichtig, dass Herbert uns nicht sieht, sonst ist unser Trick mit der Gartentür und dem Wirtschaftsweg schnell dahin."

Sie hatten sich keine Minute zu früh entschieden, denn Herbert kam gerade mit dem Auto die Auffahrt zur Burg hoch. Sie hatten das befürchtet und sich sehr vorsichtig und abseits des Hauptweges zum Parkplatz geschlichen. Sophie ging voran und sie nahmen einen gut eingewachsenen Fußweg zum Parkplatz. Herbert konnte sie so vom Hauptweg aus nicht sehen. Sie waren sich mittlerweile einig, dass es sich bei dem nächtlichen Besucher in ihrem Haus um Herbert gehandelt haben musste. Ob das die Sache leichter machte, blieb dabei offen.

Zu Hause angekommen, stellten sie das Auto von Andreas wieder in einer Seitenstraße ab und betraten das Haus genauso, wie sie es verlassen hatten. Barbara hatte sich solche Sorgen gemacht, dass sie alle Vier erst mal in die Arme schloss und sie drückte.

„Habt ihr Hunger?", sie schaute von einem zum anderen.

Als hätten sich die Vier abgesprochen kam es aus ihrem Mund: „Und wie."

Beim Abendessen berichteten sie Barbara und dem Onkel. Barbara war von Sophies Idee begeistert und meinte auch, dass das Rätsel im Rathaus weitergehen musste. Zwei Lieder aus dem Glockenspiel, die auf den Zetteln der Uhr erwähnt wurden, das war kein

Zufall. Nur, wo sollte die Uhr hingebracht werden? Jeder grübelte für sich, während sie vor sich hin kauten. Plötzlich hatte Julia eine Idee.

„Wo befindet sich das Glockenspiel im Rathaus?", fragte sie Barbara.

„Soweit ich weiß, befindet sich das Glockenspiel im Rathausturm, ziemlich weit oben", erklärte Barbara.

„Kommt man dort ohne weiteres hin?", der Onkel sprach aus, was Julia dachte.

„Das kann ich mir kaum vorstellen", überlegte Tobias.

„Ohne Weiteres vielleicht nicht, aber ich habe im Moment einen Generalschlüssel, weil ich als Architektin an den Umbauarbeiten im Rathaus beteiligt bin", grinste Barbara.

Sophie und Julia schauten Barbara verdutzt an.

„Und sie würden mit uns das Rathaus erstürmen?", der Onkel lachte.

„Aber nur, wenn sie „du" zu mir sagen", lachte Barbara zurück.

„Also gut, dann gilt für alle hier: ich heiße Hans."

„Wann sollten wir das Rathaus erstürmen?", überlegte Andreas.

„Ich würde vorschlagen, je später, desto besser. Also sprich, wenn alle nach Hause gegangen sind."

„Ist das denn dann nicht Einbruch?", überlegte Julia.

„Einbruch mit Schlüssel, ist kein Einbruch", erklärte Tobias überzeugt.

„Na ja, ich würde dafür meine Hand nicht ins Feuer legen", lachte Andreas. „Wir sollten auf jeden Fall sehr vorsichtig sein."

„Ich überlege mal laut", sagte Barbara. „Wenn ihr morgen als Besuchergruppe, meinetwegen „angehende Interessenten für den Beruf des Architekten", im Rathaus auftaucht und euch brennend für den Rathausturm und seine Architektur interessiert, würde es vielleicht nicht sonderlich auffallen. Ich könnte euch morgen früh ganz offiziell bei der Sekretärin des Bürgermeisters anmelden und sage, dass ich es einfach vergessen habe, das früher zu melden."

„Sind wir dafür nicht zu wenige?", gab Sophie zu bedenken?

„Da habt ihr Recht", seufzte Barbara.

„Komm Sophie!", stieß Julia ihre Freundin an. „Wir mobilisieren ein paar daheim gebliebene Klassenkameraden, die uns als Statisten behilflich sind."

Es dauerte nicht lange, da hatten sie eine Gruppe von 12 Personen zusammengestellt und gingen zufrieden nach oben, um sich gemeinsam einen spannenden Film in Sophies Zimmer anzuschauen.

Am nächsten Morgen wachte Sophie sehr früh auf. Es war hell und so konnte sie auf ihrer Uhr erkennen, dass es noch vor sechs Uhr war. Also drehte sie sich auf die andere Seite, als sie feststellte, dass Julia nicht in ihrem Bett war. Sophie wartete eine Weile. Vielleicht war sie nur ins Bad gegangen und kam gleich zurück. Nichts passierte. Sie überlegte, wo konnte ihre Freundin um diese Uhrzeit sein? Sie zog die Bettdecke weg und schlupfte in ihre Hausschuhe. Diesmal vergaß sie das Handy nicht, obwohl genügend Helligkeit ins Zimmer schien, Vorsichtig öffnete sie die Tür. Gedämpfte Stimmen drangen von unten herauf und Sophie schlich auf Zehenspitzen den Flur entlang, um näher heran zu kommen. Unten stritt ihre Mutter mit einer Person, deren Stimme Sophie fremd vorkam. Die Unterhaltung war gedämpft, deshalb konnte Sophie nur Wortfetzen aufschnappen. Sie musste ein paar Stufen nach unten gehen, damit sie überhaupt eine Chance hatte, den Besitzer der fremden Stimme zu erkennen. Vorsichtig setzte sie einen Fuß vor den anderen und wäre beinahe die Treppe heruntergefallen, weil sie vor lauter Schreck nicht auf die Stufen achtete. Unten sah sie Julia gefesselt und augenscheinlich leblos am Boden liegen. Ihre Mutter saß auf einem Stuhl und schien ebenfalls gefesselt. Der Typ, der sich gerade damit beschäftigte, der leblosen Julia einen Knebel in den Mund zu schieben, war – Herbert.

Nun nichts überstürzen, mahnte sich Sophie und ging rückwärts ganz vorsichtig die Stufen nach oben. Sie stieß auf etwas Weiches und hätte vor Schreck beinahe geschrien, wenn Tobias ihr nicht rechtzeitig den Mund zugehalten hätte. Sophie deutete mit dem Kopf nach unten, während sie weiter nach oben schlich. Tobias bückte sich weit nach unten. Auch er sah Julia am Boden liegen und kehrte zu Sophie zurück. Er zog sie mit sich in sein Zimmer, wo Andreas noch ruhig vor sich hin schlief. Ganz vorsichtig weckte er ihn. Andreas zitterte am ganzen Körper. So hatte ihn Tobias noch nie gesehen. Er musste ihn sehr zurückhalten, damit er nicht sofort nach unten stürmte. Sie beratschlagten, was sie tun konnten. Viel Zeit hatten sie dazu nicht, denn sie mussten damit rechnen, dass Herbert bald in das obere Stockwerk vordringen würde. Er würde sich zunutze machen wollen, dass alle noch schliefen und damit der Überraschungseffekt auf seiner Seite wäre.

„Ich bin dafür, dass wir die Polizei alarmieren", meinte Sophie.

„Bist du verrückt?", Tobias schaute sie irritiert an. „Dann ist es aus, mit unserer Detektivarbeit."

„Bist du so blöd oder tust du nur so?", Andreas Augen funkelten vor Zorn. „Wenn wir die Polizei nicht alarmieren, dann ist es unter Umständen aus mit Julia und Barbara und mit uns vielleicht auch."

Sophie nahm ihr Handy und wählte die Rufnummer der Polizei. Flüsternd gab sie dem Beamten die Adresse durch, der versprach, sofort einen Streifenwagen zu schicken. Sie legte ihr Handy weg und schaute zur Tür. Ihr Mund blieb offenstehen. Tobias und Andreas folgten ihrem Blick. Ganz langsam öffnete sie sich und Herbert schob sich hinein. Die Drei starrten ihn an. Er starrte zurück. Er hatte nicht damit gerechnet, dass die weiteren Hausbewohner bereits auf und in einem Zimmer versammelt waren. Er überlegte kurz, was er nun tun sollte, da bekam er von hinten einen Schlag auf den Kopf und brach zusammen. Der Onkel hatte Herbert mit einer Flasche Wasser außer Gefecht gesetzt. Sie hatten nicht viel Zeit. Sophie rannte runter in die Küche und holte aus einem Schrank Paketklebeband. Damit fixierten Tobias und Andreas zunächst die Hände auf dem Rücken und dann die Beine. So schnell konnte sich Herbert daraus nicht befreien. Der Onkel war mit Sophie in der Zwischenzeit nach unten gerannt, um nach Barbara und Julia zu schauen. Die Jungs bewachten Herbert, der noch nicht wieder bei Bewusstsein war. Barbara war zum Glück nichts weiter passiert. Sie lösten ihr die Fesseln während sie sich die schmerzenden Handgelenke rieb. Julia lag immer noch am Boden, war aber wieder bei Bewusstsein. Sophie kniete bereits neben ihr und nahm ihr den Knebel aus dem Mund. Anschließend löste sie auch bei ihr die Fesseln und half ihr vorsichtig auf die Beine. Julia wankte noch etwas, war aber bereits wieder munter. Aber als sie die Arme nach oben recken wollte, durchfuhr sie ein stechender Schmerz. Sie stöhnte auf. Barbara und der Onkel schauten erschrocken auf.

„Ich weiß nicht was das war. Wenn ich meinen rechten Arm nach oben strecke, verdammt, autsch, das tut weh", erklärte Julia den anderen.

„Ich gehe mal nach draußen und weise die Polizei ein", erklärte der Onkel.

Draußen fuhren mehrere Autos vor. In Begleitung des Onkels standen bald einige Polizisten im Haus, die nach einer kurzen Unterredung mit Barbara nach oben geführt wurden. Dort nahmen sie Herbert in Empfang, der zwischenzeitlich wieder zu sich gekommen war. Ein Kriminalbeamter war ebenfalls hereingekommen und erklärte den Bewohnern nach einer längeren Überprüfung, dass es sich bei Herbert vermutlich um einen alten Bekannten handelte, den man nun hoffentlich etwas länger hinter Schloss und Riegel bringen würde. Sophie und Julia kochten Kaffee, während der Kriminalbeamte sich mit Barbara und dem Onkel unterhielt. Auch die Jungs waren von ihrem Wachposten nach unten gekommen.

„… bin dann ganz langsam die Treppe nach unten", hörten sie Barbara gerade erzählen. Die Mädchen lauschten. Julia hatte Sophie in der Küche bereits erzählt, dass sie auf der Toilette gewesen war und bei der Rückkehr im Wohnzimmer den Schein einer Taschenlampe gesehen hatte. Daraufhin wäre sie ohne zu zögern nach unten gegangen und hätte dort Barbara mit Herbert entdeckt, der sie mit einem Messer bedrohte. Barbara erklärte gerade lang und breit, wie Herbert erst sie dann Julia gefesselt und dann auch noch geknebelt hatte. Irgendwann wäre er nach oben verschwunden und dann hätte es eine gefühlte Ewigkeit gedauert, bis die Rettung in Form von Sophie und dem Onkel genaht wäre.

„Zum Glück musste ich auf die Toilette und hatte im Zimmer eine Wasserflasche stehen", ergänzte der Onkel die Erzählung von Barbara.

Ob sie sich vorstellen könnte, was Herbert hier gewollt habe, wollte der Kriminalbeamte nun wissen.

„Keine Ahnung!", erklärte Barbara mit fester Stimme und sprach weiter: „Wir haben hier keine wertvollen Gegenstände, wohnen recht einfach, auch Bargeld ist kaum im Haus. Ich vermute, er hat die Häuser verwechselt, denn nebenan wohnt ein recht wohlhabendes Ehepaar. Vielleicht wollte er die um Geld und Schmuck erleichtern?"

Der Kriminalbeamte nickte. Er stand auf und erklärte, dass man sich morgen oder übermorgen mal zur Verfügung halten sollte, wegen einer Zeugenaussage, die noch zu Protokoll gegeben werden musste. Die Polizei würde sich melden, auch wegen der Einbruchspuren. Damit verabschiedete er sich.

Als sie wieder alleine waren atmete Barbara erleichtert auf.

„War das gut oder hätte ich ihm etwas sagen sollen?", zweifelte sie nun doch.

„Jetzt ist es zu spät", seufzte Sophie. „Die Geschichte können wir nicht mehr ändern, sonst machen wir uns erst recht verdächtig. Wir können nur hoffen, dass Herbert dazu den Mund hält."

Tobias und Julia nickten, während der Onkel sagte: „Was ist denn nun genau vorgefallen, Barbara?"

Diese schaute ihn an und begann zu erzählen. „Den ganzen Nachmittag hat Herbert mich mit SMS-Nachrichten bombardiert. Er wollte die Uhr, denn er hatte eins und eins zusammengezählt, als wir einen Gegenstand nach drinnen trugen. Er hatte mich verfolgt und uns dabei beobachtet. Ich habe versucht, ihn hinzuhalten und gehofft, dass mir irgendetwas Geistreiches einfallen würde und als ich vorhin ein Geräusch hörte wusste ich, dass Herbert den Schlüssel benutzen und erneut hierherkommen würde. Als er die Tür nicht aufschließen konnte, hat er eines der kleinen Fenster eingeschlagen und von innen mit dem steckenden Schlüssel geöffnet."

„Was macht eigentlich dein Arm?", wollte Barbara wissen.

Julia streckte den Arm nach oben und lies ein lautes „Au" vernehmen.

„Das muss sich nachher ein Arzt anschauen. Für heute lohnt es sicher nicht mehr, noch mal ins Bett zu gehen oder wollt ihr versuchen, noch etwas Schlaf einzufangen", fragte der Onkel.

Später beratschlagten sie, wie sie der Polizei die Wahrheit sagen konnten, dabei aber nicht so viel verraten würden.

Andreas hatte Julia zum Arzt gefahren und wartete darauf, sie von dort wieder abzuholen.

Barbara hatte sich den Vormittag frei genommen und die Aussage gleich zu Protokoll gegeben. Am Nachmittag erwartete sie die Freunde von Sophie und Julia, die sie durch den Rathausturm führen wollte. Bereits zweimal hatte sie im Laufe des Vormittagsversucht, den Kommissar zu erreichen, das war ihr bisher aber nicht gelungen. Während sie noch überlegte, was sie nun tun könnte, klingelte ihr Telefon.

Der Kommissar hatte ihre Rufnummer in seiner Anrufliste gesehen. Er wollte mit einem Herrn von der Spurensicherung vorbeikommen. Dabei könnte sie gleich das inzwischen fertige Protokoll unterschreiben.

Etwa eine halbe Stunde später klingelte es an der Tür. Barbara begrüßte den Kommissar und bot Kaffee an. Der Herr von der

Spurensicherung begann, die Tür mit dem eingeschlagenen Fenster zu untersuchen. Auch den besagten Schlüsselbund wollte er haben. Barbara las unterdessen das angefertigte Protokoll und unterschrieb es.

„Haben sie schon eine Ahnung, was der Typ bei uns wollte?", versuchte Barbara ein Gespräch zu beginnen.

„Bisher schweigt er beharrlich", erklärte der Kommissar während Barbara aufatmete. „Ich dachte, sie könnten mir etwas erzählen."

„Ich vermute nach wie vor, dass er drüben bei Schröders einbrechen wollte", Barbara versuchte gleichgültig auszusehen.

„Möglich", murmelte der Kommissar. „Wenn ihnen noch etwas einfällt, was uns weiterhelfen könnte, melden sie sich bitte bei mir. Meine Nummer haben sie."

Er gab ihr die Hand und sie verabschiedeten sich.

Kaum war die Tür ins Schloss gefallen, stürmten Sophie, Tobias und Andreas die Treppe herunter. Auch der Onkel kam langsam hinterher. Sie bedrängten Barbara mit Fragen, wollten alles genau wissen. Nach einer Weile fiel Barbara ein, dass sie sich langsam auf den Weg zur Arbeit machen musste. Sie nahm ihre Handtasche, erklärte den Vier noch einmal ihren Treffpunkt am Nachmittag, bat den Onkel, einen Glaser zu organisieren und verabschiedete sich.

„Was machen wir jetzt?", fragte Tobias, nachdem Barbara gegangen war.

Andreas sah auf sein Handy. „Ich muss Julia abholen, die Schulter war ausgerenkt, schreibt sie und sie wartet schon seit zwanzig Minuten auf eine Rückmeldung von mir."

„Ich werde mal das Fenster abkleben und einen Glaser bestellen", erklärte der Onkel.

Beim Mittagessen überlegten sie weiter, wie sie nun vorgehen wollten. Julia trug einen Verband zum Stabilisieren. Die Schulter war wieder eingerenkt und es tat noch weh, aber kein Vergleich mehr zu den Schmerzen vom Vormittag.

„Soll ich heute Mittag hier zu Hause bleiben oder möchtet ihr, dass ich zur Besichtigung des Turms mitkomme?", fragte der Onkel die Vier.

„Es wäre schon toll, wenn du mit uns kommen würdest", meinte Tobias, während er sich einen Berg Nudeln schöpfte.

„Und wer bewacht die Wohnung?", Sophie schaute in die Runde.

„Glaubst du, Herbert lassen sie wieder laufen?", Andreas schüttelte den Kopf. „Bei der Polizei sind sie heilfroh, dass sie dem was nachweisen können. So schnell kommt der nicht frei."

„Und wenn er einen oder mehrere Komplizen hat?", gab Julia zu bedenken.

„Es wäre immerhin möglich", der Onkel reichte Tobias die Soße.

„Willst du wirklich dableiben?", Sophie schaute den Onkel an.

„Ich glaube, dein Wissen und deine Kenntnisse werden bei diesem Ausflug dringend gebraucht."

Sie beschlossen, das Risiko einzugehen und verließen zur verabredeten Zeit die Wohnung. Da für den Onkel kein Fahrrad zur Verfügung stand, nahmen sie das Auto von Andreas und fuhren zum Rathaus. Am Empfang wartete Sophies Mutter bereits auf sie. Schnell bildete sich eine Gruppe von ungefähr zwanzig Personen. Andreas hatte einen großen Rucksack dabei, in dem er sicherheitshalber die Uhr trug. Sophies Mutter kannte sich gut aus und gestaltete die Führung sehr abwechslungsreich. Nur die Vier warteten ungeduldig auf den Höhepunkt der Begehung, die Besteigung des Turms. Es gab eine ganze Menge interessanter Räume zu bestaunen. Dazu viele alte Möbel. Sie staunten nicht schlecht, als Sophies Mutter ihnen den Geheimgang eines sehr verliebten Fürsten zeigte. Dieser verbarg sich hinter einer Farbtapete und fiel von vorne kaum auf. Auf diesem Weg waren mehrere Generationen unauffällig zu ihren Liebsten ins angrenzende Schlafgemach gelangt. Julia war Feuer und Flamme und war gerade dabei, Sophies Mutter ein Loch in den Bauch zu fragen. Sophie rollte bereits die Augen. Sie wollte so schnell wie möglich zum Turm und hatte wenig Verständnis für Verzögerungen. Endlich kamen sie dem Turm näher. Barbara kramte in ihrer Handtasche und suchte den Schlüssel. Er war groß und passte in das Schloss. Sie sperrte auf und die Gruppe betrat den Turm. Zunächst erzählte Barbara, was es mit dem Turm auf sich hatte. Er war weder als Versteck noch als Gefängnis gebaut und genutzt worden in den vergangenen Jahrhunderten. In all den Zeiten war er ein Rückzugsort für die Herzöge oder Fürsten, je nachdem, wer gerade im Rathaus regierte. Im unteren Teil des Turms gab es mehrere Räume, die früher als Depot für Kunstgegenstände genutzt worden waren. Mittlerweile aber wurde der gesamte Turm eher als Abstellkammer verwendet. Die unteren Räume dienten als Archiv und müssten dringend saniert werden. Wie immer fehlte das Geld. Die letzten drei Räume oben waren die einzigen, die in einem schönen Zustand waren. Im vergangenen Jahrhundert dienten die Turmzimmer mal einem stadtbekannten Autor, der die Aussicht nutzte, um sich inspirieren zu lassen. Er hatte einen Vertrag mit der Stadt und durfte diese Zimmer, wann immer er wollte, bewohnen. Später waren sie sogar einmal als Wohnung genutzt worden und so sah man, dass sie wesentlich gepflegter waren, als die Zimmer darunter. Außerdem hatte man einen tollen Blick auf die Stadt. Nachdem alle Gruppenmitglieder ihre Fotos und Selfies im Kasten hatten, mahnte Barbara zum Aufbruch. Sie zwinkerte den Vier und dem Onkel zu und verließ den Turm mit dem Rest der Gruppe. Als sie alleine waren, überlegte Tobias laut:

„Wohin gehört die Uhr?"

Alle zuckten mit den Schultern. Hier oben gab es Nischen, alte Schränke, mehrere Tische, Bilder an den Wänden und einiges mehr. Aber eine Vorrichtung für eine Uhr, die gab es nicht. Sophie hatte sich bereits enttäuscht auf einen Stuhl fallen lassen und überlegte, wie sie ihre Freunde zu einem Besuch ins Schwimmbad überreden konnte. Andreas holte die Uhr aus dem Rucksack und schaute sich um.

„Los!", versuchte er die anderen zu motivieren. „Schaut euch um. Irgendwo muss diese Uhr doch passen. Komm´ Sophie, du auch!"

Sophies Augen funkelten aber sie erhob sich und suchte ebenfalls nach dem passenden Ort für die Uhr. Nach einer halben Stunde sanken sie alle auf die Stühle. Nichts hatten sie gefunden, was auch nur halbwegs diese Uhr aufnehmen konnte. Julia schmiegte sich enttäuscht an Andreas.

„Ich war mir so sicher, dass das Gegenstück für die Uhr hier oben zu finden wäre", sie schaute in die Runde.

„Vielleicht ist es auch in den Zimmern unten", überlegte Tobias, stand auf und schwang sich auf einen Fenstersims, um über die Stadt zu schauen.

„Ah!", rief er erschrocken und glitt vom Sims herunter. Der wackelte bedenklich. „Komisch."

Andreas und der Onkel kamen näher und schauten sich den wackeligen Sims genauer an.

„Hier!", der Onkel zog an der Platte. „Schaut mal, die kann man verschieben."

Vorsichtig schoben Tobias und Andreas die Platte zur Seite. Darunter kam eine weitere Tischplatte mit Halterungen in der Oberfläche zum Vorschein.

„Lasst mich raten, was da hineinpasst", Sophie hüpfte aufgeregt in das andere Zimmer und stieß einen Schrei aus.

„Was ist los", Julia rannte hinter ihr her.

„Die Uhr ist weg", Sophie schaute fassungslos auf den Tisch.

„Bist du dir sicher, dass du sie hier abgestellt hast", fragte Sophie Andreas nun schon zum dritten Mal.

„Absolut sicher", erwiderte er. „Am Anfang hatte ich sie in der Hand, weil ich dachte, wir finden recht schnell den passenden Ort. Nachdem wir aber nicht fündig wurden, habe ich sie hier an der Eingangstür abgestellt. Ich weiß doch, was ich gemacht habe."

Barbara war in der Zwischenzeit dazu gekommen. Sophie hatte sie angerufen und ihr von dem Verlust der Uhr berichtet.

„Wir waren so mit dem suchen beschäftigt, dass uns überhaupt nichts aufgefallen ist", erklärte ihr Hans. „Kein Geräusch oder sonst irgendetwas."

Julia schüttelte den Kopf. „Wie dreist ist das denn? Wir suchen hier wie wild und nebenan spaziert jemand hinein und klaut die Uhr. Wer kann das gewesen sein? Herbert sitzt doch im Gefängnis. Er kann unmöglich hier gewesen sein."

„Vielleicht hat er doch einen Komplizen", gab der Onkel zu bedenken.

Alle schauten Barbara an. „Was soll das heißen", wehrte sie sich. „Ich habe die Gruppe nach unten gebracht, mich kurz mit einer Kollegin unterhalten und bin in mein Büro. Dort hat mich bereits Sophies Anruf erreicht.

„Entschuldige bitte", der Onkel ergriff das Wort. „Wir wollten nicht dich beschuldigen. Aber überlege mal selbst, es ist schon ein wenig seltsam."

„Denken wir mal logisch", das war Julias Stimme. „Wer wusste von unserem kleinen Ausflug?"

„Natürlich unsere Klassenkameraden, die uns begleitet haben", gab Sophie zu bedenken.

„Ja, aber denen haben wir von dem eigentlichen Zweck nichts erzählt", entgegnete Julia.

Barbara seufzte erschrocken auf: „Der Alte, ihr wisst doch, Herr Meier, dem habe ich davon erzählt."

Tobias pfiff durch die Zähne, doch sie schüttelte den Kopf.

„Wenn ich mir vieles vorstellen kann, das dann doch nicht."

„Was wollen wir jetzt tun?", fragte Julia. „Wenn wir jetzt den Platz hier aufgeben, dann kommt der Dieb mit der Uhr und löst das Rätsel. Auf der anderen Seite können wir nicht ewig hier bleiben."

„Dem Dieb nützt die Uhr ohne Stellplatz hier genau so wenig, wie uns. Er wird ein Interesse haben, wieder zu kommen", meinte der Onkel. „Ich schlage Wachen vor."

Barbara schaute ihn streng an. „Wer soll denn Wache halten?"

„Wir beide könnten anfangen", er deutete auf Barbara. „Gegen zwei heute Nacht sollten uns Tobias und Andreas ablösen, dann kannst du noch etwas schlafen, bevor du morgen ins Büro gehst. Sollte sich bis dahin nichts getan haben, müssen wir neu überlegen."

Barbara war nicht überzeugt, dass das die richtige Lösung wäre, hatte aber auch keine bessere Idee und so blieben sie und Hans im Turm zurück. Später brachte Tobias den beiden noch etwas Proviant und fuhr mit dem Rad zurück zur Wohnung. Dort hatten sie es sich auf dem Sofa gemütlich gemacht und überlegten, wer sie so betrogen haben konnte. Ob vielleicht Herbert einen Komplizen hatte, den sie noch nicht kannten, war ebenfalls nicht auszuschließen. Sie zerbrachen sich den Kopf, während sie gemeinsam den Tisch deckten.

Sie schauten zunächst einen Film und spielten ein Gesellschaftsspiel. Dann war es Zeit für die Jungs, schlafen zu gehen. Sie sollten Barbara und Hans ablösen.

Gegen 1.30 Uhr klingelte der Wecker. Sie zogen sich Schuhe an, nahmen Handy und Taschenlampe und zogen die Tür hinter sich zu. Zur Sicherheit schloss Tobias ab. Sie fuhren mit dem Auto zum Rathaus, stellten es in einer Seitenstraße ab und gingen zu Fuß zum Hintereingang. Dort riefen sie Barbara auf dem Handy an. Diese meldete sich sofort und versprach, Hans nach unten zu schicken. Es dauerte nicht lange da drehte sich der Schlüssel leise im Schloss um und er erschien im Türrahmen.

„Kommt!"

„Sie gingen durch einen langen Gang bis zum Turmaufgang. Der Onkel schloss die Tür auf und hinter ihnen wieder ab. Sie stiegen nach oben. Barbara erwartete sie bereits: „Habt ihr etwas bemerkt?"

Tobias schüttelte den Kopf und Andreas antwortete: „Bisher alles ruhig."

„Hier ist der Schlüssel", erklärte Hans. „Einer von euch muss uns nach unten bringen."

Nachdem Tobias Barbara und Hans aus dem Turm zur Hintertür gebracht hatte und auf dem Rückweg alle Türen ordnungsgemäß verschlossen hatte, machten es sich die beiden gemütlich. Natürlich mussten sie leise sein, auch hatten sie nur eine kleine Taschenlampe brennen. Sie wollten niemanden zeigen, dass sie auf den Dieb warteten. Gegen Morgen schlief Tobias auf dem Sofa ein. Andreas ging vorsichtig auf und ab. Er war auch müde aber einer musste wach bleiben.

Plötzlich hörte er ein Geräusch. Vorsichtig löschte er das Licht. Gerade wollte er Tobias anstoßen, da sah er den Schein einer Taschenlampe umherirren. Mist, dachte er bei sich, wenn die auf den schlafenden Tobias fällt, ist der Dieb gewarnt. Er überlegte kurz und beschloss, zumindest sich zu verstecken, dann war die Überraschung vielleicht auf seiner Seite. Keine Sekunde zu früh verschwand er hinter dem bodenlangen Vorhang. Die Gestalt schlich durchs Zimmer während sie die Taschenlampe hielt. Günstig, überlegte Andreas gerade, da drehte sich Tobias im Schlaf um. Die Gestalt zuckte zusammen, sie hatte ihn bisher scheinbar nicht gesehen. Diese Schrecksekunde nutzte Andreas. Er trat hinter dem Vorhang hervor, nahm allen Mut zusammen, hielt sich krampfhaft an der Taschenlampe fest und schlug zu. Mit einem lauten Krach fiel die Gestalt zu Boden und Tobias war mit einem Satz vom Sofa runter.

„Was war das?", fragte er schlaftrunken.

„Das war der, der unsere Uhr geklaut hat. Sieh, da liegt er", entgegnete Andreas. Er machte die Taschenlampe an und trat zu der Gestalt, die noch immer reglos am Boden lag.

„Los, sag schon, wer ist es?", fragte Tobias ungeduldig.

Andreas pfiff durch die Zähne. „Das glaubst du nicht, wer hier liegt."

Kapitel 6 - Das Geständnis

Der Bürgermeister rieb sich die schmerzende Stelle am Kopf.

„Dein Schlag war ganz schön hart."

Sie hatten dem Bürgermeister auf die Füße geholfen, der sich allerdings zunächst setzen musste. Ihm brummte der Schädel. Nach einigen Erklärungen, warum sie überhaupt im Turm waren, fragte Tobias geradeaus, was der Bürgermeister um diese frühe Uhrzeit im Rathaus wollte.

„Ich bin euch eine Erklärung schuldig, ich weiß das", der Bürgermeister verzog das Gesicht. „In der letzten Zeit häufen sich die Probleme. Der Erpresser, Herbert, vielleicht ist auch er der Erpresser, die Neuwahlen, private Unstimmigkeiten, es ist einfach zu viel. Und dann kamen auch noch Geldprobleme hinzu. Meine Leidenschaft, Kunstgegenstände zu sammeln, ist ein teures Hobby. Ich wollte einfach nicht wahrhaben, dass mir das Geld ausgegangen ist. Da kam mir euer Fund mit der Uhr sehr gelegen. Die Uhr ist sicher eine Menge Wert und vielleicht bringt sie uns ja auch noch zu mehr Reichtum."

„Wieso uns?", Andreas schaute verständnislos.

„Ach so ja, entschuldige. Natürlich euch, wenn euch auch nur der Finderlohn zusteht."

„Ihnen steht überhaupt nichts zu", gab Tobias zu bedenken, worauf hin der Bürgermeister ratlos von einem zum anderen schaute.

„Woher wussten sie von unserem Vorhaben?", fragte Andreas.

„Herr Meier und auch Barbara haben mich informiert."

„Ach und da kam ihnen unsere Schatzsuche genau recht und sie wollten die Lorbeeren ernten?", Tobias schaute zornig.

„Irgendwie schon", gab der Bürgermeister kleinlaut zu. „Ich dachte, ihr hört auf, der Sache weiter nachzugehen, wenn die Uhr verschwunden ist."

„Na da kennen sie uns aber schlecht", lachte Andreas auf. „Wo ist die Uhr denn jetzt?"

„In meinem Büro im Schrank eingeschlossen", erwiderte der Bürgermeister. „Ich wollte zunächst nach einer Vorrichtung schauen und die Uhr dann holen."

„Da sind sie nicht auf die Idee gekommen, dass wir aufpassen, nachdem die Uhr verschwunden war?", Tobias schüttelte den Kopf.

„Doch schon aber doch nicht die ganze Nacht", der Bürgermeister saß da, wie ein Häufchen Elend. „Was habt ihr jetzt vor?"

„Zunächst möchten wir die Uhr wieder haben", erklärte Andreas. „Dann möchten wir sie bitten, sich aus unserem Abenteuer herauszuhalten. Im Gegenzug versprechen wir, dass wir den heutigen Vorfall vergessen, bei einem eventuellen Fund natürlich alle Behörden informieren und nichts für uns selbst behalten werden, was nicht entbehrlich ist. Reicht ihnen das so?"

Der Bürgermeister nickte.

„Dann sollten wir das schriftlich festhalten", erklärte Tobias.

Der Bürgermeister schaute erschrocken auf.

„Es dient nur zur Sicherheit und wenn sie sich an alles halten, werden wir niemanden auch nur ein Sterbenswörtchen hiervon erzählen."

Sie begleiteten den Bürgermeister in sein Büro. Er übergab ihnen die Uhr und ein unterschriebenes Schriftstück, das sie gemeinsam aufgesetzt hatten. Mit der Uhr unter dem Arm verabschiedeten sie sich von ihm und gingen in den Turm zurück. Dort beratschlagten sie, was sie den Mädchen, sowie Barbara und Hans erzählen könnten. Sie hatten dem Bürgermeister ihr Wort gegeben. Eigentlich wollten sie dies nicht brechen.

„Ich befürchte, wir müssen die anderen einweihen. Noch mehr Geheimnisse oder Geheimhaltungen, das vergiftet das Klima", meinte Tobias, als sie wieder im Turm waren.

„Das finde ich auch", Andreas nickte.

Also packten sie die Uhr ein und fuhren nach Hause.

Sie kamen gerade rechtzeitig zum Frühstück und schmierten sich erst mal ein paar Brötchen. Die Mädchen bestürmten sie mit Fragen. Es war gut, dass sie mit vollem Mund nicht immer sofort antworten konnten und ein bisschen Überlegungszeit hatten.

„Und der Bürgermeister hat die Uhr einfach so herausgerückt", Sophie schaute fassungslos, als die Jungs ihren Bericht endgültig beendet hatten.

„Na einfach so bestimmt nicht", lachte Julia.

„Nein, wir haben einen Handel abgeschlossen", erklärte Andreas.

„Was für einen Handel?", Sophies Blick weitete sich.

„Das bleibt vorerst eine Sache zwischen dem Bürgermeister und uns Jungs", Tobias lachte laut auf.

Sophie hob ihre Stimme, um sich lauthals zu beschweren doch Julia schüttelte den Kopf.

Nach dem Frühstück wollten die Vier ins Rathaus fahren und die Uhr in ihre Vorrichtung setzen, um zu sehen, was dann passieren würde. Sie waren so aufgeregt, dass sie beinahe die Uhr vergessen hätten. Der Onkel hatte sie gerade noch rechtzeitig daran erinnert. Er konnte heute nicht mitfahren, was alle sehr bedauerten. Aber er musste ein paar wichtige Telefonate führen und blieb deshalb zu Hause. Barbara war bereits auf der Arbeit und wartete auf die Vier. Sie ging mit ihnen zum Turm, schloss auf und gab Sophie den Schlüssel, damit sie hinter sich abschließen konnte. Barbara hatte leider auch keine Zeit, denn sie hatte in der nächsten halben Stunde eine wichtige Besprechung.

Andächtig trugen sie die Uhr nach oben und schoben die Platte zur Seite. Vorsichtig setzten sie die Uhr in die Halterungen und warteten. Nichts passierte. Enttäuscht schauten sie sich an.

„Was machen wir falsch?", überlegte Sophie laut. „Die Uhr passt doch exakt in die Halterungen."

„Wie war das noch mal, man muss den Schlüssel drehen?", Andreas kramte in seiner Hosentasche und zog den Schlüssel heraus. „Zweimal muss man ihn drehen, dann drehen wir mal."

Die Melodie erklang, die Fenster öffneten sich, das Dach schob sich nach oben. Obwohl sie diesen Vorgang schon öfter gesehen hatten, waren sie immer wieder fasziniert davon. Mehr passierte allerdings nicht. Nun waren sie verwirrt.

Julia fand als erste die Sprache wieder. „Müssen wir alle auf einem Bein stehen, damit sich hier etwas tut?"

Andreas lachte. „Versuchen können wir es ja mal. Nein, Scherz beiseite. Irgendetwas machen wir falsch. Ich meine, die Uhr spielt ihre Melodie und macht auch sonst alles, was wir schon kennen. Aber wozu muss sie in die Halterung geschoben werden, wenn sie das auch ohne kann?"

„Vielleicht, damit sich ein weiterer Mechanismus in Gang setzt", überlegte Sophie.

„Ja klar", entgegnete Andreas. „Aber es passiert nichts."

„Vermutlich fehlt noch ein Baustein, damit die Uhr etwas Neues auslöst", Tobias schaute in die Runde. „Denkt doch mal nach. Wir haben die Uhr, die die Melodie „Üb immer Treu und Redlichkeit" spielt. Wir sind im Rathausturm und was spielt das Glockenspiel?"

„„Kein schöner Land in dieser Zeit, als hier das unsre weit und breit" und Üb´ immer Treu und Redlichkeit" kann es auch", ergänzte Julia. „Du willst mir aber nicht sagen, dass diese Melodien gleichzeitig abgespielt werden müssen, wie soll sich das denn anhören?"

„Kann man denn das Glockenspiel manuell starten?", Andreas schaute Sophie an, die nur mit der Schulter zuckte.

„Frag doch mal deine Mutter, ob das möglich ist", schlug Tobias vor. „Einen Versuch ist es auf jeden Fall wert."

Sophie telefonierte mit ihrer Mutter, die ihr erklärte, dass der Schlüssel für das Glockenspiel beim Hausmeister liegen würde. Ihn an die Vier auszuhändigen wäre das eine und sicher kein Problem, aber das Glockenspiel manuell zu starten, könnte Fragen in der Bevölkerung aufwerfen, die es gewohnt waren, dass die Melodie und die dazugehörige Einlage der Figuren nur zur vollen Stunde und das auch nur von morgens zehn bis abends um sieben abgespielt wurde. Sophies Mutter wollte sich darum kümmern und rief nach zehn Minuten zurück.

„Ihr könnt euch den Schlüssel holen, hat der Bürgermeister erlaubt. Der war vielleicht freundlich, das glaubt ihr kaum. Er bittet darum, nicht mehr als nötig, das Glockenspiel manuell zu starten. Sollte jemand fragen, so sagen wir einfach, wir haben Wartungsarbeiten an der Uhr und dem Spiel."

Sophie und Julia gingen daraufhin in das Büro des Hausmeisters, der sie schon erwartete. Er nahm seinen großen Schlüsselbund in die Hand und stand auf. Aus einem Schlüsselschrank nahm er ein weiteres Paar Schlüssel mit. Oben im Turm schloss er eine unscheinbare kleine Tür auf und ließ die Mädchen zuerst eintreten.

„Hier ist das Herz des Glockenspiels", erklärte er ihnen. „Hier hinten ist ein kleiner Schaltkasten. Dort könnt ihr mit diesem Schlüssel", er deutete auf den größeren, „die Tür aufsperren. Drinnen passt dann der Kleinere der beiden und damit könnt ihr den Mechanismus in Gang bringen."

Julia und Sophie nickten und versprachen, die Schlüssel bald wieder zurück zu bringen.

„Wie wollen wir jetzt vorgehen?", fragte Sophie schon zum dritten Mal, so dass ihre Freunde bereits mit den Augen rollten.

„Ich erkläre es dir noch einmal", meinte Julia freundlich. „Aber das ist dann auch das letzte Mal, verstanden?"

Sophie wollte gerade mit einer Schimpftirade loslegen, da erhob Julia ihre Stimme: „Du und Tobias, ihr startet das Glockenspiel, während Andreas und ich hier auf die ersten Töne warten. Dann starten wir die Uhr und hoffen, dass wir dann neue Erkenntnisse daraus gewinnen."

Nach einer Viertelstunde trafen sich die Vier enttäuscht wieder. Ihre Aktion hatte nichts bewirkt. Außer, dass es sich in dem Raum, in dem die Uhr stand, grauenhaft angehört hatte. Die Melodien passten einfach nicht zueinander.

„Ich habe keine Lust mehr", die Stimme konnte nur Sophie gehören, umso mehr erstaunte es den Rest und Sophie, als die Worte aus dem Mund von Julia kamen. „Ehrlich, mir reicht es. Ich bin müde, habe Hunger und mag einfach nicht mehr. Könnt´ ihr das nicht verstehen?"

Die Anderen sahen sich an. Hunger hatten sie nicht, aber große Lust auf ein Eis. Der Frieden war wieder hergestellt. Sie verpackten die Uhr, schlossen alles ordnungsgemäß, gaben die Schlüssel beim Hausmeister und Sophies Mutter ab und machten sich auf den Weg zur Eisdiele. Julia sah wirklich nicht gut aus. Sie löffelte völlig lustlos an ihrem Eisbecher, den sie noch mit großem Appetit bestellt hatte.

„Was ist los?", Sophie stupste Julia an.

„Ich weiß es nicht", entgegnete sie. „Irgendwie fühle ich mich schlapp und so warm."

Sophie fasste an die Stirn von Julia und erschrak. „Du glühst ja. Du musst sofort zum Arzt und dann schleunigst ins Bett."

Julia wollte protestieren doch sie war zu schwach dazu. Sophie rief Julias Mutter an die einige Zeit später vorbei kam, um ihre Tochter abzuholen. Traurig blieben sie in der Eisdiele zurück.

„Was machen wir jetzt?", Sophie schaute die Jungs an. „Ohne Julia mache ich nicht weiter."

Die Jungs nickten.

Julia hatte sich zum Glück nur einen grippalen Infekt eingefangen. Dagegen konnte man wenig tun, außer ihn auszukurieren und das tat sie zu Hause. Ihre Freunde besuchten sie jeden Tag. Ihr Abenteuer hatten sie auf Eis gelegt und widmeten sich ganz dem Faulenzen. Wenn sie Julia nicht einen Krankenbesuch abstatteten, waren sie im Schwimmbad anzutreffen oder sie saßen auf der Terrasse bei Sophie und grübelten über ihr Abenteuer nach. Tobias hatte sich die Mühe gemacht und einen Lageplan des Turms gezeichnet. Dort hatten sie alle Gegenstände, Wandvorsprünge und sonstige Ungewöhnlichkeiten eingetragen, die ihnen aufgefallen waren. Akribisch hatte er alle Möglichkeiten aufgeschrieben und trotzdem waren sie zu keinem neuen Ergebnis gekommen. Jeder grübelte vor sich hin und sie ärgerten sich, dass ihnen diesmal die zündende Idee fehlte. Irgendwie fanden sie die Rätsel von Wilhelm dagegen richtig leicht. Tobias lag auf dem Bett und starrte an die Decke. Andreas saß am Fußende und kritzelte auf dem Block herum.

„Ich hab´s!", Tobias sprang so heftig vom Bett auf, dass Andreas leicht in die Luft gehoben wurde. Der Block segelte zu Boden. Andreas schaute ihn verdutzt an.

„Weißt du, was wir bisher überhaupt noch nicht ausprobiert haben?"

„Mach´ es nicht so spannend", Andreas hob den Block vom Boden auf.

„Schau her", Tobias nahm beide Schlüssel in die Hand und knipste sie zusammen.

"Natürlich haben wir das schon probiert, Sophie selbst kam auf die Idee", Andreas schüttelte den Kopf.

"Ja, das weiß ich auch", Tobias lachte auf. "Aber wir haben bisher diesen zusammengedrückten Schlüssel noch nirgendwo ausprobiert oder? Was ist, wenn die in dem Kästchen im Rathausturm genauso passen."

„Tobi, du bist echt klasse.", Andreas kniff ihm in den Arm, „Warum sind wir da bisher nicht draufgekommen?"

„Was ist denn hier los", Sophie stand in der Tür und schaute die Jungs belustigt an.

„Wir sind dem Rätsel scheinbar ein Stück nähergekommen. Tobias zeigte ihr die zusammen gedrückten Schlüssel. "Ich denke, im Rathausturm wird es sicher eine Verwendung dafür geben."

„Mensch Tobias", Sophie strahlte ihn an.

Sie machte ein Foto mit einem Kommentar und schickte dies an die kranke Julia. Sofort kam ein Daumen hoch zurück und die Frage, wann sie diese Konstruktion ausprobieren wollten.

Natürlich nicht ohne dich, schrieb Sophie zurück.

Heute muss ich mich noch ausruhen, hat der Arzt gesagt.

Also treffen wir uns morgen früh, kam von Sophie ganz schnell eine Antwort.

Sie schliefen unruhig. Jeder machte sich so seine Gedanken, was passieren könnte, wenn sie die Konstruktion in das Schlüsselloch stecken und drehen würden.

Am nächsten Morgen überlegte Sophie laut, welches sie überhaupt benutzen müssten.

„Das ist eine gute Frage", entgegnete Tobias, der mit Sophie am Frühstückstisch saß. Andreas war unterwegs, um Julia abzuholen. Sie sollte sich möglichst schonen und nicht mit dem Fahrrad fahren.

Anschließend fuhren sie zum Rathaus. Sie holten sich die Schlüssel vom Turm und dem Glockenspiel beim Hausmeister ab und stiegen nach oben. Andreas stellte die Uhr auf der Platte in die dafür vorgesehene Halterung. Tobias nahm die Schlüssel und stieg in die

Kammer, von wo aus man das Glockenspiel manuell bedienen konnte. Sie hatten sich entschlossen, zunächst den zusammengeknipsten Schlüssel in dem Kästchen auszuprobieren, das zur Bedienung des Glockenspiels gehörte. Er steckte ihn, in die dafür vorgesehene Öffnung und hob den Daumen hoch als Zeichen, dass der Schlüssel passte. Die Drei standen in der Tür und schauten zu. Tobias schaute zu ihnen, bewegte sich aber nicht.

„Was ist, Junge", Andreas´ Stimme klang ungeduldig.

„Wollen nicht zwei von euch zur Uhr gehen und schauen, was passiert?"

Die Drei schauten sich verdutzt an. Natürlich, es musste jemand die Uhr anschauen, wenn der Mechanismus in Gang gebracht wurde.

„Meinst du, das macht die Uhr nur einmal?", Julia lachte auf.

„Können wir es wissen?", entgegnete Tobias.

Sophie und Julia machten sich auf den Weg zur Uhr. Dort angekommen schrieb Sophie eine Nachricht auf das Telefon von Tobias. Der drehte den Schlüssel. Andreas zuckte die Schulter. Nach ungefähr einer Minute kam eine weitere Nachricht auf Tobias´ Telefon. *Worauf wartet ihr?* stand dort zu lesen.

Es war nichts passiert. Der Schlüssel hatte nichts in Gang gesetzt. Nach einer erneuten Beratschlagung versuchte es Tobias entgegen des Uhrzeigersinns. Schon während er den Schlüssel drehte merkte er, dass sich die Drehungen diesmal anders anfühlten, als vorher. Der Schlüssel ließ sich sehr oft nach links drehen. Viel mehr Umdrehungen, als sie auf der rechten Seite hatten vornehmen können. Es knackte in dem kleinen Raum, dass Andreas sich duckte und Tobias ihn erstaunt ansah. Ein Schrei klang von weiter her an ihr Ohr.

Kapitel 7 – Der saubere Geheimgang

Tobias und Andreas stürmten gemeinsam los. Die Mädchen standen neben der Uhr und blickten auf eine Tür, die sich aufgeschwungen hatte. Kalt zog es in das Turmzimmer, es roch auf einmal modrig. Tobias schaute vorsichtig in das dunkle Loch und erklärte: „Wir sollten erst mal schauen, was weiter passiert. Geht die Tür gleich wieder zu? Wie geht sie von innen wieder auf? Ich erinnere nur an unseren letzten faux pas."

Andreas grinste. „Ich gehe jetzt mal zurück in die Kammer. Wie wäre es mit Videotelefonie?"

Die anderen nickten. Als die Verbindung stand, konnten sie gemeinsam beratschlagen, da die Tür in der Zwischenzeit – wie erwartet – wieder zu gegangen war.

„Dreh den Schlüssel noch einmal!", schlug Tobias vor, „dann gehe ich hinein und versuche einen Schalter nach draußen zu finden".

Die Mädchen stöhnten auf und Sophie erklärte mit heißerer Stimme: „Bitte nicht alleine."

Tobias lachte auf: „Nicht so ängstlich, meine Damen. Aber bitte, wenn jemand von euch mitmöchte, ich halte niemanden auf."

„Ich finde es nicht richtig, dass du das so ironisch sagst", Sophies Augen funkelten. „Wir haben doch schon genug durchgemacht."

Als Tobias sah, dass sich Sophies Augen mit Tränen füllten erschrak er, kam auf sie zu und nahm sie in den Arm. Sophie schluchzte auf.

„Was ist los bei euch?", kam eine Stimme aus dem Handy.

„Gleich", rief Julia und lief auf Sophie zu. Tobias winkte ab und deutete ihr, sie solle zu Andreas gehen.

Sophie schluchzte so laut, dass Tobias erschrak. Sie bebte am ganzen Körper. Es dauerte eine ganze Weile, bis sie wieder sprechen konnte.

„Es tut mir leid, dass ich so unbeherrscht war", versuchte Tobias zu erklären.

„Das braucht dir nicht leid zu tun", Sophie versuchte den Kopf zu schütteln was darin endete, dass sie die Schminke von ihren Augen am T-Shirt von Tobias abwischte. Sie lachten beide laut auf.

„Mensch bin ich froh, dass du wieder lachst", gemeinsam drehten sie sich zu der Stimme um. Julia stand im Türrahmen. „Was war denn los?"

„Ach irgendwie ist gerade alles ein bisschen zu viel", finde ich.

„Komm mit!", Tobias nahm Sophie bei der Hand und rief ins Telefon „Andreas dreh den Schlüssel um!"

Es knackte und die Tür schwang erneut auf. Tobias und Sophie betraten vorsichtig den dunklen Raum, der sich als Flur entpuppte. Sie machte an ihrem Handy die Taschenlampe an und leuchtete die

Wände ab. Julia wartete eigentlich darauf, dass ein „Igitt" aus Sophies Mund herauskam aber sie blieb ruhig.

Nach einer Weile meinte Julia: „Wie sieht es denn da drin aus?

„Erstaunlich sauber für einen Geheimgang", beschrieb Tobias die Situation. „Man könnte fast meinen, hier würde jemand wöchentlich mit dem Besen kehren. Geheim ist der für meine Begriffe nicht."

Julia seufzte als Sophie rief: „Schaut! Auf dieser Seite ist eine ganz normale Türklinke."

Sie überlegten einen Moment angestrengt als Andreas um die Ecke bog. „Lasst die Tür ins Schloss fallen und dann schauen wir, ob ihr sie wieder öffnen könnt", meinte er.

Tobias drückte die Klinke, nachdem die Tür ins Schloss gefallen war, die Tür ließ sich problemlos öffnen.

„Jetzt, wo wir wissen, dass man die Tür bequem mit der Türklinke öffnen kann, wollen wir uns nicht gemeinsam ins Abenteuer stürzen?", Julia schaute von einem zum anderen.

„Du musst auf jeden Fall langsam machen", rügte Sophie ihre Freundin.

„Wir sollten uns erst einmal umschauen", gab Andreas zu bedenken und leuchtete mit seinem Handy in alle Ecken. „Da scheint es weiter zu gehen", er zeigte mit dem Kopf in eine Ecke.

„Komisch ist das schon, dass es hier so sauber ist", wunderte Tobias sich erneut.

„Vielleicht hat die Putzfrau den Zweitschlüssel", witzelte Andreas.

Sie standen in der Ecke des Raumes vor einer Treppe, die nach unten führte.

„Wo sind wir eigentlich hier?", überlegte Sophie.

„Komisch", fand auch Julia. „Der Turm sah doch gar nicht so breit aus, als das da hinten noch ein weiteres ganzes Treppenhaus hineinpasst."

Tobias wollte gerade den ersten Fuß auf die Treppe setzen, als Julia aufschrie.

„Vorsichtig! Die sieht nicht sonderlich stabil aus."

„Dann bleibt stehen, ich versuche erst mal mein Glück", Tobias verlagerte sein Gewicht und blieb abwartend stehen. Nichts passierte, während er vorsichtig nach unten ging. Die anderen folgten einzeln, riskieren wollten sie nichts. Die Treppe entpuppte sich aber doch stabiler als gedacht. Unten angekommen leuchtete Andreas den Raum aus. Es sah aus, wie in einem Kellervorraum. Tobias deutete auf eine der beiden Türen, die auf der anderen Seite des Kellervorraums waren und drückte die Klinke. Sie war verschlossen. Er versuchte die Klinke der zweiten Tür. Diese war nicht verschlossen und so betraten sie einen dunklen Raum. Niemand achtete auf die Tür, die mit lautem Krach ins Schloss fiel, gleichzeitig flammte eine Deckenbeleuchtung auf. Die Vier erschraken und Sophie versuchte, die Tür wieder zu öffnen. Es gelang ihr nicht. Mit erschrockenem Blick schaute sie von einem zum anderen. Keiner hatte auf die Tür geachtet.

„Was hat das zu bedeuten?", fragte Andreas, nachdem sie sich umgeschaut hatten. Sie standen in einem voll eingerichteten Büro mit Computer, Schreibtisch, Schränken und Akten. Sogar ein Telefon stand auf dem Tisch.

„Wer arbeitet hier und wo sind wir überhaupt?", überlegte Julia.

Sophie nahm den Hörer in die Hand: „Da tut sich nichts!"

Andreas versuchte den Computer einzuschalten, schaffte dies aber ebenfalls nicht.

„Hier ist wohl kein Strom", meinte Tobias. „Kommt, lasst uns verschwinden", Sophie hatte ihre ängstliche Miene aufgesetzt.

„Wenn du mir sagst wie, liebend gerne", antwortete Julia. Die zweite Tür auf der gegenüberliegenden Seite des Raumes hatten sie in der Zwischenzeit ausprobiert. Auch sie ließ sich nicht öffnen. Sie suchten eine ganze Weile, bis plötzlich das Geräusch eines startenden Computers zu hören war.

„Wieso funktioniert er denn jetzt", Andreas schaute fragend in die Runde.

„Weil ich vielleicht diesen Schalter gedrückt habe", gab Tobias zurück und zeigte in die Ecke. Dort war ein Lichtschalter angebracht, der augenscheinlich den Raum nicht mit Licht, sondern mit Strom versorgte. Das Telefon funktionierte weiterhin nicht aber der Computer war nach einer ganzen Weile endlich hochgefahren. Nach ein paar Minuten stand auf dem Bildschirm eine Botschaft, die die Vier aufschrecken ließ.

„Sucht den Code!"

„Wer weiß denn, dass wir hier sind und was soll das überhaupt bedeuten", Sophie jammerte und auch Julias Stimme klang ängstlich, als sie ihre Freundin tröstete.

Plötzlich ging das Licht aus und eine Leuchte erhellte den Raum. Alle Vier zuckten zusammen.

„Da!", Andreas deutete auf die Tür. Ein vierstelliger Code hob sich dünn von dem weißen Furnier ab.

„9548", las Julia mit zittriger Stimme vor. „Das wird er wohl sein. Aber wohin damit?"

Die Sirene schaltete sich aus, das Licht ging wieder an und Tobias murmelte „Irgendwie unheimlich hier."

Barbara schaute auf ihre Uhr. Fast hätte sie ihre Mittagspause vergessen. Sie nahm ihr Handy zur Hand und betrachtete die eingegangenen Nachrichten. Von den Vier hatte sie seit einiger Zeit nichts gehört. Die mussten doch auch Hunger haben, überlegte sie und schrieb ihrer Tochter eine Nachricht. Sie ging ihre Hände waschen, überprüfte den Geldbeutel und schaute erneut auf ihr Handy. Keine Rückmeldung. Also rief sie Sophie direkt an. Sie hörte nur eine freundliche Stimme, die ihr mitteilte, dass die Person, die sie anrufen wollte, zurzeit nicht erreichbar wäre. Komisch, dachte sie, da klingelte ihr Telefon und ein Geschäftspartner hatte ein paar Fragen. Es dauerte eine ganze Weile, bis sie das Gespräch beenden konnte. Was wollte sie noch mal? Ach ja, sie schaute auf ihr Handy. Immer noch keine Reaktion von Sophie. Ungewöhnlich, eigentlich meldete sie sich immer zurück. Also versuchte sie erneut ihre Tochter zu erreichen. Ohne Erfolg. Der Reihe nach wählte sie nun die Telefone von Julia, Tobias und Andreas an. Keine Reaktion. Langsam bekam sie ein mulmiges Gefühl. Die Tür ging auf, sie zuckte zusammen und hoffte, die Kinder kämen herein. Es war aber nur die Sekretärin vom Chef, die ihr ein paar Unterlagen vorbei brachte. Als diese die Tür von außen geschossen hatte, nahm sie ihr Handy erneut und versuchte Hans zu erreichen. Der meldete sich umgehend und wunderte sich ebenfalls. Sie überlegten gemeinsam, wo die Vier sein könnten und kamen zu dem Schluss, dass sie vermutlich im Turm nach den Geheimnissen suchen wollten. Barbara bat Hans, in der Leitung zu warten und rief den Hausmeister an. Dieser bestätigte, dass die Vier sich den Schlüssel für den Turm geholt hatten.

„Ich kann mir nicht vorstellen, dass dieses Rätsel hier mit dem Rätsel des Glockenspiels auch nur irgendetwas zu tun hat. Man könnte fast meinen, jemand will uns bewusst vom eigentlichen ablenken", Tobias schüttelte den Kopf.

„Findet ihr das nicht auch komisch? Der Raum hinter der angeblichen Geheimtür war blitzeblank. Auch hier liegt kein Staubkorn, so als ob hier täglich sauber gemacht wird. Für was? Arbeitet hier unten jemand?"

„Und wenn es von der anderen Seite her doch einen Zugang gibt? Die Tür hier", er deutete auf die zweite im Raum, „die muss doch irgendwohin führen."

„Lasst uns überlegen. Wo sind wir ungefähr und wohin erstreckt sich dieser Teil des Gebäudes?", fügte Andreas hinzu.

„So vom Gefühl her müssten wir im Hinterhof sein. Das Treppenhaus ist auf jeden Fall im hinteren Bereich, denn von vorne ist mir das noch nie aufgefallen", erklärte Julia.

„Handyempfang haben wir sicher nicht", Andreas schritt im Raum auf und ab und versuchte das Handy zum Einloggen zu bewegen.

„Nein", Sophie schüttelte den Kopf. „Ich habe vorhin schon einmal nachgesehen, hier ist nichts."

„Ich befürchte, wir müssen das Spiel mitspielen, sonst kommen wir hier nicht raus", gab Tobias zu bedenken und begann die Schränke zu öffnen. Die meisten waren verschlossen. Es dauerte eine ganze Weile, bis sie in einem Schrank eine alte Rechenmaschine entdeckten. Tobias schaltete sie an. „Wie war der Code noch einmal?"

„9548", wiederholte Sophie und Tobias tippte ihn ein. Es rasselte leicht und eine Schranktür sprang auf. Julia stand am nächsten und öffnete sie. Sie schauten sich verdutzt an, während Julia ein verschlossenes Kästchen herausnahm und es auf den Schreibtisch stellte. Sie betrachteten es eine Weile.

„Der Schlüssel muss hier im Raum sein", überlegte Andreas laut. „Los! Wir schauen uns um!"

Sie fanden ihn recht bald. Er klebte unter einer Schublade. Sophie nahm ihn ab und steckte ihn in das Schloss des Kästchens. Es öffnete sich und eine Farbscala kam zum Vorschein.

„Was sollen wir denn damit machen?", sie hielt die Schablone in die Luft.

„Moment mal", Tobias zog eine weitere Schublade heraus. Hier ist auch so eine Schablone, nur nicht bunt."

„Kann man die übereinanderlegen?", überlegte Sophie und nahm Tobias seine in die Hand. „Nach was sieht das aus?"

Sie hielt beide Schablonen gegen das Licht.

„Das könnte ein Ausschnitt dieses Bildes hier sein", Julia nahm ihr die Schablonen ab und ging damit zum Bild. „Genau. Das passt exakt."

„Und jetzt? Was sollen wir denn nun damit machen?", fragte Sophie.

„Vielleicht müssen wir das Bild zur Seite schieben", Tobias versuchte es bereits, es tat sich aber nichts.

„Herumdrehen?", Andreas wollte Tobias zu Hilfe eilen, da hatte er es bereits abgehängt.

„Wer hätte das gedacht?", triumphierend hielt er einen Schlüssel in der Hand, der auf der Rückseite des Bildes befestigt war. „Ob der in das Schlüsselloch der Tür passt?"

Er passte. Sie öffneten aufatmend die Tür und standen in einem weiteren Raum. Sophie schrie laut auf.

Hans stürmte in ihr Büro und drückte der aufgelösten Barbara die Hand. „Mach dir nicht so viele Sorgen. Du kennst sie ja."

„Eben drum", Barbaras Stimme zitterte leicht.

„Wir gehen jetzt nach oben und schauen im Turm nach. Wahrscheinlich sitzen sie auf den Stühlen und überlegen, welche Schublade die richtige ist", er zog sie hoch.

Barbara informierte ihren Chef. Sie konnte jetzt nicht tatenlos hier herumsitzen. Sie rief den Hausmeister an, der zum Glück noch einen Reserveschlüssel hatte. Hans und sie gingen zum Turm, wo der Hausmeister bereits auf sie wartete. Er öffnete die Tür, drückte Barbara den Arm und wünschte viel Erfolg, bevor er sich verabschiedete. Oben angekommen sahen sie die Uhr in ihrer Verankerung stehen aber keine Spur von den Vier. Barbara ließ sich auf einen Stuhl fallen und seufzte laut. Hans versuchte sie zu beruhigen und wählte nacheinander die Handys der Vier an.

Von Sophies Schrei waren alle zusammengezuckt. An der gegenüberliegenden Wand hingen hässliche Fratzen, die von Scheinwerfern unheimlich angestrahlt wurden. In der Mitte stand eine große Kommode mit vielen Schubladen, links an der Wand ein Schrank. In den offenen Regalen standen weitere Exponate, die an Grauseligkeit kaum zu überbieten waren. Die Vier schüttelten sich. Tobias hatte die Tür noch in der Hand. „Meint ihr, wir sollen uns den Rückweg sichern?"

„Vielleicht können wir etwas zwischen die Tür klemmen, damit diese nicht zufällt", überlegte Sophie.

Sie fanden nichts und so hielt Tobias die Tür weiter auf.

„Womit müssen wir hier beginnen", fragte Julia nach einer Weile. Ich finde nichts, was für uns interessant wäre."

Tatsächlich gab es keinen Anhaltspunkt, so sehr sie auch schauten.

„Ob wir vielleicht die Tür zu machen müssen", überlegte Andreas aber Sophie schüttelte den Kopf.

„Wenn ihr die Tür zu macht, schreie ich."

„Sophie", Tobias Stimme klang sanft. „Du brauchst nicht schreien. Wir kommen aus der Tür sicher nicht wieder heraus. Wir haben uns entschlossen, dieses Spiel zu spielen, dann müssen wir auch die Regeln befolgen."

„Na ja ich würde sagen, wir wurden eher gezwungen", murmelte Julia und nickte mit dem Kopf, um Tobias Worte zu unterstützen.

Nach einer Weile nickte Sophie und sie schlossen die Tür. Sofort rotierte eine Lampe und ein Hinweis erschien an der Wand: „Maske umdrehen"

„Was soll das bringen?" überlegte Tobias.

Gemeinsam mit Andreas schaute er hinter jede Maske. Sie konnten nichts entdecken.

„Gibt es denn hier noch mehr Masken?", überlegte Sophie und schaute sich um.

„Ich sehe keine Weiteren", antwortete Julia.

Sie rätselten eine ganze Weile, bis Julia auf die Idee kam die Masken verkehrt herum aufzuhängen. Als sie damit fertig war, leuchteten plötzlich drei Zahlen auf.

Julia und Sophie überlegten, wo sie die Ziffern einsetzen sollten.

„Hat jemand etwas bemerkt?", Andreas schaute von einem zum anderen aber alle schüttelten den Kopf.

„Ich befürchte, wir müssen die hässlichen Exponate abtasten und schauen, ob sich vielleicht darin eine Art Tasche befindet."

„Nur über meine Leiche", erklärte Sophie entschieden und auch Julia hob die Hände. „Das kann ich nicht."

Andreas schaute Tobias an, der ihm zunickte. Gemeinsam begannen sie nach und nach alle Exponate umzudrehen. Bei der großen Vogelspinne musste sich auch Andreas erst mal überwinden und ausgerechnet hier war ein altes Handy versteckt.

„Musste ja so kommen oder?", grinste er und gab die Ziffern ein.

Es klackte und eine Schublade aus der Kommode sprang etwas vor. Tobias stand am nächsten und zog sie weiter heraus. Darin lag ein Schlüssel. Alle atmeten auf, denn sie wollten den Raum schnell verlassen, aber der Schlüssel passte nicht in das Schloss der Tür.

„Oh nein", jammerte Sophie, ich halte es hier nicht mehr aus. Julia nahm ihre Freundin in den Arm und flüsterte ihr ins Ohr, dass sie die Augen schließen sollte.

„Los Jungs, wo gibt es ein weiteres Schlüsselloch?"

Tobias und Andreas gingen auf die Suche und hatten bald ein Kästchen gefunden, wo der Schlüssel passte.

„Die Schublade ließ sich vorhin doch gar nicht öffnen", meinte Andreas.

„Vielleicht hat das Handy auch die Schublade geöffnet", überlegte Tobias.

„Egal. Komm, schließ auf!", Julias Stimme klang ungeduldig.

Auch dieses Kästchen enthielt einen Schlüssel und zur Freude der Vier passte dieser in das Türschloss. Tobias schloss auf und gemeinsam betraten sie den nächsten Raum.

Barbara war mittlerweile mit den Nerven fertig. Der Onkel hatte mehrfach die Handys der Vier angerufen und nur die Mailbox erreicht. Bisher hatte sich keiner der Vier zurückgemeldet. Allmählich machte auch er sich Sorgen, zumal sie definitiv hier gewesen waren. Die Uhr stand unbewacht auf dem Tisch, die Kammer zum Glockenspiel offen, Licht war an. Es sah so aus, als wären sie recht schnell aufgebrochen. Aber wohin? Weder Barbara noch Hans konnten sich einen Reim darauf machen.

„Was schlägst du vor?", Barbara seufzte auf. „Der Bürgermeister hat mir seine Hilfe angeboten und natürlich können wir auch die Polizei einschalten. Vielleicht haben sie einen Raum gefunden und kommen nicht wieder raus und sie haben keinen Handyempfang und müssen…" Ihre Stimme brach ab.

„Nun mach dir nicht so viele Gedanken. Bisher haben sie immer alles geschafft. Wir müssen ihnen einfach vertrauen. Die

Polizei können wir immer noch einschalten, wenn sie sich weiterhin nicht melden. Sollen wir hier auf sie warten?"

Als Barbara nickte, setzte er sich neben sie und gemeinsam starrten sie die Wand an.

Andreas schloss die Tür, nichts passierte. „Warum geht das Licht nicht an?"

„Wie unheimlich", flüsterte Sophie.

Julias Stimme klang ebenfalls zittrig. „Bisher ist immer Licht angegangen oder zumindest die Leuchte."

„Sollen wir ausschwärmen und nach einem Lichtschalter suchen?", fragte Andreas.

„Bloß nicht", riefen Sophie und Julia gleichzeitig.

„Also gut. Dann bleiben wir zusammen und erkunden gemeinsam den Raum", erklärte Andreas.

„Wir sind vielleicht blöd", plötzlich flammte ein Handylicht auf. Tobias hielt sein Handy hoch. Alle jubelten auf und klatschten ihn ab. Dann schauten sie sich um.

„Das ist ein komischer Raum", Sophie schüttelte den Kopf.

„Das ist kein Raum, das ist ein Gang", Tobias leuchtete nach links und rechts.

„Findet ihr nicht auch, dass das ein seltsames Spiel ist?", meinte Andreas. „Hat man das extra für uns arrangiert? Das ist doch nicht öffentlich hier. Man könnte meinen, dass wir versehentlich in einen Escape-Room geraten sind."

„Kommt! Wir sollten versuchen, das Spiel langsam zu beenden. Vielleicht vermisst man uns bereits."

„Ach du liebes bisschen", Sophie schlug sich die Hand vor den Mund. „Ich hatte meiner Mutter gesagt, wir könnten vielleicht zusammen Mittag essen gehen. Wenn sie versucht uns zu erreichen und keiner geht ans Handy, dreht die durch."

„Dann sollten wir Gas geben", beschloss Tobias und ging voran. Sie gingen ein paar Schritte als Sophie nach links schaute und einen Schrei ausstieß.

„Was ist denn los?", Andreas schaute in die Richtung, auf die Sophie deutete und erschauderte ebenfalls.

„Schaut mal. Neben uns laufen Leute."

„Das kann doch gar nicht sein, das würden wir doch merken oder?", Tobias schüttelte den Kopf aber auch er sah dort Personen gehen.

Sie gingen neben den Personen her. Dann lachte Julia laut auf: „Das sind wir!"

„Wie kommst du darauf?", Sophie wollte das nicht glauben.

„Schau mal genau auf die Bewegungen. Das ist eine Folie, die ganz leicht verzerrt und somit haben wir uns nicht gleich erkannt. Seht ihr. Wenn ich stehen bleibe, bleibt auch diese Person hier stehen."

„Julia hat Recht", erklärte Andreas. „Was ist das hier für ein seltsames Spiel?"

Keiner wollte dem anderen eingestehen, dass es ihm langsam mulmig wurde. Sie gingen davon aus, dass sie nicht zufällig in diese Räume geraten waren, sondern sie jemand bewusst dorthin gesteuert hatte. Aber wer konnte wissen, dass sich diese Geheimtür mit dem Glockenspiel öffnen ließ? Es konnte nur so sein, dass sie irgendwo falsch abgebogen waren. Nach dieser wackeligen Treppe vermutlich.

„Vielleicht hätten wir die andere Tür nehmen sollen", jammerte Sophie.

„Erinnere dich, die war verschlossen.", Julia drückte ihrer Freundin die Hand. „Also mir ist nicht aufgefallen, dass es noch einen anderen Weg gegeben hätte."

„Lasst uns weiter gehen", scheuchte Andreas die anderen aus ihren Gedanken. „Irgendwann muss das Ganze mal enden."

Also gingen sie weiter, ihre Spiegelbilder immer im Blick.

Nach einer ganzen Weile meinte Julia: „Der Raum muss irre groß sein."

„Ich habe eher das Gefühl, dass wir im Kreis laufen", gab Tobias zu bedenken.

„Da könntest du Recht haben, ich habe auch den Eindruck", meinte Andreas.

„Schaut mal! Da vorne.", Julia deutete mit dem Finger in die Richtung. „Sieht aus, als wäre dort ein helles Licht."

Als sie näher kamen konnten sie eine Tür ausmachen, deren Umrandung leuchtete. Sie war verschlossen.

„Toll!", ereiferte sich Sophie. „Was machen wir jetzt?"

„Bin ich doof – oder was?" Tobias leuchtete in die entgegengesetzte Richtung. „Der Tisch war doch eben noch nicht da."

„Das ist hier vielleicht unheimlich", Julia schüttelte sich.

Sie gingen zurück zu dem Tisch der mitten im Gang stand. Wie war der so schnell und ohne ein Geräusch zu verursachen hierhergekommen? Die Vier schauten sich an. Keiner hatte eine Antwort darauf. Es gab eigentlich nur eine Erklärung. Sie wurden die ganze Zeit beobachtet. Aber warum? Und von wem?

Auf dem Tisch lag ein weiteres Rätsel.

„Es sieht so aus, als ob die Wand eine Tür ist", murmelte Barbara und deutete auf die Stelle.

Hans erhob sich und schaute sich die Stelle genauer an. „Du könntest Recht haben. Vermutlich lässt sich diese Tür nur mit dem Schlüssel öffnen und den haben die Vier mitgenommen, um wieder heraus zu kommen."

„So wird es wohl sein", seufzte Barbara.

„Mach dir nicht so viele Gedanken", Hans berührte ihren Arm. „Was schlägst du vor, sollen wir machen?"

„Ich habe keine Ahnung. Wir können nicht ewig hier sitzen aber ich habe die Hoffnung, dass die Tür irgendwann aufgeht und die Vier wohlbehalten heraus spazieren."

„Soll ich die Polizei informieren? Ich gehe davon aus, dass man die Tür mit dem richtigen Werkzeug mühelos aufstemmen kann", erklärte der Onkel.

„Was würdest du denn tun, wenn du an meiner Stelle wärest. Immerhin habe ich doch die Verantwortung für Sophie und Julia. Sie sind doch noch minderjährig."

„Die Entscheidung kann dir niemand abnehmen", Hans hob die Schulter. „Ich würde sagen, wir warten noch eine halbe Stunde und wenn sich dann nichts tut", er schaute auf die Uhr, „dann hören wir beim Hausmeister nach, ob er in der Zwischenzeit die Vermissten gefunden hat."

Sophies Mutter nickte.

Die Vier betrachteten das Rätsel, Andreas schüttelte den Kopf. Auf dem Tisch lag ein Holzbrett, in dem sechs Holzteile eingelassen waren. Für jedes Holzteil gab es einen kleinen Griff, an dem man es herausheben konnte. „Was sollen wir damit anstellen?", grübelte Tobias, nachdem sie alle Teile herausgenommen und umgedreht hatten.

„Es ist ein Puzzle für Kleinkinder. Was macht man normalerweise damit?", Julia gab sich selbst die Antwort. „Man legt alle Teile neben sich und legt sie zurück in den Holzrahmen."

„Sie passen doch nur hier oder?", Sophie blickte Tobias an.

„Stimmt, sie könnten natürlich noch einen anderen Platz haben. Aber welchen?", Tobias schaute sich um, konnte aber nichts erblicken.

Resigniert überlegten sie, was sie nun tun konnten. Sie waren an einem Punkt angelangt an dem es weder vorwärts noch rückwärts ging. Die Tür zum vorherigen Raum war verschlossen, dass hatten sie probiert. Die Tür hier war ebenfalls zu. Sophie seufzte auf.

„Ich mache mir langsam Gedanken, um meine Mum. Ihr muss doch schon längst aufgefallen sein, dass wir uns bisher nicht bei ihr gemeldet haben."

„Sie wird aber wenige Anhaltspunkte haben, an denen sie mit einer Suche beginnen kann", meinte Tobias.

„Die ist imstande und lässt uns mit der Polizei suchen", seufzte Sophie erneut.

Genau zu diesem Schluss waren Barbara und Hans nun auch gekommen. Barbara stand auf und zog Hans mit sich.

„Diese Wand lässt mich nicht los", seufzte sie. „Vielleicht sollten wir den Hausmeister mal bitten, mit ein bisschen Werkzeug vorbei zu schauen."

Der Onkel nickte und sie rief den Hausmeister an. Es dauerte eine ganze Weile, bis er oben im Turm ankam. Barbara zeigte auf die Wand. Er versuchte mit allen Werkzeugen die Tür zu öffnen, die sie bei genauerem Betrachten ausmachen konnten, aber es gelang ihm nicht.

„Ich bin mir ziemlich sicher, dass die Vier dort verschwunden sind", versuchte Barbara den Hausmeister dazu zu bewegen, mehr Gewalt an der Tür anzuwenden.

„Das kann schon sein", erklärte er. „Warum versuchen wir denn nicht, durch die Küche hinten an die Vorratsräume und dann an die Treppe zu gelangen?"

„Wie?", der Onkel schaute den Hausmeister verdutzt an.

„Na hier hinten ist eine Treppe, die führt nach unten zu den Vorratsräumen", er deutete auf die Wand. „Wussten sie das nicht?"

„Nein", seufzte Barbara. „Hier bin ich eigentlich noch nie gewesen."

„Dann lasst uns schnell nach unten gehen und von dort versuchen, den Vier entgegen zu gehen", erklärte der Onkel.

„Schaut mal", rief Andreas vom Ende des Ganges. Hier könnten die Puzzleteile passen." Er hatte die Teile an sich genommen und war an der Wand entlang auf Untersuchungstour gegangen. Die anderen kamen näher. Tatsächlich war an dieser Stelle der Wand ein Holzrahmen befestigt, der ihnen bei der schwachen Beleuchtung im Gang zunächst nicht aufgefallen war. Er setzte nach und nach die Holzteile ein. Man hörte ein mechanisches Klicken und die beleuchtete Tür öffnete sich. Sie rannten auf sie zu und fielen einer verdutzten Barbara fast in die Arme.

„Wo kommt ihr denn her", Barbara drückte einen nach dem anderen. Sie zitterte am ganzen Körper. Auch die Vier waren erleichtert diese Räume unbeschadet verlassen zu haben. Sie konnten sich gar nicht beruhigen und redeten erst mal alle durcheinander.

Plötzlich schaltete sich das Licht in diesem Gang an. Verdutzt schauten sich alle an. Während Sophie und Julia die Tür zum Ausgang aufhielten, schauten sich der Hausmeister, Hans und Barbara den Raum näher an. Er gehörte zu einem Versorgungsgang in dem oben an der Decke die Rohre entlang liefen. Er war ziemlich breit aber nicht so groß, wie sie in der Dunkelheit gedacht hatten. Sie hatten also recht gehabt, sie waren immer im Kreis herum gegangen.

„Kommt!", der Onkel nahm Barbara am Arm und zog sie mit. „Lasst uns nach Hause fahren, dabei können die Vier ihre Geschichte erzählen."

„Die Uhr", rief Julia und die Jungs machten sich auf, diese aus dem Turmzimmer zu holen.

Nachdem alle im Wohnzimmer Platz genommen und Barbara Gläser und Flaschen auf den Tisch gestellt hatte, begann Sophie zu erzählen. Die Uhr war in einer Sporttasche verpackt und stand neben ihr auf einem Stuhl.

„Ich zittere immer noch am ganzen Körper", Barbara sah wirklich blass aus. „Wer ist das gewesen? Derjenige muss euch doch schon die ganze Zeit beobachten. Was hat er sich außerdem davon versprochen, euch in diese Räume zu locken?"

„Er wollte euch bestimmt etwas einschüchtern, damit ihr nach dem richtigen Rätsel nicht mehr weitersucht", versuchte es der Onkel mit einer logischen Erklärung.

„Also am Unheimlichsten war doch der Moment, wo wir uns umdrehen und da steht plötzlich ein Tisch", Julias Stimme war leicht schrill als sie darüber berichtete.

„Was sind das überhaupt für Räume?", Andreas schaute Barbara an, die mit den Schultern zuckte.

„Der Hausmeister sagt, das sind Vorratsräume für die Küche", meinte Barbara.

„Nach Vorrat sah es da drin allerdings nicht aus", gab Tobias zu bedenken.

„Ich habe so den Eindruck, wir müssen jetzt zwei Rätsel lösen", begann Andreas vorsichtig.

„Nein, das lasse ich nicht zu", Barbara schüttelte den Kopf.

„Nun beruhige dich doch erst mal", versuchte der Onkel einzulenken.

„Kommt überhaupt nicht in Frage, dass ihr da weiter auf eigene Faust recherchiert. Ihr seht ja, was dabei herauskommt", jetzt wurde Barbara zornig. „Meine Nerven machen das einfach nicht mehr mit."

Die Vier sahen ein, dass es langsam gefährlich wurde. Es musste also sehr besonnen vorgegangen werden. Der Onkel hatte Barbara versprochen, die Vier zu unterstützen und sie hatten eingesehen, dass Hilfe von Erwachsenen in diesem Fall angebracht war.

„Was schlagt ihr vor, was wollt ihr als nächstes tun?", war seine nächste Frage.

„Es gibt zwei Rätsel, darüber bin ich mir nun ziemlich sicher", erklärte Sophie.

„Das sehe ich auch so", ergänzte Tobias. Zum einen das „alte" Rätsel mit der Uhr zum anderen diese Art Escape Room mit diesem seltsamen Tisch. Wenn ich darüber nachdenke, bekomme ich doch eine leichte Gänsehaut. Irgendjemand hat uns dort beobachtet, davon gehe ich aus."

„Die Frage, die sich mir stellt: Wo haben wir die Spur mit der Uhr und seinem Rätsel verloren? Die Tür ging auf, dahinter der

Raum mit dem Treppenhaus und dann?", Julia schüttelte den Kopf. „Ich verstehe es einfach nicht."

„Wahrscheinlich sind wir einfach zu überstürzt nach unten gegangen, weil es der logische Weg war", sinnierte Tobias.

„Oben war doch nur dieser Treppenabsatz", erinnerte sich Julia.

„Was haltet ihr davon, wenn wir uns morgen noch mal genau umsehen", meinte der Onkel und alle stimmten begeistert zu.

Kapitel 8 – Seltsame Dinge

Barbara blieb nicht nur aus Platzgründen zurück. Sie musste nach dem Frühstück zunächst ins Büro fahren. Die Vier wollten den Vormittag zunächst mit Ausschlafen beginnen. Danach mussten ein paar Einkäufe getätigt werden und während die Vier das Mittagessen vorbereiteten, führte der Onkel ein paar Telefongespräche. Nachdem sie ein bisschen gefaulenzt hatten wollten sie zum Rathaus fahren.

Der Onkel stellte das Auto auf einem Parkplatz ab und sie gingen die paar Schritte bis zum Rathaus. Sie meldeten sich beim Hausmeister, der nur freundlich nickte und gemeinsam stiegen sie die Treppen zum Turm hinauf. Tobias nahm die Uhr aus der Tasche und baute sie auf. Andreas steckte den Schlüssel ins Kästchen des Glockenturms und die vermeintliche Geheimtür schwang auf. Er schnappte den Schlüssel, rannte zu den anderen und kam gerade noch so durch die Tür, bevor diese sich langsam wieder schloss. Eine Taschenlampe spendete ihnen Licht. Sie schauten sich um, denn es musste doch irgendwo weiter gehen. Julia und Sophie leuchteten jede Ritze ab, während die Jungs die oberen Wände absuchten.

Hans war es, der plötzlich rief, „Schaut mal! Hier ist eine kleine Nische."

Sie betrachteten die Ausbuchtung, die ihnen beim ersten Mal überhaupt nicht aufgefallen war.

„Was kann das sein?", überlegte Tobias.

„Das ist eure Aufgaben", meinte der Onkel. „Ich werde jetzt mal die Treppe nach unten gehen und den Parcours durchspielen. Vielleicht kann ich etwas dabei herausbekommen. Wir halten Verbindung. Ich würde sagen", er schaute auf die Uhr, „wir treffen uns in einer Stunde hier und tauschen Ergebnisse aus. Ist euch das recht?"

„Dann schlage ich vor, dass auch wir uns aufteilen, damit Hans nicht ganz alleine da unten entlang muss. Wir kennen uns ja schon ein bisschen aus", schmunzelte Sophie.

Julia nickte „Ich begleite Hans und zeige ihm, wie wir vorgegangen sind und ihr passt auf euch auf."

Julia und Hans stiegen vorsichtig die Treppe nach unten und verschwanden hinter der Tür.

Sophie, Tobias und Andreas suchten weiter die Wände ab. Sie hatten außer ihren Handylichtern nur die kleine Taschenlampe dabei aber sie konnten nichts Neues entdecken. Die Wände waren uneben, es gab einige Vorsprünge aber nichts wies darauf hin, dass das Rätsel hier weiter gehen würde.

Sophie schaute auf die Uhr und erschrak.

„Die Stunde ist rum, wir müssen uns mit Hans und Julia treffen", erinnerte sie.

„Dann lasst uns zurückgehen und schauen, ob sie da sind", sagte Tobias.

Sie öffneten die Tür und betraten das Turmzimmer, dort saßen bereits Hans und Julia und schüttelten den Kopf als sie aufsahen.

„Wer hat euch denn in die Suppe gespuckt", Tobias schaute von einem zum anderen.

„Ihr werdet es nicht glauben", begann Julia. „Wir sind die Treppe runter und in dem ersten Raum verschwunden. Ihr erinnert euch, das war der Raum mit dem Computer und den Schränken?" Als alle nickten fuhr sie fort: „Der Küchenchef hat uns vielleicht angeschaut, als wir die Tür geöffnet haben, nur weit und breit war nicht die Spur von einem Escape-Room. Er hat uns dann gestattet, in seiner Begleitung, durch die andere Tür hindurch dem vermeintlichen Escape-Room zu folgen aber da war auch nichts. Weder der Gruselraum noch dieser Gang sahen nach einem Escape-Room aus. Der Küchenchef hat sich mehrfach nach unserem Befinden erkundigt und uns auch nur widerwillig geglaubt. Er war drauf und dran, die Polizei zu rufen. Zum Glück bestätigte der Hausmeister dann unsere Geschichte und so konnten wir wieder ungehindert zum Turm hinauf gehen.

„Das heißt aber, dass jetzt kein Beweisstück mehr da ist", erklärte der Onkel. „Ich bin ganz eurer Meinung, es handelt sich hier um ein Ablenkungsmanöver. Wer auch immer etwas vertuschen will, hier wollte er wohl eine abschreckende Warnung erzeugen. Nur wer das gemacht hat, würde mich interessieren, denn demjenigen sollten wir das Handwerk legen."

Die Vier schauten ihn verdutzt an und er fügte hinzu: „Natürlich solltet ihr ihm das Handwerk legen."

„Nein, das meine ich nicht", Andreas schmunzelte. „Könnt ihr euch nicht vorstellen, dass der Bürgermeister doch etwas damit zu tun hat?"

„Doch, da könntest du Recht haben", Tobias schaute in die Runde. „Nur wie wollen wir das beweisen?"

„Ob man ihm eine Falle stellen kann?", überlegte Sophie.

„Wie sollte man das anstellen?" entgegnete Julia. „Wir wissen ja noch nicht mal, was er eigentlich vertuschen will."

„Na da fällt mir schon etwas ein. Was ist denn mit der zum Teil illegalen Bildersammlung? Und vielleicht hat er auch noch mehr zu verbergen", erklärte Tobias.

„Was schlagt ihr vor?", der Onkel schaute alle an. „Ich wäre ja dafür, ihm eine Falle zu stellen, habe aber noch keine Idee, womit. Wenn wir uns hier verstecken und beobachten, wer hier aufräumt oder putzt oder sich sonst irgendwie Zugang verschafft?"

„Eine gute Idee, die sollten wir ausarbeiten", nickte Sophie.

„Was habt ihr herausgefunden?", fragte der Onkel.

Sophie berichtete von der Enttäuschung, nichts Brauchbares gefunden zu haben.

„Wollen wir noch weitersuchen oder erst einmal nach Hause fahren und einen Plan ausarbeiten?", fragte Tobias.

Sie überlegten einen Moment und entschieden sich doch zunächst, einmal nach Hause zu fahren.

Julia legte sich aufs Bett und schlief relativ schnell ein. Sophie saß mit den Jungs unten im Wohnzimmer und überlegte, wie das Rätsel weitergehen konnte. Der Onkel recherchierte im Internet, was über den Bürgermeister geschrieben stand. Er war kein Guter, das konnte man relativ schnell herausfinden. Schon vor Jahren hatte es einen Verdacht gegeben, dass er in einen Kunstraub verwickelt war. Man konnte ihm aber nichts nachweisen und so schliefen die Ermittlungen irgendwann ein. Barbara erzählte, dass es damals viele Gerüchte gab, als er die Wahl gewonnen hatte, aber irgendwann verstummten selbst die schärfsten Kritiker und die Arbeit, die er leistete, war gut.

„Findet ihr nicht, wir sollten uns eine Lampe besorgen und den Gang damit ausleuchten?", überlegte Tobias laut.

„Vor allen Dingen müssen wir beim nächsten Mal alles dabeihaben, um im Rätsel vorwärtskommen. Man weiß nie, ob es dem Bürgermeister vielleicht zu bunt wird und er uns den Zugang verbietet. Der Hausmeister ist zwar sehr nett aber wenn er Anweisung hat, uns nicht mehr hineinzulassen, dann ist es aus mit dem schönen Rätsel", erläuterte Andreas.

„Also, was sollten wir dringend mitnehmen - eine gute Lampe sagst du. Ich schau gleich mal nach, so eine große Taschenlampe haben wir im Keller, die können wir mitnehmen", Sophie schaute die Jungs an.

„Bisschen Werkzeug könnte auch nicht schaden", erklärte Andreas.

„Handy, Powerbank, bisschen Proviant, wäre auch nicht schlecht", dachte Tobias laut.

„Was hast du vor?", lachte Sophie laut auf.

„Sicher ist sicher", kam es von der Tür, der Onkel war zurück. „Trotzdem würde ich vorschlagen, dass wir heute Abend mal etwas anderes machen. Er schaute von einem zum anderen. Alle schauten ihn erwartungsvoll an. „Wie wäre es mit einem Besuch im Kino?"

Alle jubelten auf und so nahm der Abend eine entspannte Wendung ohne Grübeleien. Der Film war einfach zu spannend.

Am nächsten Morgen, nach einem guten Frühstück, packten sie alles in zwei Rucksäcke und fuhren zum Rathaus. Sie kamen gleichzeitig mit dem Hausmeister an. Der schüttelte zwar den Kopf, händigte ihnen den Schlüssel aber erneut aus.

Als sie etwas später in dem Raum mit der Treppe standen, machte Tobias die große Taschenlampe an. Nun konnte man endlich genauer sehen, wie es hier aussah. Der Raum war nicht besonders groß, da war die Treppe, die nach unten in den ehemaligen Escape-Room führte, die Nische, die nun besonders gut ausgeleuchtet war aber kein Hinweis, wie es nun weiter gehen sollte.

„Haben wir vielleicht etwas im Turmzimmer übersehen?", gab Sophie zu bedenken, während alle sich die Wände genauer betrachteten.

Nach einer Weile rief Andreas die anderen zu sich. Er hatte einen losen Stein in der Nähe der Nische entdeckt. Ganz vorsichtig lösten sie ihn mit dem mitgebrachten Werkzeug aus der Wand. Dahinter kam ein Schlüsselloch zum Vorschein. Er zitterte, als er den zusammengeknipsten Schlüssel ins Schloss steckte. Alle hielten den Atem an. Es wäre einfach zu schön, wenn sie mal wieder Erfolg hätten. Nichts geschah.

„Mach sie auseinander", empfahl Tobias.

Andreas nahm den ersten der beiden Schlüssel und steckte ihn in das Schloss. Tatsächlich, es knirschte und knackte und eine schmale Tür schwang sich in der Nische auf.

„Gruselig", Sophies Mund stand offen. Sie schüttelte sich. „Das sieht vielleicht aus hier. Da war der andere Gang viel schöner."

Sie leuchteten mit ihren Handylichtern und der großen Taschenlampe zunächst mal die Wände ab und stellten fest, dass sie sich in einem Gang befanden. Im Gegensatz zu dem unteren Teil des Hauses erkannte man gleich, dass hier bisher kaum jemand vorbeigekommen war. Die Spinnenweben waren noch das Netteste, was man bestaunen konnte. Dieser Gang hätte einem Gruselfilm alle Ehre gemacht.

Zunächst wanderten sie diesen Gang vorsichtig bis zu seinem Ende entlang. Bis auf alte Steine konnten sie nichts Auffälliges entdecken. Enttäuscht kehrten sie an den Ausgangspunkt zurück.

„Nach was suchen wir denn eigentlich", Andreas schaute Tobias an.

„Ich denke, es muss ein weiteres Schloss für den zweiten Schlüssel hier geben oder vielleicht auch einen Hinweis."

„Also, ich sehe nichts, außer alten Steinen", meinte Sophie.

„Ich befürchte, wir müssen sie ganz genau durchgehen, denn wir haben keinen weiteren Anhaltspunkt", überlegte Tobias.

„Na dann ans Werk", der Onkel setzte seine Brille auf und begann, die ersten Steine zu begutachten. Auch die anderen verteilten sich und schauten sich um. Tobias hatte die Tür mit einem mitgebrachten Keil gesichert. Nachdem sie den ersten Abschnitt genau betrachtet hatten, zogen sie mit der Lampe weiter. Aber es stellte sich kein Erfolg ein.

„Ich mag mir gar nicht vorstellen, was passiert, wenn wir nichts finden", Andreas fluchte leise.

„Irgendetwas werden wir finden", meinte der Onkel, „denn so, wie es hier aussieht, war vor uns noch niemand auf Spurensuche."

Sie hatten bereits fast das Ende erreicht als Sophie aufschrie.

„Schaut hier, das könnte die Öffnung für einen Schüssel sein."

Andreas eilte mit den Schlüsseln heran, aber er passte nicht.

„Du hast bestimmt den Falschen!", erklärte Julia und Andreas nahm den anderen Schlüssel. Es klickte und eine kleine Öffnung kam zum Vorschein. Julia stand am Nächsten, steckte vorsichtig die Finger hinein und zog eine Spieluhr heraus. Sie kurbelte an der Spieluhr, die das Lied „Üb immer Treu und Redlichkeit" spielte.

„Ich glaube, wir sind auf dem richtigen Weg", freute sich Sophie.

Julia drehte die Spieluhr um. Dort stand eine Botschaft:
„Komm mich besuchen, sollst gar nicht fluchen –
schau einfach rein, dein wird es sein."

„Was soll das heißen?", fragte der Onkel und nahm die Spieluhr ebenfalls in die Hand. Er kurbelte und die Uhr spielte das Lied.

„Warum liegt die Spieluhr ausgerechnet hier", überlegte Julia laut.

„Weil sie hier keiner findet", Andreas lachte laut auf.

„Ja schon aber warum ausgerechnet hier?", Julia schaute ihn an. „Das sieht für mich so aus, als ob hier noch ein weiteres Rätsel zu knacken wäre und wir bisher nur eine Information haben, dass wir auf dem richtigen Weg sind."

„Was macht dich da so sicher", fragte Tobias und schaute sich um.

„Na die Spieluhr mit dem Spruch bringt uns doch noch nicht weiter oder?", überlegte Julia laut. *„„Komm mich besuchen, sollst gar nicht fluchen – schau einfach rein, dein wird es sein.",* was soll das bedeuten?

„*Komm mich besuchen*", wiederholte Sophie. „Das heißt für mich, wir müssen irgendwo hin gehen – aber wohin?"

„Okay! Lasst uns mal analysieren", meinte Tobias. „*Sollst gar nicht fluchen*, heißt bestimmt, es könnte beschwerlich werden."

„*Schau einfach rein*, das klingt für mich so, als wäre es „einfach", also man muss nicht lange danach suchen, es scheint irgendwo, wo man auch sonst hinkommt", erklärte Sophie.

„Klingt alles sehr überzeugend und so wird es sicher auch sein. Aber wo?", Julia schaute ihre Freunde an. „Vielleicht haben wir Glück und zum zusammengeknipsten Schlüssel gibt es auch ein weiteres Schlüsselloch."

Es dauerte nicht lange, bis Tobias ein weiteres Schlüsselloch entdeckte. Schnell zog Andreas die Schlüssel aus der Tasche und probierte sie zunächst einzeln. Damit hatte er keinen Erfolg. Er knipste sie wieder zusammen und versuchte ihn hineinzustecken und zu drehen. Es öffnete sich in einer Nische eine weitere schmale Tür. Sie schlüpften hindurch.

Hier war es stockdunkel. Wie immer suchten sie zunächst nach einem Schalter, der sie wieder zurück in den Gang und in das Treppenhaus bringen würde. So sehr sie auch suchten, sie fanden nichts. Irgendwann wurde es Andreas zu blöd und er stellte seinen Rucksack in die Türöffnung. Die Tür war zwar die ganze Zeit aufgeblieben aber durch die schlechten Erfahrungen wollten sie lieber vorbeugen. Im Schein des Handylichts konnten sie sehen, dass sie sich wieder in einem Gang befanden. Auch hier war definitiv schon lange niemand vorbeigekommen. Langsam gingen sie den Gang weiter. Kühl war es und Andreas hatte das Gefühl, dass es leicht bergab ging. Sie kamen nur schleppend vorwärts und trotzdem hätten sie beinahe die Stufen übersehen, die sich plötzlich auftaten. Tobias war voraus gegangen und hielt so abrupt inne, dass Sophie weiter hinten Julia auf die Ferse trat. Diese stöhnte auf. Sie stiegen die Treppe hinab, bis sie in einem weiteren Gang ankamen. Auch hier war es stockfinster.

„Man müsste sich große Scheinwerfer holen", überlegte Sophie gerade ohne daran zu denken, dass diese unter Umständen auch Strom bräuchten, als der Gang plötzlich endete. Sie schauten sich verdutzt an. Jeder leuchtete den Gang ab, man konnte keinen weiteren Durchlass erkennen.

„Und jetzt?", Tobias schaute Andreas an.

„Gute Frage", antwortete dieser. „Ich befürchte, wir sind an einem Punkt vorbei gegangen, an dem wir hätten abbiegen müssen. Es ist einfach zu dunkel hier."

„Lass uns langsam zurückgehen und schauen, ob wir eine Abzweigung übersehen haben", erklärte Sophie.

Sie gingen noch langsamer zurück, als sie auf dem Hinweg gelaufen waren und fanden trotzdem nichts Brauchbares.

Plötzlich hörten sie einen Schrei, Julia konnte ein Fluchen kaum unterdrücken.

„Was ist, Julia?", fragte Andreas besorgt.

„Ich bin über irgendetwas gestolpert und habe mich an der Wand gestoßen", sie rieb sich den Arm.

Tobias und Andreas leuchteten in Julias Richtung auf den Boden. Dort war nichts zu erkennen.

„Was ist denn das?", überlegte Andreas und leuchtete in eine kleine Nische in die Wand. Julia hob den Gegenstand heraus.

„Es sieht nach einem Päckchen aus", Julia öffnete den Deckel und nahm vorsichtig ein Buch heraus. „Sieht relativ alt aus, soweit ich das beurteilen kann."

„Kannst du einen Hinweis entdecken?", Sophies Stimme klang aufgeregt. Sie ging auf Julia zu und leuchtete mit ihrem Handylicht auf das Buch. Julia begann es durchzublättern. Das Buch war alt, so viel stand schon mal fest. Das Erscheinungsdatum war von 1865. Der Autor hieß Paul Müller und es handelte über seine Reise ins Morgenland.

„Was für ein Titel, wer konnte denn im 19. Jahrhundert ins Morgenland reisen?", Tobias kratzte sich am Kopf.

„Viele sicher nicht", sprach Hans, „aber es gab schon Menschen, die auf Entdeckertour waren. Wir sollten uns aber die Frage stellen, wie kommt das Buch hierher und was will es uns sagen? Das ist doch sicher kein Zufall, dass dieses Buch hier auf dem Boden liegt." Er nahm es Julia aus der Hand. „Dafür, dass es vielleicht schon lange hier liegt, ist es in einem guten Zustand."

Auch er blätterte die Seiten durch. „Vielleicht hat jemand einen Zettel darin vergessen, der uns hilfreich sein könnte."

Er gab das Buch an Julia zurück. „Zettel leider nicht und für weitere Überlegungen brauche ich mehr Licht."

„Immer nur Mauern und Gänge und Mauern und Gänge", es war klar, wem diese Stimme gehörte.

„Ja, Sophie, wir wissen, dass dich das nervt", Julia rollte die Augen, was man bei dieser Beleuchtung zum Glück nicht sehen konnte.

„Ich würde gerne noch mal bis zum Ende des Ganges gehen", erklärte Andreas, „kommst du mit, Tobias?"

„Wir kommen mit", das war die Stimme von Hans.

Also machten sie sich erneut auf, den Gang bis zum Ende zu durchstreifen. Es blieb bei Mauern und Gängen, wie Sophie es bereits prophezeit hatte. Auch bei der zweiten Begehung konnten sie keine weiteren Geheimnisse finden.

„Es langweilt mich so was von..."

„Sophie! Nun nimm dich doch mal ein bisschen zusammen. Wir werden nicht alle fünf Minuten ein neues Rätsel finden, was wir nach weiteren zwei Minuten gelöst haben", Hans' Stimme klang ärgerlich.

Tobias zuckte zusammen. So kannte er seinen Onkel nicht. Er war eigentlich die Güte in Person, nie ein böses Wort – aber er musste ihm insgeheim Recht geben, Sophie war wirklich manchmal eine Nervensäge. Insgeheim beneidete er Andreas um Julia. Die war immer ausgeglichen, lieb und freundlich. Man hörte kaum mal ein böses Wort.

Eigentlich wollte er Sophie schon die ganze Zeit fragen, ob sie miteinander gehen wollten. In diesen Situationen war er immer froh, es bisher noch nicht getan zu haben.

Auch Sophie war zusammengezuckt und murmelte ein „Entschuldigung" in Richtung des Onkels.

Hans schaute auf seine Uhr. „Ich finde, für heute Vormittag haben wir genug erreicht und wir haben Rätselstoff zum mit nach Hause nehmen. Ich bin für einen gemütlichen Mittag auf dem Sofa. Schauen wir, was wir mit dem Schmöker anfangen können."

Damit waren alle einverstanden und sie fuhren nach Hause.

Jeder suchte sich eine Ecke im Wohnzimmer oder auf der Terrasse. Der Onkel hatte sich das Buch sehr genau angeschaut. Er hatte nichts Außergewöhnliches gesehen. Keinen Hinweis auf das Rätsel, Anmerkungen im Text oder einen Zettel. Nichts hatte er gefunden. Nun schaute sich Tobias das Buch an.

„Sieht nach einem ganz gewöhnlichen alten Buch aus", erklärte er. „Ich befürchte, wenn wir etwas herausfinden wollen, muss sich einer erbarmen und es lesen. Hoffentlich ist es wenigstens spannend geschrieben." Er schaute von einem zum anderen. „Wer will?"

„Ich", Sophie ging auf ihn zu.

„Du?", er schaute sie verdutzt an.

„Glaubst du, ich kann nicht lesen?", fauchte sie ihn an.

„Nein, natürlich nicht. Ich dachte nur..."

Sophie unterbrach ihn rüde. „Ja ich weiß, ihr denkt immer nur, die Sophie, die ist launisch und gereizt und kann sich mit nichts anfreunden. Und ich weiß es ja selber, manchmal geht der Gaul mit mir durch. Ich möchte mal wieder etwas für diese Gemeinschaft tun. Ich lese es", sprachs und verschwand mit dem Buch in ihrem Zimmer.

Die Anderen schauten ihr verdutzt nach.

„Pffff", Tobias atmete hörbar aus.

„Man muss sie einfach gernhaben", das war Julias Stimme.

„Ich werde mich mal um weitere Recherchen bezüglich des Autors und seines Buches kümmern", erklärte der Onkel und entschwand ebenfalls in seinem Zimmer.

„Was wollen wir machen?", Andreas schaute Julia an. Diese senkte ihren Blick nach unten und bevor sie antworten konnte meinte Tobias:

„Ich setz' mich aufs Fahrrad und schaue mir die Gegend an. Ich muss mal meinen Kopf frei bekommen."

Sophie legte sich auf ihr Bett, nahm das Buch in die Hand und begann zu lesen. Der Titel klang spannend, wenn man sich für eine Reise ins Morgenland interessierte. Ihr Interessengebiet hatte sich bisher an anderen Themen orientiert. Nun gut, dachte sie und schlug die nächste Seite auf.

Tobias setzte sich aufs Fahrrad und fuhr Stadteinwärts. Ein wenig kannte er sich aus, sie hatten schon ein paar Touren unternommen. Am Eisstand kaufte er sich ein Eis und setzte sich in den angrenzenden Park. Er hoffte so sehr, dass Sophie einen Hinweis in dem Buch finden würde. Es ging ihm gar nicht so sehr um das Rätsel, sondern er gönnte Sophie den Erfolg. Vielleicht würde sich ihre Laune dadurch auch wieder verbessern. Das Eis war schnell vernichtet und er schwang sich wieder auf das Fahrrad. Wohin? Er schaute sich um und schlug wie von einem Magnet angezogen, den Weg zur alten Burgruine ein.

Sein Fahrrad schloss er an und stieg den Weg zur Ruine hinauf. Viel los war um diese Uhrzeit nicht, obwohl das Wetter zu einem Picknick einlud. Hunger hatte er nicht aber Durst. Er ärgerte sich, nicht an eine Flasche Wasser gedacht zu haben. Er würde nur eine kleine Runde drehen und dann wieder in die Stadt zurückfahren. Zunächst ging er zur Mauer und schaute auf die Stadt. Es war schon schön hier und er vermisste die Hektik der Stadt keineswegs. Langsam schlenderte er zur Ruine zurück. Vielleicht sollte ich mich noch einmal in den Untergrund begeben. Er überlegte und stellte fest, dass er außer dem Handylicht nicht viel zu bieten hatte. Der Akku vermeldete zumindest 90 Prozent und so verschwand er in der Ruine und öffnete die Tür nach unten. Als er unten ein paar Schritte gegangen war, schloss sich die Tür ganz leise wieder. Er atmete auf und fuhr herum.

Julia schaute Andreas an.

„Was wollen wir machen", fragte er sie.

„Wenn Sophie sich schon opfert...", Julia zuckte mit den Schultern.

„Nun mach aber mal einen Punkt", erboste sich Andreas. „Die opfert sich doch nicht, die hat nur den angenehmsten Part übernommen. Ist dir das noch nicht aufgefallen?"

„Wie meinst du das?", Julia schaute Andreas ratlos an.

„Genau, wie meinst du das?", Sophies Stimme überschlug sich fast.

Andreas drehte sich zum Türrahmen um. Dort stand Sophie und ihre Augen funkelten.

„Genau so, wie ich es gesagt habe", Andreas schaute sie an.

„Du findest also, dass ich mich auf eure Kosten ausruhe?", Sophies Stimme bebte.

„Nein, ich finde nur, dass es mit dir schon ziemlich anstrengend ist. Ständig muss man aufpassen, was man sagt, damit man dich nur nicht reizt. Es ist so anstrengend, wenn du dabei bist. Jeder muss seine Worte auf die Goldwaage legen, nur damit du nicht gleich explodierst. Sorry aber das musste mal gesagt werden."

Sophie schluchzte auf. „Bin ich wirklich so schlimm?"

Julia ging auf die Freundin zu und nahm sie in die Arme. „So schlimm nun auch wieder nicht", versuchte sie zu trösten während gleichzeitig Andreas sagte „noch viel schlimmer".

Nun weinte Sophie ganz bitterlich. Julia schimpfte mit Andreas.

„Wenn du das nicht erkennst, dann tut es mir leid", waren seine letzten Worte, dann ging er aus dem Zimmer.

Julia führte ihre Freundin zum Sofa und sie nahmen Platz. Es dauerte eine ganze Weile, bis Sophie sich etwas beruhigt hatte.

„Bin ich wirklich so schlimm?"

„Ehrlich?", Julia schaute Sophie in die Augen, sie nickte. „Manchmal schon."

„Ich glaube, ich habe mich wirklich in der letzten Zeit ziemlich doof benommen", Sophie wischte sich die Tränen ab. „Ich beneide dich um das, was du mit Andreas hast. Ich finde, Tobias ist so abweisend zu mir. Ich habe immer das Gefühl, er mag mich nicht. Dabei versuche ich immer lieb und freundlich zu ihm zu sein."

„Fällt dir nichts auf?", Julia schaute ihre Freundin durchdringend an. Diese schüttelte den Kopf.

„Du sprichst immer nur von dir. Nimm dich doch mal ein bisschen zurück. Manchmal habe ich den Eindruck, du verschreckst Tobias. Er versucht so liebevoll mit dir umzugehen und du gehst nur mit einem Hammer durchs Leben und haust überall drauf."

Sophie musste lachen und auch Julia stimmte ein. Sie lachten und lachten. Es war richtig befreiend.

„Gut", versuchte Sophie einen Satz zu formulieren während sie immer noch gluckste. „Ich will versuchen, mich zu ändern. Hilfst du mir dabei?"

„Klar, das ist doch Ehrensache", erklärte Julia und musste schon wieder laut lachen.

Andreas hörte die Mädchen lachen als er sich gerade auf sein Fahrrad schwang. Er war sauer. Sauer auf Sophie sowieso und auf Julia langsam auch. Sicher lachten sie ihn aus. Wütend fuhr er los und überlegte, wohin.

„Richtung Innenstadt war eine gute Idee", dachte er und überlegte, ob er Tobias schreiben sollte. „Man könnte sich treffen", so überlegte er und er könnte ihm erzählen, was passiert war. Tobias könnte ihm außerdem einen Rat geben, denn je länger er darüber nachdachte, desto mehr hatte er das Gefühl, er müsste sich doch bei Sophie entschuldigen. „Nein!", sagte er laut zu sich selbst. „Sie muss sich bei mir entschuldigen."

Eine Frau drehte sich um und schaute ihn verblüfft an. Er fuhr weiter zum Eissalon. Bei dem schönen Wetter war kein Platz zu bekommen. Er stellte sich in der langen Schlange an und es dauerte eine Weile, bis er sich mit seinem Eis in den nahegelegenen Park setzen konnte. Seine Gedanken schweiften schon wieder ab. Ob sich Sophie in der Zwischenzeit beruhigt hat? Er schaute auf sein Handy und hoffte auf eine Nachricht von Julia oder wenigstens von Sophie. Nichts. Wo war eigentlich Tobias geblieben. Er versuchte ihn anzurufen, bekam aber nur den Hinweis, dass er im Moment nicht erreichbar wäre. Er lehnte sich zurück und döste etwas vor sich hin.

Erschrocken fuhr Tobias herum. Hatte er nicht eben ein Geräusch gehört. Er lauschte in die Stille. Nichts. Langsam gewöhnten sich seine Augen an die Dunkelheit. Er ging vorsichtig weiter. Da… da war doch wieder ein Geräusch. Er blieb erneut stehen und versuchte sich zu konzentrieren, aus welcher Richtung es kam. Plötzlich wurde ihm mulmig zumute, denn er hatte niemandem erzählt, dass er zur Burg wollte. Das war im Moment nun auch nicht zu ändern. Er schlich so leise es ging weiter und stand bald in dem großen Raum, der wie eine Kapelle aussah. Die Bilder waren weg. Jemand hatte sie weggebracht. Er fuhr erneut herum. Gerade hatte er eine Bewegung hinter sich gespürt. Sehen konnte er nichts. „Nun reiß dich mal zusammen", sagte er laut zu sich und dann hörte er Schritte.

Tobias zuckte zusammen. „Wer ist da?"

„Ich habe mich verlaufen", versuchte Tobias sein Hiersein zu erklären. Er hatte das Gefühl, dass die Person sehr nahe vor ihm stand.

Erschrocken wich Tobias zurück und stolperte über eine Erhebung am Boden. Er schrie laut auf.

Die Person war nun direkt neben ihm. Irgendwie kam sie ihm bekannt vor. Der Geruch von Tabak stieg ihm in die Nase. Sein Onkel Hans roch immer so. Er versuchte, wieder auf die Füße zu kommen, doch die Person drückte ihn nach unten. Er spürte, wie beide Handgelenke mit einem Kabelbinder umwickelt wurden. Nun konnte er nichts mehr tun.

„Onkel Hans, bist du das?", Tobias bekam nun richtig Angst aber der Typ sagte nichts.

„Hallo, wer bist du?", niemand antwortete ihm.

Andreas versuchte erneut Tobias anzurufen. Er war immer noch nicht erreichbar und so schickte er ihm eine SMS mit dem Hinweis, er möge sich doch dringend bei ihm melden. Er stieg aufs Fahrrad, kurvte weiter durch den Ort und überlegte, ob er vielleicht mal zur Burg hochfahren sollte. Ein Blick auf die Uhr zeigte ihm an, dass es langsam Zeit für das Abendessen war. Zu spät wollte er nach diesem Tag auf keinen Fall sein und so machte er einen größeren Bogen um die Stadt herum und fuhr zurück zu Sophies Haus. Er stellte das Rad ab und schloss es an. „Tobias hat aber Ausdauer", dachte er über das fehlende Rad und klingelte.

Julia machte ihm die Tür auf und ließ sich erst mal in seine Arme fallen.

„Ich bin so froh, dass du wieder da bist", drückte sie ihn.

„Und ich erst", Andreas streichelte ihr Haar, es roch nach frischem Shampoo. „Hat sich Sophie wieder beruhigt?"

„Ja, hat sie", hinter Julia stand Sophie und zwinkerte ihm zu.

„Du, Sophie, ich weiß auch nicht, was mich da getrieben hat. Es tut mir leid. Ich wollte nicht so grob sein", Andreas zog Sophie auch zu sich heran und so standen sie zu Dritt eine Weile im Hausflur und hielten sich in den Armen.

„Was macht denn eigentlich Tobias, der alte Chaot? Ist der in der Zwischenzeit mal wieder hier aufgetaucht?", Andreas schaute die Mädchen an.

„Wieso hier? Wir dachten, ihr wärt zusammen unterwegs", Sophie schaute Andreas fragend an.

„Wie? Ihr wisst nicht, wo er ist?", Andreas bekam ein mulmiges Gefühl in der Magengegend. „Ich habe schon zweimal bei ihm angerufen, in der Zwischenzeit auch eine SMS geschickt, dass er sich mal melden soll. Bisher hat sich nichts getan." Er probierte erneut, seinen Freund anzurufen und bekam wieder die Meldung, dass dieser nicht erreichbar wäre.

„Wo sind Barbara und der Onkel?", fragte er.

„Die sitzen beide im Wohnzimmer. Wir wollten jetzt eigentlich den Tisch decken und euch anrufen, dass es bald Abendessen gibt", erklärte Julia.

Sie betraten das Wohnzimmer und Andreas berichtete den Beiden von den vergeblichen Anwahlversuchen.

Barbara erklärte, dass man Tobias sofort suchen sollte, während der Onkel erst mal abwinkte. Er schaute auf die Uhr.

„Es ist jetzt 17.30 Uhr und er ist volljährig. Da können wir im Moment noch nicht so sehr viel tun. Was wollte er noch mal machen?"

„Er wollte unbedingt den Kopf frei bekommen, hat das Fahrrad mitgenommen und ist Richtung Stadt geradelt", seufzte Julia.

„Na seht ihr. Bis zum Abendessen ist er sicher wieder da", der Onkel stand auf und ging in die Küche, um die Teller aus dem Küchenschrank zu nehmen.

Auch nach dem Abendessen war noch kein Lebenszeichen von Tobias aufgetaucht. Mittlerweile war selbst Onkel Hans nicht mehr so davon überzeugt, dass alles in Ordnung war. Tobias war sehr zuverlässig. Er hätte sich längst gemeldet, dass es später wird oder wäre persönlich aufgetaucht. Es war schon seltsam.

Als gegen acht Uhr immer noch kein Kontakt zu Tobias hergestellt werden konnte, rief der Onkel bei der Polizei an. Die Beamten waren sehr nett, konnten aber im vorliegenden Fall noch nichts unternehmen. Tobias war volljährig und so durfte er auch abends nach acht Uhr noch alleine draußen herumlaufen. Auch wenn er nicht auf dem Handy zu erreichen war oder er sich nicht meldete. Aus Sicht der Beamten lag zu diesem Zeitpunkt noch kein Handlungsbedarf vor.

„Was machen wir jetzt?", fragte der Onkel, nachdem er das Ergebnis den anderen mitgeteilt hatte.

„Noch ist es hell", meinte Barbara. „Wir könnten in zwei Teams mal durch die Stadt streifen, vielleicht sitzt er im Eissalon und hat die Zeit vergessen und der Akku vom Handy ist leer. Vielleicht ist er oben auf der Burgruine im Gras eingeschlafen. Es ist ja alles möglich."

Barbara, Andreas und Julia fuhren bald mit dem Auto in die Stadt, sie wollten durch die kleine Fußgängerzone bummeln und sich umschauen. Sophie und der Onkel bildeten das zweite

Team, sie fuhren mit dem Auto direkt zur Burgruine und wollten dort Ausschau nach ihm halten.

„Hallo", Tobias rief in unregelmäßigen Abständen nach der Person doch er hatte das Gefühl, dass er alleine war. Er hatte versucht, aufzustehen und nach dem ersten kläglichen Versuch war es ihm auch gelungen. Da seine Hände hinten auf dem Rücken gefesselt waren war das nicht so einfach gewesen. Ganz vorsichtig setzte er seinen Weg fort. Er erinnerte sich an ein Stück der offenen Ruine, wo sie damals mit Sophie Kontakt aufgenommen hatten. Vielleicht konnte er rufen und es würde ihn jemand hören. Er könnte auch zurück zum Eingang gehen, überlegte er, aber das war ihm zu gefährlich. Wenn der Unbekannte dort lauerte, würde er ihm direkt in die Arme laufen. Zunächst wollte er bis zu diesem Fenster kommen. Vielleicht würde auch sein Handy... Sein Handy... an das kam er ja gar nicht dran. Es steckte in der Hosentasche vorne und die Hände waren nach hinten festgebunden. Was für ein Mist schimpfte er in Gedanken. Als er am Fenster angekommen war, versuchte er angestrengt zu hören, ob dort jemand vorbei ging. Plötzlich vibrierte sein Handy, als ob er einen Anruf erhalten würde. Zu dumm, ich kann es nicht annehmen, dachte er. Es vibrierte wieder. Das war eine SMS. Vermutlich wunderte man sich, wo er war. Oder Sophie hatte etwas in dem Buch gefunden und wollte es ihm mitteilen. Ach Sophie. Nach einer ganzen Weile vibrierte sein Handy erneut. Der Länge nach zu urteilen war es ein weiterer Anruf. So hilflos war er sich schon lange nicht mehr vorgekommen. Was sollte er tun? Und warum hatte er überhaupt hier Empfang? Er erinnerte sich gut an das letzte Mal, wo sie vergebens versucht hatten, hier ein Handynetz zu erreichen. Es nützte ihm im Moment eh nichts. Er überlegte weiter und war sich immer noch nicht sicher, ob es sich bei der Person nicht doch um seinen Onkel Hans gehandelt hatte. Das war so was von absurd und doch hatte die Person genauso gerochen wie Onkel Hans. Wenn es nicht der Onkel war, wer aber dann? Der Bürgermeister? Ewald? Oder eine ganz andere Person. Er grübelte vor sich hin, immer wieder unterbrochen von Anrufen oder SMSsen. Mittlerweile musste es Zeit zum Abendessen sein. Er hatte Hunger und Durst. So einen Durst hatte er lange nicht mehr gehabt. Man würde ihn sicher bald vermissen und hoffentlich auch zu suchen beginnen. Er horchte angestrengt nach draußen und hoffte, seine Freunde würden bald nach ihm hier rufen.

Seine Gedanken wanderten wieder zu Sophie. Wenn er hier unbeschadet herauskam, wollte er sie fragen. Er wollte sie fragen, ob sie seine Freundin sein wollte. Egal wie mürrisch sie manchmal war. Er wusste jetzt, dass er genau das an ihr mochte.

Er erschrak, denn am Eingang des alten Kirchenschiffs glaubte er den Schein einer Taschenlampe zu erkennen. Ob der Typ zurückkam? Er überlegte, wo er sich am besten verstecken konnte. Kampflos wollte er sich nicht ergeben und diesmal hatte er die besseren Chancen. Der Überraschungseffekt war auf seiner Seite. Und da war er wieder, sein Gedanke. Er konnte nichts in die Hand nehmen, um sich zu wehren. Er konnte lediglich… genau…, wenn der Typ hier vorbeikam, dann konnte er ihm ein Bein stellen. Das war eine gute Idee. So lautlos wie möglich versuchte er, in Richtung des nächsten Raumes zu kommen. Dort wo die rosa Dame an der Wand hing. Er erinnerte sich daran, dass der Teil, wo sich der Hebel befand, recht schmal war. Vorsichtig rutschte er an der Wand herunter und zog die Beine an. Nun sollte der Typ kommen…

Er sah ein Handylicht in weiter Ferne und da, noch ein zweites. Sein Magen krampfte sich zusammen. Kam der Typ mit einem Komplizen, damit sie ihn wegtragen konnten? Er hörte Stimmen, also unterhielten sich die Beiden. Langsam kamen sie näher. Tobias konzentrierte sich darauf, im rechten Moment die Beine auszustrecken. Da, jetzt war der erste Komplize so nah, dass er ihn eigentlich sehen müsste. Zum Glück schien sein Licht an ihm vorbei. Tobias zog die Beine hoch und mit einem lauten Schrei fiel die Person zu Boden. Es folgte ein weiterer Schrei, wesentlich heller als der erste. Er gehörte unverkennbar einer Frau… Tobias traute seinen Ohren kaum, das war doch die Stimme von Sophie, die sich lautstark beschwerte.

Tausend Gedanken auf einmal schwirrten durch seinen Kopf. Wurde auch Sophie von dem Typen festgehalten? Sollte er sich bemerkbar machen? Er wollte zunächst abwarten. Umso erfreuter war er, als er die andere Stimme als die von seinem Onkel ausmachen konnte.

„Ich bin es", rief Tobias den beiden zu.

„Oh was für ein Glück", Sophie leuchtete direkt in Tobias Gesicht.

„Äh, kannst du das Licht mal ein bisschen nach unten halten", Tobias blinzelte vor sich hin.

Der Onkel hatte sich in der Zwischenzeit auch wieder auf die Füße gestellt und holte sein Taschenmesser aus der Hose.

„Du glaubst gar nicht, wie sehr dich alle vermisst haben", meinte er, während er die Kabelbinder durch schnitt. Tobias rieb sich die Handgelenke.

„Onkel Hans", seine Stimme klang belegt. „Ganz ehrlich, du hast mich vorhin aber nicht hier gefesselt?"

Der Onkel horchte verwundert auf. „Wie meinst Du das?"

„Na vorhin war hier ein Typ, der roch genau wie du, der hatte genau den gleichen Tabakgeruch an sich."

„Und da dachtest du, dass der gute alte Onkel Hans mal eben so seinen Neffen fesselt? Vielen Dank für das Vertrauen."

Seine Stimme sollte beleidigt klingen, es gelang ihm aber nicht. Im Gegenteil, er lachte, als er fortfuhr

„Dass auch andere Menschen nach Tabak riechen und vielleicht auch nach dem gleichen Rasierwasser, das kam dir nicht in den Sinn?"

„Nun ja, ich konnte mir auch keinen Reim darauf machen", Tobias stammelte etwas vor sich hin.

Sophie war es dann auch, die daran erinnerte, dass die anderen sich sicher über ein Lebenszeichen freuen würden und so gingen sie schnurstracks aus dem Keller hinaus.

Später, als sie alle zusammen wieder zu Hause auf der Terrasse saßen waren sie froh, dass es so glimpflich ausgegangen war.

„Du kannst den Typen also nicht beschreiben", fragte Andreas nun schon zum dritten Mal.

„Nein", entgegnete Tobias erneut. „Ich sagte doch schon, außer, dass er so roch wie Onkel Hans."

„Das reicht nicht als Beschreibung", lachte dieser auf.

„Wer roch wie", Barbara kam gerade aus der Küche zurück, die sie aufgeräumt hatte.

„Ach nichts", erklärte Julia.

„Was macht denn eigentlich deine Buchstudie", fragte Tobias und Sophie winkte ab.

„Da möchte ich im Moment nicht drüber sprechen."

„Wollen wir uns die Seiten gemeinsam ansehen?", er schaute sie von der Seite an.

„Das können wir gerne machen", Sophie stand auf. „Wo wollen wir uns hinsetzen?"

„Vielleicht ins Wohnzimmer an den Esstisch?", Barbara deutete in Richtung Haus. „Dort habt ihr auch ein bisschen mehr Ruhe."

Sophie und Tobas nahmen das Buch und ihre Getränke mit an den Esstisch während Barbara die Terrassentür anlehnte. Zunächst schwiegen alle, jeder hing seinen Gedanken nach, bis der Onkel das Wort ergriff.

„Ich muss euch ein Geständnis machen", er senkte die Stimme und schaute schuldbewusst in die Runde.

„Sag bloß, du hast Tobias auf dem Gewissen?", Julia lachte leise auf.

„Leider ja", und er erzählte seine Geschichte. Nachdem er sich zur Recherche in sein Zimmer verzogen hatte, war er kurz darauf doch zu dem Ergebnis gekommen, dass er vielleicht besser in einem alten Antiquariat nach diesem Buch suchen sollte. Einfach, um das Original vom Antiquariat mit dem aus dem Gang zu vergleichen. Das Geschäft hatte es nicht vorrätig, konnte es aber bestellen und so fuhr er weiter zur Ruine. Er wollte einfach ein bisschen Ruhe vom hektischen Treiben haben und sah gerade noch, wie die Bodenplatte zurück glitt. Er folgte dem Kerl, der da vor ihm herschlich und überwältigte ihn.

„Aber wieso hast du ihn nicht an der Stimme erkannt?", Andreas konnte die Geschichte kaum glauben.

„Das lag daran, dass ich in der Zwischenzeit meine Hörgeräte abgeschaltet hatte. Sie hatten nur noch ganz wenig Batterie, als ich in diesem Antiquariat war und ich dachte, die schone ich mal lieber. Ich habe einfach nicht daran gedacht, dass ich nichts hörte."

„Na das ist ja eine Geschichte", Barbara musste lachen. „Und als Tobias dann vermisst wurde, da wurde dir klar, wen du überwältigt hast?"

„Nicht sofort", der Onkel schaute immer noch zerknirscht aus. „Aber als er sich nicht meldete und auch wir ihn nicht erreichen konnten, da hatte ich schon so ein komisches Gefühl.

„Aber du konntest ihn doch nicht so da liegen lassen", Julia schaute den Onkel an. „Wolltest du nicht wenigstens die Polizei verständigen?"

„Doch, das wollte ich tun aber die Ereignisse hier haben mich zunächst davon abgehalten. Und als dann immer wahrscheinlicher wurde, dass Tobias vermisst wurde, da habe ich schon überlegt, ob der, der oben in der Ruine liegt, nicht vielleicht doch Tobias ist", der Onkel knirschte mit den Zähnen.

Tobias kam auf die Terrasse, um sich ein Glas Wasser einzuschenken. „Habt ihr überlegt, wer mich gefesselt haben könnte?"

„Wir haben nicht nur überlegt", begann Julia.

„Wir wissen es bereits", beendete Barbara den Satz.

„Mein lieber Neffe", begann der Onkel und Tobias wich einen Schritt zurück.

„Was geht hier vor?", er schaute in grinsende Gesichter.

Am Ende des Tages waren alle froh, dass es sich nur um eine Verwechslung gehandelt hatte und Sophie schloss mit den Worten: „Ein weiteres Rätsel hätte ich jetzt auch nicht gebrauchen können."

Sie nahm das Buch mit in ihr Zimmer und schmökerte bereits, während Julia noch im Bad war.

„So uninteressant, wie ich zunächst befürchtete, ist es gar nicht", sagte sie als Julia den Raum betrat. „Allerdings habe ich schon die Hälfte des Buches gelesen und noch nichts gefunden, was nicht zum Buch gehört."

„Ich bin müde", Julia schaute Sophie an. „Ich kann dir heute nicht mehr beim Lesen helfen."

Julia machte ihr Licht aus und schlief sofort ein. Sophie las und las und klappte nach zwei weiteren Stunden das Buch enttäuscht zu. Sie hatte es bis zum Ende durchgelesen und es stand nichts drin außer das, was man unter dem Titel "Meine Reise ins Morgenland" auch vermutete. Sie löschte das Licht und fiel in einen unruhigen Schlaf.

Am nächsten Morgen spürte sie eine Hand an ihrer Schulter. Erschrocken fuhr sie hoch und wollte gerade aufschreien, als sie Julia erkannte.

„Mensch, ich habe dich schon dreimal geweckt, du schläfst immer wieder ein. Was hast du denn die ganze Nacht gemacht?"

„Gelesen", gab Sophie gähnend zurück.

„Und?", Julia schaute Sophie erwartungsvoll an. „Hat es sich wenigstens gelohnt."

„Leider nicht", Sophie stand auf und schlurfte ins Bad.

Als sie am Frühstückstisch Platz genommen hatte, schauten sie alle an.

„Was glotzt ihr denn so?", während sie sich ein Brötchen nahm. „Ich habe nichts gefunden. Ich weiß jetzt nur, dass das Morgenland eine Reise wert ist."

„Bist du sicher", begann Andreas und hörte auf, als er Sophies zornigen Blick sah.

Sie nahm das Buch in die Hand und schleuderte es ihm entgegen. Das Buch bekam etwas zu viel Schwung und landete mit einem Platsch auf dem Küchenboden. Betreten sah Sophie das Buch an. „Das wollte ich nicht", bückte sich und wollte es aufheben. Dabei bemerkte sie, dass der Buchdeckel eingerissen war.

„Oh nein, das tut mir leid. Ich wollte das Buch nicht zerstören", zerknirscht legte sie es neben sich auf den Esstisch.

„Mensch Sophie! Warum bist du auch immer so ungestüm?", der Onkel schaute sie fragend an.

„Hab' mich ja schon entschuldigt", mampfte sie.

„Wenn du nichts dagegen hast", Tobias schaute vorsichtig auf, „würde ich es heute Morgen auch noch lesen.

„Tu, was du nicht lassen kannst, ich frühstücke erst mal fertig."

Tobias nahm das Buch hoch, dabei löste sich ein weiteres Stück des Buchrückens nun endgültig vom Buch ab. Als er es aufhob, sah er ein eingerolltes Blatt Papier, das darin klemmte. Er nahm es heraus und während er es auseinander rollte jubelten alle. Der Jubel hielt nicht lange an, nachdem sie feststellten, dass Tobias lediglich ein weißes Blatt Papier in den Händen hielt. Er drehte es, hielt es ins Licht. Nichts.

„Das gibt es doch nicht", Barbara nahm ihm das Blatt aus der Hand. Auch sie versuchte ihr Glück und gab es an den Onkel weiter.

Nachdem sie es alle in der Hand gehalten hatten und Sophie es als letzte enttäuscht zurück legte meinte Barbara: „Ich will nichts versprechen aber für mich sieht das nach einem Fall von Geheimtinte aus."

„Wie bitte", der Onkel schaute sie an.

„Kennst du das nicht?", sie schaute ihn an. „Als Kinder haben wir uns Zitronensaft geholt und eine Feder oder einen Pinsel. Damit haben wir eine geheime Botschaft auf ein Blatt Papier geschrieben und es trocknen lassen. Wenn man es bügelte oder vorsichtig gegen eine Kerze hielt, konnte man die Botschaft wieder entziffern."

„Ja, ich kann mich erinnern", gab der Onkel zu. „Du glaubst also, dass das so ein Papier ist."

„Wieso sollte jemand ein weißes Blatt Papier sorgfältig einrollen und es in diesem Buchrücken verstecken?", Barbara ereiferte sich nun. „Ich hole das Bügeleisen, wir probieren das gleich aus."

Sie war bald zurück und stellte es auf die unterste Stufe ein. „Nehmt eure Handys und fotografiert, was das Zeug hält. Man weiß nicht, wie lange man etwas lesen kann", dann begann Barbara vorsichtig zu bügeln.

Sophie entfuhr ein Schrei als sowohl der Text als auch eine Zeichnung langsam sichtbar wurden. Sie knipste alles und Barbara stellte das Bügeleisen auf dem Tisch ab. Sie zog den Stecker und gemeinsam betrachteten sie die alte Schrift. Es war schwer, etwas zu entziffern. Bald waren sie sich einig, dass sowohl die Anfänge des Liedtextes "Üb immer Treu und Redlichkeit" als auch des Liedtextes "Kein schöner Land in dieser Zeit" darin vorkamen.

„Wir sind auf dem richtigen Weg", hauchte Julia.

Ein Stück weiter unten kam auch das Gedicht zum Vorschein und nun redeten alle durcheinander. Es war klar, dass sie hier einen entscheidenden Schritt weitergekommen waren. Unter all diesem Text war eine Zeichnung zu erkennen.

„Für mich sieht es wie Steine aus", Tobias gab das Papier an Julia weiter.

„Viele Steine", nickte sie.

„Viele Steine ergeben eine Mauer", nickte auch der Onkel.

„Und an einer Mauer lag das Buch", vollendete Andreas die Gedanken.

„Meint ihr, das Buch wurde absichtlich genau da hingelegt?", Sophie schaute Tobias an.

„Möglich oder es wurde dort verloren von wem auch immer", Hans nahm das Buch wieder in die Hand. Er blätterte darin und meinte dann „Das Buch ist 1865 erschienen und könnte einem Bewohner der Burg oder des Rathauses gehört haben. Nehmen wir mal an, man war auf der Flucht und irgendjemand hat das Buch verloren."

„Wer sollte denn vor wem auf der Flucht sein?", Sophie schaute Tobias an.

„Aber der Gang endet doch relativ bald. Wohin hätte man also fliehen wollen?", gab Andreas zu bedenken.

„Wenn der Gang damals weiter ging und man ihn erst später zugemauert hat?", das war Julia.

„Möglich", Hans blätterte immer noch in dem Buch.

„Demjenigen, dem es gehörte, war auf jeden Fall gebildet und konnte lesen. Viele Menschen konnten das damals noch nicht. Es könnte sich bei dem Besitzer also um einen Fürsten oder einen Pfarrer gehandelt haben. Bringt uns das weiter? Wer lebte um diese Zeit auf der Burg oder im Rathaus? Lebte da früher überhaupt jemand oder war es schon immer nur ein Rathaus?", er schaute Barbara an.

„Wieso schaust du mich so an, ich habe keine Ahnung", erklärte diese.

„Dann wäre es prima, wenn du da mal ein bisschen deine Verbindungen spielen lassen könntest und vielleicht im Stadtarchiv nachfragen würdest", erklärte der Onkel.

„Was wollen wir machen?" Er nahm das Blatt Papier wieder in die Hand. Also da stehen beide Liedtexte, darunter das Gedicht. Der Schreiber wollte also ganz sicher gehen, dass der Finder nichts vergisst. Was ist das für eine Zeichnung?" Er drehte das Papier hin und her.

„Sag mal Barbara, du kennst dich doch so gut mit Geheimtinte aus. Ich erinnere mich, dass man auch mit anderen Flüssigkeiten eine Geheimschrift erzeugen konnte. Essig zum Beispiel. Kommt das alles durchs Bügeln wieder zum Vorschein?

„Ich weiß es nicht", gab Barbara zu und so bemühte Andreas sogleich sein Handy.

„Hier steht wirklich, dass es noch andere Stoffe gibt. Es steht aber auch da, dass alle mit Wärme wieder sichtbar werden.

„Haltet mich für blöd", Sophie schaute Tobias erneut an. „Ich würde das Buch Seite für Seite bügeln. Wenn ich etwas verbergen wollte, hätte ich das so getan. Einfach an den Rand geschrieben oder auf freie Seiten. In Absätze gequetscht, was auch immer. Ich würde es ins Buch schreiben."

„Das ist schlau Sophie", lobte der Onkel. „Her mit dem Bügeleisen, ich fange an. Einer bitte mit einem Handy zu mir, damit wir bei Veränderungen ein Foto haben."

Sie bügelten und bügelten und während am Anfang noch alle ganz gebannt auf die Buchseite schauten, langweilten sie sich bald und überlegten nebenher, ob man später mal einen Ausflug ins Schwimmbad machen wollte. Nach der Hälfte des Buches gab Hans das Bügeleisen an Julia weiter und Andreas übernahm die Überwachung mit dem Handy. Sie waren auf den letzten Seiten angekommen und bisher hatte sich nichts getan. Enttäuscht wandte sich Sophie bereits ab und wollte ins Bad da schrie Julia laut auf.

„Da, da, da...", stammelte sie während Andreas fleißig knipste.

Sophie stürmte zurück und wäre beinahe über Tobias Füße gestolpert, der sie zum Glück auffing.

„Schaut euch das an", Julia traute ihren Augen nicht.

Auf der linken Seite kam die Zeichnung einer Wand zum Vorschein, so, wie sie unten in dem Gang zu finden war.

„Bügel weiter!" befahl Hans und Julia bügelte die nächste Seite. Hier kam das Gedicht zum Vorschein.

„Das wissen wir doch schon alles", wer maulte: Sophie.

Sie blätterten auf die nächste Seite. Diese blieb leer aber auf der nächsten Seite erschien ein Symbol. Dazu waren verschiedene Buchstaben mit einem Kreis versehen. „Schnell", rief Tobias, wir brauchen Papier und Stift.

Barbara kramte in der Schublade und reichte es ihm an.

Julia diktierte ihm die Buchstaben von links nach rechts und von oben nach unten. Alle schauten gespannt auf den Block.

„Edler Finder, wenn du diese Botschaft liest", las Julia laut vor.

„Und dann?", dieses Mal war es Andreas der ungeduldig war.

„Ja nichts und dann, da steht nicht mehr", erklärte Julia.

„Das kann doch nicht sein", Tobias drehte das Buch zu sich.

„Glaubst du denn, ich bin blind", Julia schaute ihn entrüstet an.

„Na ja, das nicht. Trotzdem sehen vier Augen mehr wie zwei", lächelte Tobias. „Bügel einfach die nächste Seite, vielleicht geht es da weiter."

Auf der übernächsten Seite ging es weiter. Zum Schluss lautete der Text:

Edler Finder, wenn du diese Botschaft liest, bist du nicht mehr weit davon entfernt. Nimm das stärkste Werkzeug, das du finden kannst und zerstöre mein Werk.

„Ich glaube, ich schreie gleich"

„Sophie!", riefen fast alle gleichzeitig.

„Wieso?", sie schaute verdutzt in die Runde und musste dann lachen. „Wisst ihr was das für ein Aufwand ist. Erst das ganze Tamtam mit der Uhr, jetzt mit dem Buch, da Geheimtinte auf ein Papier, dann auf den Blättern und anstatt dann zu schreiben: "haue auf den fünften Stein von rechts" kommt so was dabei heraus. Ich brauch jetzt mal frische Luft und fahre ins Schwimmbad. Kommt ihr mit?"

Auch die anderen hatten Lust auf eine Abkühlung und schlossen sich Sophie an. Es wurde ein vergnügter Vormittag.

Kapitel 9 – Die Überführung

Währenddessen räumten Barbara und Hans die Utensilien wieder weg. Anschließend setzten sie sich auf die Terrasse. Barbara hatte ihren Chef gebeten, ihr ein paar aufgesparte Überstunden zu gewähren. Es war einfach zu spannend und sie wollte die Vier nun auch nicht alleine lassen. Barbara und Hans überlegten wer für den unangenehmen Teil des Rätsels, nämlich des Escape-Room, zuständig war. Es war ganz gut, dass die Vier da mal nicht dabei waren, befanden sie.

„Wer hat Interesse daran, dass sie nicht weitersuchen?", fragte Hans.

„Also ich könnte mir schon den Bürgermeister vorstellen. Ja, in den letzten Jahren hat man nichts mehr gehört aber es gab Zeiten, da war er sehr umstritten. Ein Bürgermeister, den man eines Einbruchs verdächtigt...", gab Barbara zu bedenken.

„Ja, kann ich mir vorstellen, hat man nicht so oft, zumindest in Deutschland", zwinkerte Hans.

„Ewald", Barbara hielt sich die Hand vor den Mund.

„Was ist?", fragte Hans.

„Ewald, der geht mir schon die ganze Zeit nicht aus dem Sinn."

„Denken wir mal logisch", überlegte Hans laut. Irgendjemand muss doch in den letzten Tagen im Rathaus ein- und ausgegangen sein. Jemand, den man nicht aufhält, weil er bekannt ist. Und – was noch viel wichtiger ist da, wo er den Raum aufgebaut hat muss er sicher sein, dass die nächsten Tage keiner kommt."

„Hm", überlegte Barbara. Ich glaube der Küchenchef hatte ein paar Tage Urlaub, das muss ich mal klären. Ich rufe die Sekretärin im Rathaus an, die schuldet mir eh noch einen Gefallen."

Nach ein paar Minuten hatte Barbara herausgefunden, dass sich der Küchenchef im Urlaub befand. Nur für einen Tag hatte er die Leitung der Küche übernommen, weil der Bürgermeister einen wichtigen Gast erwartete.

„Gut", nickte Hans. „Ewald - oder wer auch immer - weiß darüber Bescheid und denkt sich eine Falle aus. Er weiß, dass die Kinder einer Spur folgen und will sie einschüchtern. Passt das?"

„Das passt für mich gut", erklärte Barbara.

„Du warst doch die letzten Tage immer im Rathaus beschäftigt. Ist dir Ewald begegnet?", fragte Hans.

„Jetzt, wo du es sagst, stimmt es. Der war die letzten Tage immer mal da. Ich habe mich noch gewundert, was er ständig da macht, bis ich dahinterkam, dass er mit einer Angestellten aus dem Planungsdezernat flirtete. Sein Büro ist schon lange ausgelagert in einem anderen Stadtteil, weil es im Rathaus Platzprobleme gibt."

„Möglich wäre es also, dass er derjenige ist, der ihnen die Falle gestellt hat", gab Hans zu bedenken. „Hat das Rathaus Überwachungskameras?"

„Kann schon sein, doch bestimmt", überlegte Barbara.

„Meinst du wir finden jemand, der uns die Videos mal anschauen lässt?"

„Ich rufe schon an", lachte Barbara.

Nach ein paar Minuten erzählte Barbara, dass die besagte Sekretärin es unter dem Siegel der Verschwiegenheit für sie möglich gemacht hatte. „Eigentlich", so erklärte Barbara, „wäre das nicht erlaubt und höchstens der Polizei oder der Überwachungsfirma gestattet. Der Hausmeister würde eine absolute Ausnahme machen, weil auch er daran interessiert ist, das Ganze aufzuklären."

So fuhren Hans und Barbara zum Rathaus und gingen direkt zum Büro des Hausmeisters. Dieser schüttelte den Kopf.

„Ich kann das gar nicht glauben", erklärte er. „Auf den Filmen der letzten Tage ist nichts aufgenommen worden. Das kann gar nicht sein. Die Kameras werden regelmäßig überprüft. Das hat etwas mit Sicherheit zu tun. Man weiß ja nie, wer das Rathaus betritt. Die letzten Tage hat die Kamera keine Aufnahmen gemacht."

„Seit wann?", fragte Hans.

„Ungefähr seit zwei Wochen nicht mehr", entgegnete der Hausmeister.

„Das würde passen", Barbara schaute Hans an. „Seit ungefähr zwei Wochen hat der Küchenchef Urlaub und seit vermutlich dieser Zeit ist Ewald immer mal wieder hier gewesen."

„Wieso ist das niemanden aufgefallen", fragte der Onkel.

„Die Aufnahmen gehen auf einen USB-Stick. Ich kontrolliere von Zeit zu Zeit, ob alles funktioniert aber natürlich nicht jeden Tag. Im Normalfall brauchen wir diese Aufnahmen nicht. Es gibt für die fragliche Zeit leider kein verwertbares Material. Aber ein paar Tage davor ist mir etwas Interessantes aufgefallen und das würde ich euch gerne zeigen ", der Hausmeister zeigte auf den Bildschirm.

Es war eine Nachtaufnahme, die ein paar Minuten später auf dem Bildschirm erschien. Man sah ein Auto, das rückwärts an einen Nebeneingang des Rathauses herangefahren wurde. Es stiegen zwei Männer aus. Leider waren die Aufnahmen so schlecht, dass man die Männer nicht erkennen konnte. Lediglich die Aufschrift auf dem Auto war zu entziffern. "Rooms der Freude" war recht eindeutig zu lesen.

„Könnt ihr damit etwas anfangen?", der Hausmeister schaute die Beiden an.

„Noch nicht", erwiderte Barbara aber vielleicht finden wir dazu etwas.

Sie bedankten sich bei dem ihm und fuhren nach Hause zurück.

„Hast du das schon mal gehört?", fragte Hans. „Rooms der Freude"?

„Mir sagt das nichts", erklärte Barbara und zückte ihr Handy. „Schau mal, da gibt es eine Seite im Internet."

Der Onkel nahm ihr das Handy aus der Hand und blätterte. „Wenn ich das richtig verstehe, handelt es sich um einen Escape-Room, der in dieser Stadt ansässig ist oder?"

Eine Weile später machten sich Barbara und Hans auf den Weg zum Escape-Rooms der Freude.

Der Inhaber war ein netter Typ, der sich als ehemaliger Schulkollege von Barbara herausstellte. Man plauderte zunächst über dies und das. Barbara war unter dem Vorwand hinein gegangen, dass sie für ihre Kinder so einen Raum mieten wollte. Ein Arbeitskollege, Ewald Maier, hätte so von dem Raum der Freude geschwärmt. Der Inhaber freute sich über das Lob und berichtete ihr, dass es sich bei Ewald um einen alten Freund von ihm handelte. „Vor kurzem erst", so plauderte er weiter drauf los, „hat er mich doch tatsächlich darum gebeten, für eine Geschäftsparty mehrere Escape-Räume in den Keller des Rathauses zu bauen. Es war ein Sommerevent der Belegschaft, so nannte er das. War eine ganz schöne Arbeit und dafür sind die Räume eigentlich auch gar nicht ausgelegt. Sie sind hier fest installiert und nicht mobil. Sie mussten auf so viele Effekte verzichten aber das war Ewald egal. Hauptsache ein wenig Spaß, so nannte er es. Ich habe ihm noch gesagt, Ewald sag ich, komm doch mit deinen Kollegen zu mir. Das hatte er aber abgelehnt. Der Spaß sollte im Rathaus selbst stattfinden, so Ewald."

Barbara bedankte sich für die nette Story, buchte für Sophie und ihre Freunde in den nächsten Tagen einen Raum und verabschiedete sich. Draußen angekommen stieß sie zunächst einen Seufzer aus und umarmte Hans.

„Na, na, Mädchen, was ist denn mit dir los?"

„Sorry", sagte sie, „aber das musste jetzt mal sein. Lass uns da drüben einen Kaffee trinken."

Hans schüttelte in den nächsten Minuten immer noch den Kopf und das lag jetzt weniger an der Umarmung.

„Was wollen wir jetzt tun?", überlegte er laut.

„Ich finde, wir sollten uns mit Ewald an einem neutralen Ort, zum Beispiel im großen Eiscafé in der Stadt, treffen und ihn mit der Geschichte konfrontieren. Wenn er sich der Polizei stellt, dann bekommt er vielleicht mildernde Umstände. Andernfalls zeigen wir ihn an. Beweise haben wir jetzt.

Hans schaute Barbara verblüfft an. Diese lächelte ihn an und erklärte, dass sie in ihrem Leben schon ein paar Kriminalromane gelesen hätte. Beide lachten laut auf.

Nachdem sie sich einen Plan zurechtgelegt hatten, rief Barbara bei Ewald Maier an. Zunächst hielten sie ein bisschen Smalltalk, bis Barbara ihn für ein Gespräch in das bekannte Eiscafé bestellte. Erst wollte Ewald nicht zustimmen aber Barbara machte es so dringend, dass er sich doch überreden ließ.

Zur verabredeten Zeit erschien Ewald im Eiscafé. Barbara stellte Hans vor und zunächst plauderten sie über den nächsten Urlaub im Allgemeinen und die Arbeit im Besonderen bis Ewald fragte, was Barbara denn so dringend auf dem Herzen habe. Dann wurde es Ewald doch mulmig zumute, als Barbara ihn ohne weitere Umwege auf die Sache mit dem Escape-Room ansprach. Zunächst versuchte er noch, die Sache zu leugnen, sah aber ein, dass es keinen Sinn hatte. Die Beweise waren erdrückend.

„Was hast du dir dabei gedacht?", Barbara schaute ihn an.

„Ihr wisst ja, dass der Bürgermeister mal in einen Raub verwickelt war?", begann er seine Erzählung.

„Erzählt man sich", sagte Barbara.

„Erzählt man sich nicht nur, ich weiß es", erklärte Ewald. „Ich war dabei. Das hat aber nicht richtig geklappt oder anders gesagt, wir hätten viel mehr Beute machen können aber dieser Angsthase von Bürgermeister wollte nicht mehr weiter machen. Das wollte ich ihm heimzahlen und dazu bot sich in der letzten Zeit vermehrt die Gelegenheit."

„Du hast in Kauf genommen, dass Unschuldige vergiftet werden", entrüstete sich Barbara.

„Vergiftet ist zu viel gesagt aber ja, eine Magenverstimmung haben diese Pralinen schon ausgelöst. Die waren für den Bürgermeister bestimmt, keine Ahnung, wie die in andere Hände geraten sind."

„Was ist mit Herbert?", fragte Hans.

144

„Herbert!", jetzt schnaubte Ewald. „Dieser Depp... Ja er sollte euch allen einen Schreck einjagen aber doch nicht so."

„Was hat es mit dem Bild der rosa Dame auf sich, die er haben wollte?", entgegnete Hans.

„Das kann ich ihnen erklären", Ewald nahm einen großen Schluck Wasser. „Herbert fand dieses Bild absolut toll. Immer, wenn wir mal da unten waren, stand er davor. Er wollte eine Kopie davon haben aber natürlich von einem absolut guten Maler. Wer sollte das bezahlen frag ich sie? So kam er wohl irgendwann auf die Idee mit der Erpressung. Außerdem faselte er schon die ganze Zeit von einem Rätsel, dem er auf der Spur war und ich befürchte, deine Tochter und ihre Freunde sind ihm dann zuvorgekommen. Vielleicht ist das auch der Grund, warum er bei der Begegnung in deinem Haus, Barbara, übers Ziel hinausgeschossen ist. Wobei ich mich immer noch über diesen Zufall wundere. Da gießt er bei deinen Eltern die Blumen und entdeckt dort deinen Schlüssel. So was gibt es doch gar nicht", nun musste er doch lachen.

Auch Barbara und Hans stimmten mit ein.

„Wer war denn eigentlich damals für Sophies Schreck zuständig, als sie sich in dem Gewölbe verlaufen hat?" Barbara schaute Ewald durchdringend an.

„Auch wenn ihr mir das vielleicht nicht glauben wollt, das war Herbert", erklärte er. „Wir hatten überlegt, ob wir den Kindern nicht einen kleinen Schreck einjagen können und so ist Herbert ihnen unten in dem Gewölbe gefolgt. Er war immer kurz hinter ihnen, als diese sich trennten und ein Mädchen alleine an einer Tür zurückgelassen wurde. Er musste sich ganz schön sputen, als sie langsam zurück ging, um auf ihren Freund zu warten und verschwand an der Abzweigung in einen anderen Teil des Ganges. Er konnte ja nicht ahnen, dass das Mädchen ebenfalls die falsche Abzweigung nehmen würde. Herbert hatte nur Glück, dass er sich da unten so gut auskannte und den Hebel schnell betätigen konnte, um in diesen Raum zu gelangen. In diesen Raum hat man mal irgendwelche alte Dekorationen verfrachtet, keine Ahnung wer die dahin gebracht hat. Als die Tür aufging, hat er sich geistesgegenwärtig eine dieser Masken über den Kopf gezogen und dann hörte er nur noch einen Schrei.", Ewald trank einen Schluck Kaffee. „Ganz ruhig wollte er den Raum verlassen und durch den Gang nach oben gehen, da hörte er schon von weitem ihre Freunde heranlaufen. Es blieb keine Zeit zum Verstecken und so kauerte er sich in die hinterste Ecke des Vorraums. Zum Glück waren die Drei so mit dem Suchen nach einem Hebel beschäftigt, dass ihnen nicht auffiel, das Herbert in der Ecke auf dem Boden lag. Erst wollte er fliehen, doch dann überlegte er sich, dass es vielleicht doch wirksam wäre, die Tür ein bisschen zuzuhalten, wenn die Vier versuchen würden, sie wieder zu öffnen. Es würde ihm außerdem Zeit beim Ausstieg verschaffen. So hielt er einige Zeit die Tür zu und lief dann schnell zum Ausgang zurück. Ein paar Tage später bin ich dann mal in den Raum und habe ihn komplett ausgeräumt."

„Nun ja", seufzte Barbara. „Ich danke dir auf jeden Fall für Deine Ehrlichkeit. Aber wir müssen darauf bestehen, dass du dich der Polizei stellst. Wahrscheinlich passiert dir nichts und du musst nichts befürchten aber ich möchte, dass das polizeilich aufgenommen wird."

Anschließend begleiteten sie ihn auf das nächste Polizeirevier, wo er seine Selbstanzeige zu Protokoll gab.

Die Vier staunten nicht schlecht, als sie vom Ergebnis der Ermittlungsarbeit von Barbara und Hans beim Abendbrot hörten.

„Jetzt haben wir nur noch unser Rätsel", jubelte Sophie.

„Nur ist gut", lachte Andreas laut auf.

„Habt ihr euch schon mal überlegt, was mit Werkzeug gemeint ist und was man als "sein" Werk zerstören soll", der Onkel schaute die Vier an.

„Wir haben heute mal gar nichts überlegt, weil wir einfach keine Lust hatten", erklärte Julia.

„Nanu nanu, ihr wollt doch nicht so kurz vor dem Ziel aufgeben", Barbara schüttelte den Kopf.

„Nein natürlich nicht aber wir haben auch keine zündende Idee mehr", Julia schaute Andreas an.

„Ich habe schon ein bisschen darüber nachgedacht", meldete sich nun Andreas. „Ich glaube nicht, dass das Buch bei einer Flucht verloren gegangen ist. Vielmehr ist es absichtlich genau dorthin gelegt worden. Sonst hätte derjenige oder diejenige die Hinweise ja nicht darauf schreiben können oder?"

Die anderen stimmten ihm zu.

„Nun nehmen wir mal an, jemand hat es absichtlich genau dorthin gelegt mit dem Hinweis, den wir kennen. Dann will er doch, dass wir an diesem Punkt irgendetwas zerstören."

„Richtig", gab Tobias seinem Freund recht.

„Dann muss sich das, was man zerstören muss, doch in unmittelbarer Nähe befinden."

„Stimmt, jetzt fällt es mir wieder ein. Ich sollte doch versuchen Pläne von der Ruine oder vom Rathaus einzusehen. Vielleicht kann man auf diesen die Gänge erkennen. Das könnte uns weiterbringen. Was meint ihr?", Barbara schaute in die Runde.

Als alle nickten rief sie erneut die Sekretärin an.

„Sie kann leider nicht helfen", so erklärte Barbara ein paar Minuten später die Situation. „Aber", sie horchten auf. „Sie hat mir eine Rufnummer gegeben, an die ich mich wenden soll. Ich habe für morgen Vormittag einen Termin ausgemacht. Was haltet ihr davon?"

Alle jubelten und es wurde ein weiterer entspannter Abend auf der Terrasse.

Als Julia und Sophie bereits in ihren Betten lagen sagte Sophie:

„Ist dir schon mal aufgefallen, dass der Urlaub von den Beiden langsam zu Ende geht?"

Julia schaute erschrocken auf. „Du hast recht, die Zeit vergeht wie im Flug. Am Samstag wollen sie fahren, habe ich das richtig im Gedächtnis?"

Sophie schluchzte auf. „Ich hatte noch keine Gelegenheit, mit Tobias alleine zu sprechen."

„Dann solltest du das morgen unbedingt machen", entgegnete die Freundin.

Am nächsten Morgen ergab sich für Sophie die Gelegenheit, mit Tobias alleine zu sprechen. Barbara und Hans waren auf dem Weg, um sich die alten Pläne genauer anzusehen. Julia schlief noch und Andreas war bereits ganz früh aufgestanden. Er wollte ein paar Runden drehen, hatte er Tobias gesagt. So saßen Sophie und Tobias gemütlich am Frühstückstisch. Sophie war recht einsilbig, so dass Tobias sie bald darauf ansprach. Es platzte einfach aus ihr heraus:

„Ach Tobias. Ich weiß nicht, wie ich dir das jetzt erklären soll."

Tobias grinste sie an, während er sie weiter zappeln ließ.

„Schau mal, wir haben die letzten Tage immer nur nach dem Rätsel gesucht und hatten so gar keine Zeit für uns. Julia und Andreas haben sich einfach die Zeit genommen und ich hätte so gerne etwas mit dir alleine unternommen."

Tobias schmunzelte weiter, Sophie war so in ihrem Flow, dass ihr dies gar nicht auffiel.

„Tobias, ich würde so gerne Zeit mit dir alleine verbringen…", sie wurde von einem unterdrückten Lacher unterbrochen und schaute auf.

Tobias konnte nicht mehr, er lachte und lachte. Es blieb ihm allerdings recht schnell im Halse stecken, als er in Sophies´ Gesicht sah. Die Augen funkelten.

„Nein!", sag jetzt nichts. „Er stand auf und nahm sie in den Arm. „Genau dasselbe will ich dir schon seit Stunden, ach was sage ich, seit Tagen sagen aber man kommt hier zu nichts. Als ich gefesselt auf dem Boden in der Ruine lag, habe ich beschlossen, ganz dringend mit dir zu reden, wenn ich alles gut überstanden habe. Und dann kam immer was dazwischen."

Sophie schaute an ihm hoch und drückte ihn. So blieben sie eine ganze Weile stehen, bis Sophie das Knurren aus Tobias´ Magen hörte.

„Komm!", sie zog ihn neben sich auf die Bank. „Du musst mal was frühstücken, sonst verhungerst du."

„Ist nicht so wichtig", erklärte er. „Ich bin gerade so glücklich." Sprach's und biss tief in sein Brötchen.

Etwas später, sie räumten das Frühstücksgeschirr in die Spülmaschine, hörten sie, wie Barbara und Hans die Haustür aufschlossen. Sophie rannte auf Barbara zu und umarmte sie. Sie deutete auf Tobias und mit den Händen ein Herz an. Barbara drückte ihre Große an sich und freute sich mit ihr. Der Onkel klopfte Tobias auf die Schulter und meinte: „Dass du mir keine Schande machst, die Familienehre steht auf dem Spiel."

Sie mussten über diesen Satz so lachen, dass sie sich kaum beruhigen konnten. Immer wieder musste Hans diesen in seiner leicht verstellten Stimme zum Besten geben.

„Was habt ihr denn nun herausgefunden?", fragte Sophie, als sie sich endlich beruhigt hatte.

„Viel", erklärte der Onkel.

„Na dann los", drängte Tobias.

„Nicht so schnell", Barbara holte ihr Handy aus der Handtasche und deutete ihnen an, mit nach oben zum Computer zu kommen.

Nach ein paar Minuten konnten sie die einzelnen Fotos auf dem Bildschirm betrachten.

„Sagst du uns auch was dazu?", fragte Tobias etwas verständnislos.

„Also", begann Hans. „Hier seht ihr zunächst mal die Ruine zu einer Zeit, als sie noch keine Ruine war.

„Sicher?", unterbrach Sophie. „Für mich sind das Linien über Linien, von einer Ruine sehe ich hier erst mal nichts."

„Du musst dir vorstellen, dass du von oben darauf schaust", erklärte ihr der Onkel den Plan.

„Also noch einmal", Hans schaute von einem zum anderen. „Das hier ist die Ruine, als sie eben noch keine Ruine war. Hier ist das Gebäude, das scheint der Park zu sein und hier, er deutete auf eine längliche Verbindung, das ist vermutlich der Gang, den wir seit neuestem kennen."

„Was ist mit dem Kirchenschiff unter der Ruine und dem Gang, der nachweislich ins Rathaus führt?", fragte Tobias.

„Da sind wir noch nicht so sehr viel weiter", gab der Onkel zu. „Wenn man den Plänen glauben kann, dann müsste der fast parallel dazu verlaufen, was vollkommen unlogisch erscheint. Wer grub damals schon zwei Gänge nebeneinander?"

„Und wenn sie zur Ablenkung dienten", fragte Barbara.

„Möglich ist es schon, das würde auch erklären, warum nur der eine Gang eingezeichnet ist. Vom Zweiten hat der Architekt vermutlich nichts gewusst."

„Die Frage ist nur, welcher Gang ist nun hier eingezeichnet? Der geheime oder der nicht geheime?", Sophie überlegte.

„Vielleicht mündet der eine in den anderen?", Onkel Hans kratzte sich am Kopf.

„Vielleicht gibt es auch nur den einen und wir haben das noch nicht gemerkt", gab Tobias zu bedenken. „Nee, Quatsch, im ersten Gang konnten wir ja ungehindert von der Ruine zum Keller des Rathauses gehen."

„Moment mal!", Sophie schrie auf. „Könnt ihr euch noch erinnern, als ich mich verlaufen habe? Da bin ich doch in einen

Teil des Ganges gelaufen und wurde eingesperrt. Vielleicht ist das des Rätsels Lösung?"

„Welche Lösung?", Barbara schaute ihre Tochter fragend an.

„Na ich meine, dass da auf der Gegenseite die Wand ist, wo wir das Buch gefunden haben."

„Wo ist eine Wand mit einem Buch und ein zweiter Gang?", die Frage kam von Julia, die sich die Augen rieb.

„Hast du so lange geschlafen?", Sophie schaute ihre Freundin an.

„Ich glaube, ich habe das mal gebraucht", erklärte diese.

„Dann frühstücke doch jetzt mal in aller Ruhe und dann sollten wir uns auf den Weg machen", sprach Tobias.

Andreas kam in den nächsten Minuten auch von seiner ausgedehnten Tour zurück und wurde ebenfalls unterrichtet.

„Sollten wir nicht vielleicht in zwei Teams weiterarbeiten?", gab Andreas zu bedenken. „Ich könnte mir vorstellen, ein Team startet in der Ruine und versucht bis zu dem Raum vorzudringen, den wir schon mal gefunden hatten, ihn aber nicht weiter beachtet haben. Ein zweites Team könnte vom Rathaus aus bis zu dem Punkt gehen an dem wir das Buch gefunden haben und von dort versuchen, einen weiteren Hinweis zu finden."

Nach dem gemütlichen Frühstück starteten die jeweiligen Teams mit ihren Zielen. Man hatte vereinbart, dass man gegen halb Zwölf jeweils am abgesprochenen Endpunkt sein wollte und dann klopfen oder rufen wollte. Dies fünf Minuten lang. Vielleicht konnte man sich hören und so die Lage des Raums und des Ganges etwas besser lokalisieren.

Team Eins bestand aus dem Onkel, Sophie und Tobias. Sie wollten mit dem Auto zur Ruine hochfahren und sich durch den alten Teil des Kirchenschiffs durcharbeiten. Sie hatten sich die große Taschenlampe mitgenommen und standen alsbald im Raum mit dem Bild der Rosa Dame. Tobias drückte auf den Hebel und die Tür vom Kamin schwang auf. Sie gingen langsam den Gang entlang, bis sie die Abzweigung erreichten.

„Links", rief Sophie.

Bald standen sie in dem Raum, der Hebel war schnell gefunden und die Tür öffnete sich. Sie traten herein.

„Sah das beim letzten Mal nicht irgendwie anders aus?", Sophie schaute sich um.

„Stimmt", gab Tobias zu bedenken. „Hier waren doch Masken und alte Kleider, wenn ich mich recht erinnere. Sah aus, wie auf einem Flohmarkt."

„Davon ist auf jeden Fall nichts mehr zu erkennen", gab der Onkel den beiden recht.

Sie schauten sich den Raum genau an, es war dunkel hier und es roch leicht nach Moder. Die Steine wirkten sehr unregelmäßig angebracht. Der Onkel klopfte hin und wieder an die Wand und stellte fest, dass es an der rechten Wand stellenweise hohl klang.

„Was bedeutet das?",

„Es könnte sich dahinter ein weiterer Raum befinden", erklärte der Onkel.

„Dann lasst uns nach einem Hebel suchen", meinte Sophie.

Sie suchten schon eine ganze Weile, als Sophie erschrocken auf die Uhr schaute.

„Es ist kurz nach Elf, wir dürfen nicht vergessen, nachher zu klopfen oder zu rufen. Ich stelle am besten mal einen Wecker."

Das Team Zwei hatte die Uhr eingepackt und meldete sich beim Hausmeister wegen des Schlüssels. Er übergab ihn an Barbara und sie stiegen die Treppe zum Turm hinauf.

„Wie oft ich in der letzten Zeit hier hoch gegangen bin", Barbara lachte.

Bald waren sie in dem Gang angekommen, in dem sie das Buch gefunden hatten. Auch sie hatten sich eine große Taschenlampe mitgebracht und versuchten nun den Gang etwas auszuleuchten.

„Schau!", Andreas deutete auf die helle Stelle in der Wand. „Hier lag das Buch."

„Was stand noch mal darin", Barbara überlegte laut.

„Na man soll das stärkste Werkzeug nehmen und um sich hauen", Andreas lachte.

„Hier?", Barbara grübelte weiter. „Was soll das bringen? Man würde doch nur sinnlos ein Loch in diese Wand schlagen oder?"

Andreas begann, die Wand vorsichtig abzuklopfen.

„Klingt hohl hier am Ende"

„Was heißt das denn?", Julia kam näher.

„Das heißt, dahinter könnte ein weiterer Raum liegen", erklärte Andreas.

„Wollen wir es versuchen, ob wir einen Stein herausschlagen können?", Barbara schaute Andreas an.

„Also ich kann dir nicht versprechen, ob ich nur einen Stein herausschlage aber versuchen kann ich es natürlich", Andreas hob die mitgebrachte Spitzhacke hoch doch ein gedämpfter Schrei hielt ihn davon ab.

„Hört ihr das?"

Julia und Barbara nickten während Julia auf die Uhr schaute.

„Es ist halb Zwölf, wir sollten doch rufen, erinnert ihr euch?", sagte sie. „Haltet euch mal die Ohren zu." Sie stieß einen spitzen Schrei aus. Sofort kam von weit her ein gedämpftes Rufen zurück.

„Scheinbar sind wir wirklich recht nahe beieinander", erklärte Andreas und begann mit einer Spitzhacke auf einen kleinen Bereich einzuschlagen. Es dauerte nicht sehr lange und er hatte ein Loch freigelegt. Jubelnd wurde er von Team Eins auf der anderen Seite begrüßt. Augenscheinlich hatte der Schreiber des Rätsels einen Teil des Ganges einfach zumauern lassen. Aber warum? Barbara war die erste, die diese Frage laut stellte. Nach einer Weile hatten sie die Öffnung so weit freigelegt, dass man sich durchzwängen konnte.

„Was bringt uns nun weiter?", überlegte Hans. „Der Typ hat gesagt, man soll sein Werk einschlagen aber hier ist doch nichts. Weder auf dieser Seite noch auf der anderen. Oder habt ihr etwas Neues entdeckt?"

Julia schüttelte den Kopf.

„Wenn uns hier einer draufkommt, dass wir Wände einschlagen…", Barbara lies den Satz unvollendet. „Mir wird ganz flau im Magen. Sachbeschädigung ist noch das Glimpflichste, was man uns anhängen wird."

„Aber es dient doch der Sache", warf Andreas ein.

„Na das erklär mal der Polizei", gab Hans zu bedenken.

„Dafür muss man die erst mal rufen", erklärte Sophie entschlossen. „Wir holen sie definitiv nicht!"

„Nein, natürlich nicht", Tobias schaute sie an.

„Was machen wir jetzt?", überlegte Barbara. „Wir haben keinen weiteren Anhaltspunkt oder sehe ich das falsch?"

Alle nickten. Keiner wollte sich eingestehen, dass hier irgendetwas falsch lief oder man etwas übersehen hatte.

„Ich habe keine Lust mehr", sprach Tobias aus, was alle anderen dachten. „Bis hier hin war es ja ganz nett aber ich glaube, wir machen uns was vor. Es gibt dieses Rätsel gar nicht und wer auch immer die Seiten mit Zaubertinte befüllt hat, der hat sich vermutlich einen Spaß damit gemacht."

„Ja, ich kann verstehen, dass du das glaubst'", begann Hans, „aber glaubt mir, es gibt ein Rätsel oder besser gesagt, es gibt etwas, was zu finden sich lohnt."

„Wie meinst du das, Hans?", Barbara schaute ihn an.

„Wie kommst du darauf", kam die Frage wie aus einem Mund.

„Ich habe mir das Buch sehr genau angeschaut", erklärte der Onkel. „Ein eher ungewöhnliches Buch für diesen Ort. Das war mein erster Gedanke. Auch einer von euch hat gesagt, wer konnte schon im 19. Jahrhundert ins Morgenland reisen. Richtig, einfach so ging das auf jeden Fall nicht. Man konnte nicht ins Flugzeug steigen und mal eben verreisen. Das bedurfte einer langen Planung und Vorbereitung. Es war ein beschwerlicher Weg hin und ob man jemals zurückkommen würde, war ebenfalls ungewiss. Also ich habe mir immer wieder die Frage gestellt, warum ausgerechnet dieses Buch. Ich hätte an der Stelle des Schreibers eher eine Bibel genommen, etwas was ganz alltäglich war und was man auch besaß. Ich habe also auf Hinweise geschaut. Fingerzeige, die dieses Buch vielleicht gibt und die sich der Schreiber der Zaubertinte zunutze gemacht hat."

„Und?", Julia hing förmlich an den Lippen des Onkels.

„In diesem Buch werden verschiedene Orte genannt", erklärte Hans seine Überlegungen weiter. „Zunächst spricht der Autor immer von seinem Heimatort und das man aufbrach. Ein einziges Mal spricht er von dem Ortsnamen und ich bin fast vom Stuhl gefallen, als ich den las. Es ist der hiesige Ortsname gewesen. Dann, so dachte ich, muss mehr an dieser Geschichte dran sein, als nur ein Buch, das zum Schreiben für ein paar mit Zaubertinte formulierten Sätzen herhalten muss. In der Mitte des Buches fiel mir eine Ortsangabe auf, die mich stutzig machte. Der Autor beschrieb einen Park, der auf einer Anhöhe eine alte Burg umfasste. Er beschrieb weiterhin, dass er mit seinen Geschwistern gerne in diesen Park ging, um Verstecken zu spielen. Das wurde nicht gerne gesehen, denn der Park war eigentlich nicht öffentlich. Eines Tages hat sich eine jüngere Schwester im Park verlaufen und konnte auch nach Stunden nicht gefunden werden. Es wurde schon dunkel, als er sie aus ihrem Versteck befreien konnte. Er beschrieb die Mauer dieses Areals in drei Teilen und ich ahne, in welchem Bereich er seine Schwester gefunden hat."

„Ich verstehe noch nicht so ganz, worauf du hinauswillst, Hans", Sophie schaute ihn an. „Ich habe das Buch auch gelesen, ja mir ist ebenfalls aufgefallen, dass er einmal von diesem Ort hier spricht, für mich war das eher ein Zufall."

„Es kann durchaus sein, dass es sich hier um einen Zufall handelt und trotzdem, ich würde dieser Sache gerne nachgehen. Vielleicht hat sich der Schreiber der Zaubertinte die Ortsangaben für sein eigenes Süppchen zunutze gemacht und an diesem Ort etwas versteckt, das möglichst lange niemand finden soll", endete Hans mit seiner Erklärung.

„Moment", Barbara versuchte den Kopf frei zu bekommen. „Ich verstehe dich richtig. Da schreibt einer ein Buch, also Person A über seine Reise ins Morgenland und erwähnt zufälligerweise diesen Ort hier. Er kennt diesen Ort und hat als Kind hier Verstecken gespielt. Eine weitere Person, nennen wir sie B, kommt in den Besitz des Buches, erkennt die Ortsangaben und versteckt, an welchem Ort auch immer, seinen…", sie unterbracht sich und dachte nach. „seinen Schatz", vollendete sie ihren Satz.

„Ich weiß nicht, ob es sich um einen Schatz handelt, ich habe auch nur ein bisschen eins und eins zusammengezählt. Es könnte eine Erklärung sein. Wie seht ihr das?", er schaute in die Runde.

„Na ja", Julia ging auf und ab, „kann schon sein, dass Hans recht hat. Es wäre zumindest ein Ansatz, um weiter zu forschen. Denn ich habe nicht den Eindruck, dass wir aus den Steinen, die wir hier herausgeschlagen haben, noch etwas Brauchbares herausfiltern können."

„Wir sollten auf jeden Fall hier ein bisschen für Ordnung sorgen", Barbara schaute in die Runde. „Los! Wir nehmen die Steine und schichten sie in eine Ecke. Nachher kehren wir den Dreck so ein bisschen zusammen. Man muss ja nicht auf den ersten Blick sehen, dass hier jemand in der letzten Zeit gearbeitet hat."

„Vielleicht ist es aber besser, wir lassen es genauso liegen. Dann sieht es eher so aus, als wäre die Wand zusammengebrochen", gab Hans zu bedenken.

„Sieht das so aus, als wäre es zusammengebrochen?", Tobias schaute sich um.

„Wenn wir unsere Fußspuren wegkehren", sagte Andreas.

„Ich habe das Buch im Auto liegen und hole es. Wir treffen uns an dem großen Baum draußen im Park", erklärte Hans.

Wenig später saßen alle im Gras und Hans zeigte seine Entdeckungen in dem Buch. „Hier", er deutete auf eine Seite, da steht ein kurzer Absatz über das Gelände hier, vermute ich."

Barbara nahm das Buch in die Hand und las laut vor. Nachdem sie geendet hatte, gab sie das Buch an Hans zurück.

„Es könnte schon sein, dass du recht hast. Wenn ich mir den Park hier anschaue und mir das Versteck-Spiel der Kinder vorstelle, dann könnte da hinten, sie zeigte in eine Ecke, das Ganze passiert sein."

„Aber was ist da hinten? Ein bisschen Mauer, da stehen ein paar Bäume. Standen die denn damals schon hier?", Andreas stand auf und wollte in die Richtung gehen.

„Warte mal", Barbara zückte ihr Handy. „Ich schaue noch mal auf die alten Pläne, die ich fotografiert habe."

„Komm Andreas, wir schauen uns mal um", Julia stand auf und reichte Andreas die Hand.

Barbara durchsuchte ihr Handy nach den Plänen. Hans beugte sich mit darüber. Sie konnten zunächst nur die Burg erkennen. Bei genauerer Betrachtung waren auch die Umrisse der Mauern auszumachen.

„Da", Barbara deutete auf einen kleinen Fleck. „Ist das nicht hier?" Sie zeigte in die Richtung, in die Julia und Andreas spazierten.

„Kommt!", Hans zog Barbara hoch. „Wir schauen uns das auch aus der Nähe an.

So schlenderten sie eine Weile an der Mauer entlang, betrachteten sich die Gegend sehr genau und konnten kein passendes Versteck finden.

Die ganze Fläche war mit Gras bewachsen, direkt an der Mauer gab es einen Rundweg. Nichts deutete auf ein Versteck hin. Wenn es so etwas hier gegeben hatte, war es längst zusammengefallen. Auch die Mauer sah nicht danach aus, dass man sich dort hätte verstecken können.

Enttäuscht fuhren sie nach Hause zurück. Team Zwei spazierte zurück zum Rathaus, dort stand das Auto und wollte für das Mittagessen noch schnell ein paar Kleinigkeiten einkaufen. Sie trafen sich zum gemeinsamen Kochen und Essen.

Nach dem Mittagessen döste jeder vor sich hin. Barbara hatte sich das Buch geben lassen und las darin. Sophie hatte ein paar Gesellschaftsspiele herausgesucht, die sie spielten und trotzdem, keinen lies der Gedanke los, dass sie nicht doch etwas übersehen hatten.

„Hans!", Barbara schaute von ihrem Buch auf. „Schau! Hier wird der Ortsname sogar noch einmal erwähnt. Aber dieses Mal hat man den Eindruck, dass der Autor von einem anderen Platz spricht, an dem er Verstecken mit seinen Geschwistern gespielt hat."

"Stimmt", Hans zog das Buch zu sich und las ebenfalls den Abschnitt. „Wo könnte das denn sein?"

„Es gibt hier am Rand der Stadt ein altes verwahrlostes Haus mit einem großen Garten. Es gehört niemanden mehr, die Erben sind längst alle verstorben und die Stadt lässt es mehr oder weniger verfallen."

„Meinst du, dieser Absatz könnte sich auf dieses Haus beziehungsweise den Garten beziehen?"; Hans schaute Barbara an.

„Na ja", sie nahm ihm das Buch wieder ab. „Mit viel Phantasie wäre es möglich."

„Was haltet ihr von einem Ausflug?"; Hans schaute die Vier an.

„Eine gute Idee", eiferte sich Sophie. „Allmählich kann ich die Würfel schon nicht mehr halten."

„Kommt man denn einfach auf dieses Gelände?", Julia schaute Barbara an.

„Also einfach sicher nicht", erklärte Barbara. „Ich erinnere mich daran, dass es weitläufig abgesperrt ist. Aber sicher nicht hermetisch abgeriegelt. Ich denke, wir schaffen es. Einen Moment noch, ich hole aus dem Keller eine Gartenschere, vielleicht müssen wir uns den Weg freischneiden."

„So schlimm ist es da, Mama?", Sophie schaute leicht irritiert.

„Nein, sicher nicht aber ich möchte lieber eine Schere dabei-haben", erklärte Barbara.

Die Vier hatten sich entschlossen, die Fahrräder zu nehmen, Barbara und Hans folgten etwas später mit dem Auto. Es war wirklich eine verwunschene Gegend, in die sie kamen. Kein Haus mehr weit und breit nur dieses verfallene Grundstück. Von außen konnte man das Haus gar nicht mehr erkennen, so sehr hatte sich die Vegetation im Park breit gemacht. Barbara hatte recht gehabt, es gab zwar einen Bauzaun am Eingang aber den konnte man etwas zur Seite schieben und dann kam man durch. Barbara und Hans, die zuerst an der Stelle waren, be-gannen mit der Suche. Es war zunächst nicht so einfach, über-haupt eine Orientierung zu finden und das, was sie aus dem Buch gelesen hatten, auf dieses Gelände zu übertragen.

„Schau mal", Hans deutete mit dem Finger auf die rechte Seite des Gartens. „Hier könnte die Erzählung mit dem Ver-steck-Spiel passen oder? Hier ist die Mauer, davor die Bäume und hier", er zeigte auf den Boden, „ist auch so ein Stein, den er beschrieben hat."

Sie versuchten, vorsichtig vorwärts zu kommen. Barbaras Handy vibrierte.

„Das ist Sophie", erklärte Barbara. „Sie sind jetzt angekom-men und suchen uns."

Bald hatten sie sich gefunden und versuchten nun gemein-sam, dem Rätsel wieder auf die Spur zu kommen. Der Garten musste mal wunderschön gewesen sein. Leider war er so ver-fallen, dass man seine ganze Pracht nur noch erahnen konnte. Die Mauern wurden von Efeu überwuchert, einige Bäume wa-ren umgefallen, dort wuchsen bereits kleine neue Bäume da-rauf. Sie suchten der Beschreibung nach einer Stelle, an der sich ein dreijähriges Kind problemlos über Stunden verstecken konnte, ohne dass man es bemerkte. So hatte der Autor die Si-tuation in seinem Buch geschildert. Das Kind war von alleine dorthin geklettert, konnte aber nicht mehr von selbst zurück-finden.

„Wenn es Teil eines Baumes war, dann haben wir Pech", glaubte Julia. „Da liegen einige und ob die damals schon so groß waren, dass sie ein solches Versteck aufweisen konnten, das kann ich mir nicht vorstellen."

„Was steht in einem Garten außer Bäume und Sträucher, Mauern oder ein Gartenhaus in das man klettern kann und alleine nicht mehr hinauskann und was sich außerdem als Versteck eignet, um irgendetwas in eine andere Zeit zu retten?", fragte Andreas.

„Meinst du wirklich", Tobias schaute ihn an, „er wollte etwas in eine andere Zeit retten? Vielleicht wollte er es nur vor Feinden schützen? Ja, das könnte ich mir eher vorstellen. Was ist, wenn er es bereits wieder herausgeholt hat?"

„Dann haben wir einen schönen Ausflug gemacht", erklärte Barbara und spazierte in Richtung der Mauer weiter.

„Schaut doch mal hier", Sophie war in die andere Richtung spaziert und stand vor einem kleinen Mauervorsprung. „Was hat der mitten im Garten zu tun? Die Mauer steht doch mindestens drei Meter weiter davon entfernt."

„Vielleicht ist es ein Rest von einer zusätzlichen Begrenzung", meinte der Onkel. „Könnte auch die Grundmauer von einem Gartenhaus sein."

Andreas pfiff durch die Zähne. „Das könnte unser Objekt sein oder? Stellt euch vor hier steht eine kleine Gartenhütte oder Hundehütte. Das kleine Mädchen krabbelt hinein und kommt nicht mehr hinaus. Sie hat sich verfangen, der Hund ist drin und lässt sie nicht raus. Später nutzt der Zaubertintenschreiber dieses massive Haus und versteckt etwas darin. Das passt doch."

„Jetzt geht aber deine Phantasie mit dir durch. Der Hund lässt sie rein und nicht wieder raus?", Sophie wollte sich ausschütten vor Lachen.

„Es passt, nur ist von dem Haus kaum noch etwas da", der Onkel versuchte gemeinsam mit Tobias und Andreas die Grundmauern vom Gestrüpp zu befreien. Den Ausmaßen zu urteilen konnte es sich schon um ein Spielhaus für Kinder handeln.

„Das muss er doch einkalkuliert haben", Sophie schob mit dem Fuß ein paar Wurzeln zur Seite.

„Wieso sollte er", Tobias schaute sie fragend an. „Er hat das Versteck vielleicht wirklich nur für eine kurze Zeit genutzt, bis der Feind wieder weg war und dann geholt."

„Ihr vergesst eins", Julia ging ein Stück auf und ab. „Wenn er es für eine kurze Zeit hier einlagern wollte, warum hat er sich dann die Mühe mit dem Buch gemacht. Ich glaube, das sollte schon für eine längere Zeit sein."

Die anderen nickten.

„Gebt mir doch mal den Spaten", sagte Hans.

Sophie schaute zu Tobias, Julia zu Andreas.

„Wer sollte den denn mitgenommen haben?", Sophie schmunzelte. „Auf dem Rad wäre der doch eher hinderlich gewesen."

„Ich gehe zum Auto dort habe ich einen Klappspaten drin. Vielleicht können wir damit ein bisschen graben."

Der Klappspaten war nicht besonders gut für solch eine Erdbeschaffenheit geeignet und so kamen sie nicht sehr weit.

Julia saß auf der Mauer und schaukelte mit den Beinen. Sophie zog sie herunter und deutete auf das Haus. Langsam entfernten sie sich von der Gruppe und versuchten, näher an das Haus zu kommen.

"Ich habe irgendwie keine Lust dabei zuzusehen", meinte Sophie. „Komm! Wir schauen mal in das alte Haus hinein."

„Es sieht schon sehr baufällig aus, findest du nicht?", Julia versuchte ihrer Freundin die Idee auszureden.

„Ach komm!", Sophie zog Julia mit sich. „So schlimm wird es schon nicht sein."

Sie kämpften sich mühsam durch das dichte Gestrüpp des Gartens ein paar Stufen bis zur Haustür hoch. Sophie blickte sich um, dort hinten war Hans immer noch damit beschäftigt mit dem Klappspaten die vertrocknete Erde etwas aufzulockern. Sie spürte eine Hand an ihrem Arm und zuckte zusammen.

„Ich bin es doch nur", Julia schüttelte den Kopf. „Schau mal", sie zeigte auf die offene Tür, „ging ganz leicht."

Kühle Luft strömte ihnen entgegen und vorsichtig zwängten sie sich durch die Tür nach innen. Durch die Fenster kam genug Licht herein und sie konnten die Schönheit dieses Hauses erahnen. Viel war davon nicht mehr übrig. Hier nisteten Vögel, dort mussten auch mal Personen ein Nachtlager aufgeschlagen, es aber nicht mehr weggeräumt haben. Das Haus sah schon sehr heruntergekommen aus. Julia deutete mit dem Finger nach vorne.

„Wollen wir da entlang gehen?"

Sophie nickte. Sie gelangten durch eine große Tür in einen riesigen Raum. Hier war vor langer Zeit sicher das Wohnzimmer gewesen. Jetzt erinnerte nichts mehr an vielleicht prachtvolle Stunden. Am hinteren Ende konnte man einen Kamin ausmachen. Der Schornstein hatte wohl nachgegeben und davor war eine größere Fläche mit Schutt zu erkennen.

„Ist nicht ganz ungefährlich", mahnte Julia als Sophie sie aus dem Raum nach oben mitzog.

„Aber sehr abenteuerlich finde ich".

Oben angekommen standen sie in einem großen Flur, von dem man mehrere Zimmer aus betreten konnte. Sophie öffnete die erste Tür und machte diese schnell wieder zu.

„Vögel", stammelte sie.

Julia öffnete die nächste Tür. In besseren Zeiten war hier wohl mal ein Badezimmer gewesen. Sie staunten über die schönen Fliesen und die Größe des Raumes.

„Das ist ja ein Tanzsaal", meinte Julia.

Das nächste Zimmer war in früheren Zeiten sicher ein Kinderzimmer gewesen, die Tapete ließ keinen anderen Schluss zu. Sie gingen zum Fenster und schauten hinaus. Draußen sahen sie, wie mittlerweile Andreas mit dem Spaten einen kleinen Teil freigelegt hatte. Barbara und Hans waren nicht mehr zu sehen, nur Tobias saß mittlerweile auf der Mauer und schaute Andreas zu.

„Wo Barbara und Hans sind?", überlegte Sophie laut.

„Die suchen uns vielleicht?", gab Julia zu bedenken. „Wollen wir nicht zurück gehen?"

„Ach die beiden anderen Zimmer, in die würde ich auch gerne noch schauen, dann können wir zurück gehen", erklärte Sophie.

„Wobei das Spannendste befindet sich bestimmt auf dem Dachboden", meinte Julia.

„Ich glaube, dass Spannendste ist sicher unten im Keller" gab Sophie zurück und schüttelte sich.

Die beiden letzten Zimmer entpuppten sich ebenfalls als Schlafzimmer. Im letzten standen sogar noch Möbel darin. Sie hatten das Zimmer gerade verlassen als Julia meinte: „Ich würde mir dort oben doch gerne mal den Dachboden anschauen."

Sophie nickte, obwohl ihr recht mulmig zumute war. „Was konnte man dort finden außer Spinnen", überlegte sie.

Sie brauchten eine Weile, bis sie die Dachbodentür öffnen konnte. Sie hatte sich verzogen und dahinter lag auch ein Teil des herunter gefallen Daches. Mit einem festen Tritt konnten sie die Tür so weit aufschieben, dass die Mädchen durch den Spalt passten.

Julia pfiff durch die Zähne. Hier lagerten nicht nur alte Möbel, sondern Truhen und Kisten. Sie standen zunächst etwas fassungslos da, bis Julia die erste Truhe vorsichtig öffnete. Sie war voller Bücher. Sophie versuchte vorsichtig die Kiste, die ihr am nächsten Stand aufzumachen. Alte Papiere kamen zum Vorschein. So streiften sie langsam immer weiter auf dem Dachboden voran. Es gab Truhen mit alten Kleidern, die allerdings schon bessere Zeiten gesehen hatten. Viele Kisten mit Briefen, Papieren, Fotos. Alles was nicht mehr wichtig gewesen war und doch zu schade, um es wegzuwerfen. Es sah aus, als hätten ganze Generationen ihre Unterlagen auf den Dachboden gebracht. Julia setzte sich vor eine Kiste auf den Boden und begann darin zu stöbern. Sie hielt ein paar Schwarzweißfotos in der Hand und deutete darauf.

„Sieht aus, wie in der Fotokiste meiner Mutter. Sie bewahrt alle alten Fotos von meinen Großeltern und sonstigen Verwandten und Bekannten in einer großen Kiste auf."

„Schau mal hier", Sophie hatte eine weitere Kiste geöffnet. Sie war voll mit Schmuck.

„Das ist Modeschmuck", erklärte Julia, nachdem sie in die Kiste geschaut hat.

„Ja, aber schöner Modeschmuck, nicht so Billigplunder, den man manchmal sieht", Sophie nahm ein Armband heraus, legte es sich um das Handgelenk und erschrak.

„Was ist los?", Julia schaute sie erschrocken an. „Ist da was Ekliges dran?"

„Nein", Sophie lachte auf. „Mein Handy hat vibriert. Die suchen uns. Soll ich schreiben, wo wir sind?"

„Bloß nicht!", Julia winkte ab. „Schreib´ wir sind gleich da."

Sie schlossen die Tür, so gut es ging und stiegen vorsichtig die Treppe nach unten. Als sie aus dem Haus ins Freie traten, atmeten sie erst mal durch.

„Tut gut, die Luft", meinte Sophie und Julia nickte.

„Es war schon ganz schön staubig da drin", gab Julia zurück.
Schon von Weitem sahen sie, dass Tobias und Andreas ihnen zuwinkten. Sie beeilten sich, so gut es ging.

„Schaut mal hier", Andreas deutete mit dem Spaten auf die Stelle, die sie bereits ganz gut freigelegt hatten.

„Was ist das?", Julia schaute verständnislos von einem zum anderen.

„Das", erklärte Tobias, „ist eine Bodenplatte."

„Aha", machte Sophie.

„Nix aha", äffte Andreas sie nach und fügte rasch hinzu, „wir vermuten, dass hier wirklich das Versteck war, von dem der Reisende aus dem Morgenland berichtet hat. Und wir vermuten nun weiter, dass sich der unbekannte Schreiber mit der Geheimtinte dieses Versteck hier zunutze gemacht hat."

Julia schaute Andreas verwundert an. „Das sind aber alles nur Vermutungen oder könnt ihr das irgendwie auch beweisen?"

„Nein, bisher nicht", meinte Tobias.

„Wo sind Mama und Hans", überlegte Sophie.

„Hans wollte einen Spaten holen, mit dem hier", Andreas zeigte darauf, „kommen wir nicht wirklich vorwärts."

„Wo wart ihr eigentlich?", Tobias schaute Sophie an.

„Wir waren in dem Haus und haben mal geschaut, was da so los ist", berichtete Julia.

„Und, was ist dort los?", Andreas schaute sie fragend an.

„Nichts!", entgegnete Sophie. „Lauter alte, leere Zimmer. In einem stand noch das Schlafzimmer rum. Oben auf dem Dachboden wurde es dann schon etwas spannender. Dort haben wir alte Bücher, Fotos, Papiere und sogar Schmuck gefunden." Sie zeigte den Jungs das Armband, das sie noch anhatte. „Ist aber nur Modeschmuck."

„Sieht trotzdem schön aus", Tobias schaute sie liebevoll an.

Sie saßen Beine baumelnd auf der Mauer, als Barbara und Hans mit dem großen Spaten zurückkamen. Damit ließ sich wirklich besser graben und bald hatten sie eine etwas größere Fläche von Erde und Wurzeln frei gelegt. Es erschien langsam die Oberfläche einer Bodenplatte.

„Glaubt ihr wirklich, dass wir hier etwas vom Zaubertintenschreiber finden?", Sophie schaute Hans und Barbara an.

„Na, einen Versuch ist es doch Wert oder hast du eine andere Idee?", fragte Hans.

„Nein, natürlich nicht", entgegnete Sophie.

Hans und Andreas gruben vorsichtig weiter und hatten bald die gesamte Bodenplatte frei gelegt.

„Sieht nicht so aus, als wäre hier eine lose Stelle oder sonst ein Einlass für ein Versteck", musste Hans zugeben. „Schade eigentlich, ich hätte mehr erwartet."

„Vielleicht gab es das Versteck hier aber durch den Verfall ist das Versteck auch verfallen?", überlegte Barbara. „Diese Bodenplatte sieht schon sehr massiv aus, da konnte man vermutlich kein Loch graben oder ähnliches. Er hat das, was er verstecken wollte, vielleicht in die Wand gesteckt und einen Ziegel wieder davor gemacht. Von der Wand ist allerdings nur noch dieses Stück übriggeblieben, der Rest ist verschollen."

Sie schauten sich um. Es waren keine verfallenen Reste einer Mauer zu erkennen. Diese hatte man vor langer Zeit schon weggeräumt. Enttäuscht schauten sie sich um.

„So kann unser Abenteuer doch nicht zu Ende gehen", überlegte Tobias laut.

„Ich kann hier aber auch nicht irgendwas vergraben, was du ausgräbst, nur damit du dich freust, alter Kumpel", neckte Andreas und alle mussten lachen.

„Eigentlich war es ja auch nur so eine Idee mit dem verfallenen Grundstück. Es gab keine Beweise, dass der Autor dieses Haus hier gemeint hat", gab Sophie zu bedenken.

Sie packten ihre Sachen ein und fuhren zurück nach Hause. Der Abend hatte eine seltsame Stimmung. Zunächst war klar, es hieß bald Abschied nehmen für die Vier und es stand noch nicht fest, wann sie sich wiedersehen würden. Außerdem wurmte es sie schon, dass sie dieses Mal mit ihrer Suche so danebenlagen. Julia hatte sich mit dem Buch auf das Sofa zurückgezogen und versuchte ihr Glück. Vielleicht hatten die anderen Leser etwas übersehen. Beim Abendessen fiel Barbara das Armband auf, dass Sophie immer noch nicht abgenommen hatte. Julia und Sophie berichteten von dem Fund und Barbara betrachtete es genauer.

„Modeschmuck", teilte Sophie mit.

„Bin ich mir gar nicht so sicher", überlegte Barbara und gab es an Hans weiter.

„Wo hast du gesagt, hast du es her?", Hans betrachtete das Armband genau.

„Vom Dachboden, da steht eine ganze Kiste zwischen vielen anderen Kisten. Da ist noch viel mehr drin", ereiferte sich Sophie.

„Und wenn das der Schatz ist, nach dem wir suchen?", überlegte Tobias.

„So sieht der Schmuck aber nicht aus?", erklärte Sophie.

„Wie soll denn Schmuck aussehen, der ein Schatz ist?", schmunzelte Hans.

„Na irgendwie wertvoller oder?", überlegte Julia. „Das sah wirklich alles wie Modeschmuck aus. Dieses Teil, das Sophie mitgenommen hat, hob sich etwas vom Rest ab, das stimmt schon."

Julia lehnte sich wieder zurück und las weiter im Buch. Irgendwann klappte sie es zu und träumte in die Ferne. Andreas stieß sie an und hauchte ihr einen Kuss auf den Mund.

„Zu welcher Erkenntnis bist du gekommen?", er nahm sie in den Arm.

„Zu keiner", sie kuschelte sich an ihn.

Am nächsten Morgen, sie frühstückten gerade gemütlich, schaute Barbara sich erneut das Armband an. Sophie hatte es wieder angelegt, es gefiel ihr einfach zu gut.

„Das gefällt mir auch gut", erklärte Barbara und gab es Sophie zurück. „Was waren das noch für Gegenstände, die ihr da oben auf dem Dachboden gefunden habt?"

„Da muss ich mal überlegen", Julia kratzte sich am Kopf. „Alte Fotos, Briefe…"

„Geschirr habe ich gesehen", ergänzte Sophie. „Diese Kiste mit Schmuck und viele Kisten, in die wir nicht hineingeschaut haben, weil wir langsam zurück gehen wollten."

„Habt ihr Lust, dort noch mal ein bisschen zu stöbern?", Barbara schaute die Vier an.

„Wieso das denn?", Sophie schaute ihre Mutter ratlos an.

„Das Haus hat eine schöne Geschichte", begann Barbara zu erzählen. Sie erinnert fast so ein bisschen an euren Wilhelm im vergangenen Jahr."

„Ein Schatz?", kam es gleichzeitig aus Sophies und Julias Mund.

„Nein, da muss ich euch leider enttäuschen", erklärte Barbara. „Oder besser gesagt, ich weiß es nicht. Aber auf jeden Fall viele interessante Sachen. Wenn ihr Lust habt und vielleicht mal etwas anderes als alte Steine sehen wollt, könntet ihr doch ein bisschen dort oben stöbern gehen. Auf einem Dachboden gibt es immer was, was es zu entdecken lohnt und wer weiß, vielleicht reicht es sogar für eine nette Story in der hiesigen Tageszeitung."

„Was sollen wir machen?", Hans schaute Barbara an.

„Ich könnte mir vorstellen, dass ihr die Kisten vorsichtig öffnet und hineinschaut. Vom Inhalt mal ein paar Fotos macht und schaut, wer die Briefe geschrieben hat. Immerhin möglich, dass da oben ideelle Schätze liegen."

„Kam dir das Gebäude nicht auch baufällig vor?", fragte Sophie ihre Freundin.

„Stimmt!", erklärte Julia. „Da lagen doch Teile des Kamins auf dem Boden."

„Soweit ich mich erinnere", Barbara legte ihre Stirn in Falten, „wurde das Gebäude vor ein paar Jahren mal auf Statik geprüft. Da war alles in Ordnung. Trotzdem gilt natürlich, seid vorsichtig und macht nichts Unüberlegtes."

„Also ich würde heute den Vormittag nutzen und ein paar Dinge zu besprechen. Die Herren der Stiftung drängen mich schon die ganze Zeit", sagte der Onkel.

„Dann würde ich vorschlagen, wir packen uns einen Picknickkorb und satteln die Fahrräder", Tobias stand auf und begann, den Tisch abzuräumen.

Während die Jungs die Spülmaschine einräumten und Getränke aus dem Keller holten, schmierten die Mädchen Brote, die sie in ein paar Dosen verpackten. Anschließend schwangen sie sich auf die Räder. Ihre Schatzsucher-Ausrüstung hatten sie ebenfalls mitgenommen. Bald verließen sie die Stadt und radelten direkt auf den Park des alten Gebäudes zu. Erst wollten sie die Fahrräder am Zaun festmachen, entschlossen sich aber dann, diese etwas weiter im Gebüsch zu verstecken.

Tobias nahm den Picknickkorb, Andreas die Ausrüstung und so zwängten sie sich durch die Gitter der Absperrung. Langsam schlenderten sie durch den Garten Richtung Haus. Wie schon beim letzten Mal kamen sie nur sehr langsam voran. Man musste schon höllisch aufpassen, wo man entlang ging.

Die Wege waren bereits sehr eingewachsen und das, was da wuchs, hatte stellenweise Dornen und Stacheln. So dauerte es nicht lange und Sophie schrie auf. Erschrocken schaute Julia sie an.

„Nicht schlimm", Sophie hielt ihren Unterschenkel und zeigte auf die schmerzende Stelle. „Ich bin an diesen Dornen hier hängen geblieben."

„Warte!", Julia kramte schnell in ihrer Tasche. „Ich habe zumindest ein Pflaster dabei. Ach und hier ist auch ein Desinfektionstuch. Ist nicht mehr ganz das Neueste."

Sophie nahm es entgegen und riss die Verpackung des Tuches auf. „Nicht mehr ganz das Neueste ist gut. Das ist ziemlich trocken." Sie strich trotzdem vorsichtig über die Wunde und klebte das Pflaster drüber. „Nun kann es weiter gehen."

Bald hatten sie die Treppen am Haus erreicht. Tobias stellte den Picknickkorb auf einen Sockel und deutete auf die Stelle, an der sie gestern ihre Ausgrabungen abgebrochen hatten.

„Ich würde mir das trotzdem noch mal anschauen. Mich lässt der Gedanke nicht los, dass es hier doch eine Verbindung zu dem Rätsel gibt. Wenn es euch nichts ausmacht, würde ich gerne hier noch ein bisschen weitersuchen. Es reicht doch, wenn ihr Drei dort oben alte Kisten sichtet oder?"

Andreas wollte schon nicken aber die Mädchen schüttelten den Kopf. Sie bestanden darauf, zunächst mit Tobias an der Grabungsstelle weiter nach der Auflösung des Rätsels zu suchen und dann gemeinsam das alte Gemäuer zu untersuchen. Tobias hatte auch den Klappspaten von Hans zu den Utensilien gelegt und so machten sie sich abwechselnd daran, die Bodenplatte noch weiter frei zu legen. Nach einer halben Stunde hatten sie sie vom Dreck und den Verkrustungen befreit. Zum Vorschein kam eine verwitterte, ehemals sicher schön verzierte Platte mit einer Inschrift darauf.

„Sieht fast wie eine Grabplatte aus", überlegte Andreas laut.

„Wie kommst du darauf?", Tobias schaute erstaunt. „Ich dachte, auf einer Grabplatte stehen der Name und Geburts- bzw. Todesdaten."

„Ja natürlich", nickte Andreas. „Sie ist so verwittert, das könnte hier schon gestanden haben." Er zeigte auf die kaum noch zu erkennenden Einkerbungen. „Das hier ist auf jeden Fall ein Name", er beugte sich tiefer nach unten und versuchte ihn zu entziffern. „Schmelzer. Annegret Schmelzer steht hier."

„Kommt dir das bekannt vor?", Julia schaute Sophie an.

„Keine Ahnung. Da müsste ich meine Mutter fragen. Der Name tauchte auf jeden Fall nicht in dem Buch auf."

„Ich würde jetzt doch lieber ins Haus gehen und nach den Kisten schauen", erklärte Julia.

„Und ich würde mich lieber mal etwas ausruhen", Tobias zeigte auf die anderen, die ebenfalls nickten."

Sie holten ihre Picknickdecke und suchten sich ein schattiges Plätzchen. Während sie gemütlich darauf lagen, hing jeder seinen Gedanken nach. Plötzlich summte Sophies Handy.

„Ich kenne den Namen nicht", stand darauf zu lesen.

„Meine Mutter", sie hob das Handy hoch, „kennt den Namen auch nicht".

„Lasst uns nach den Kisten schauen, vielleicht finden wir wenigstens für deine Mutter etwas Brauchbares", Andreas gähnte.

Sie packten den Picknickkorb zusammen, stellten ihn wieder auf den Sockel und öffneten die Tür.

„Wir steigen gleich nach oben und fangen an, uns die Kisten anzuschauen", Sophie zog Julia mit sich und rief den Jungs zu. „Ihr könnt ja erst mal eine Besichtigungstour starten."

Andreas schaute Tobias an.

„Wollen wir diesen alten Kasten wirklich besichtigen?"

„Komm!", Tobias klopfte Andreas auf die Schulter, „Tun wir den Mädchen halt den Gefallen."

Sie schlenderten zunächst durch den großen wohnzimmerähnlichen Raum mit dem heruntergefallenen Schornstein.

„Sieht schon traurig aus, wenn etwas so verfällt", meinte Andreas.

Sie traten an die Überreste des Kamins heran.

„Wie kann so etwas passieren?", überlegte Tobias.

„Na ja, irgendwann holt sich die Natur alles wieder zurück. Schau dir doch den Garten an. Wenn sich niemand um die Pflege kümmert, zerfällt selbst ein Haus, langsam aber es zerfällt", erklärte Andreas.

„Was ist das da hinten", Tobias zeigte mit dem Finger auf eine Wand.

„Ich würde es für eine Wand halten", Andreas lachte laut auf.

„Witzbold! Ich meine die Umrisse in der Wand, sieht aus wie eine Tür", Tobias wollte gerade losstürmen, da hielt ihn Andreas fest.

„Wollen wir uns das wirklich schon wieder antun?"

„Was heißt hier antun? Ich will doch nur schauen, was sich hinter der Tür verbirgt", Tobias schüttelte die Hand von Andreas ab.

„Ich will nur nicht, dass wir schon wieder ein neues Rätsel aufgabeln. Ich möchte so gerne mal etwas Zeit mit Julia verbringen", erklärte Andreas und folgte seinem Freund.

Dieser hatte bereits versucht, die Tapetentür zu öffnen. Erst nach zwei weiteren Versuchen konnten sie diese gemeinsam aufziehen. Tobias machte sein Handylicht an und sie schauten in ein Treppenhaus.

„Wollen wir?", Tobias sah unternehmungslustig aus.

„Also, wenn ich dir damit einen Gefallen tun kann, von mir aus", meinte Andreas und zog die Tür kräftig hinter sich zu.

„Wo die Jungs nur bleiben?", überlegte unterdessen Sophie.

„Die ahnen sicher, dass das hier nicht sonderlich spannend ist und haben es bestimmt nicht eilig", Julia schaute von ihrer Kiste auf.

Bisher hatten sie nichts Brauchbares gefunden. Das alte Geschirr sah schön aus, war aber nicht sonderlich wertvoll. Der Stempel auf der Unterseite verriet, dass es in der Mitte des 20. Jahrhunderts hergestellt worden war. Auch die Briefe, die sie bisher angeschaut hatten, stammten aus dieser Zeit und waren stellenweise noch wesentlich jünger. Es langweilte sie bereits. Weiteren Schmuck hatten sie bisher nicht gefunden, lediglich einen Karton mit altem Kinderspielzeug. Hier lagen Puppen neben verschlissenen Teddybären und Bücher neben Buntstiften. Es sah so aus, als hätte man alles schnell verpackt, ein System war nicht zu erkennen.

„Es ist absolut langweilig, findest du nicht auch?", Sophie nörgelte bereits zum zweiten Mal.

„Spannend ist das nicht, da gebe ich dir recht", Julia nickte und erhob sich.

„Ich schaue mal, ob ich die Jungs finde. Wenn die mithelfen, sind wir wesentlich schneller durch und könnten vielleicht später ein Eis essen gehen."

„Schau mal!", Sophie hielt einen Briefumschlag hoch. „Der kommt aus Amerika. Der Stempel ist von 1932." Sie faltete den Brief auseinander und begann zu lesen.

Julia machte sich auf den Weg, die Dachbodentreppe nach unten. Sie rief nach den Jungs, erhielt aber keine Antwort. Langsam ging sie die Treppe ins Erdgeschoss herunter. Sie schaute in das große Wohnzimmer. Hier war niemand.

„Seltsam", dachte sie. „Wir sind hier immer gleich in den ersten Stock gegangen, es gibt ja noch weitere Räume."

Zunächst betrat sie eine alte Küche. Auch diese war sehr geräumig, wie in alten Häusern üblich. Nicht so eine kleine Küche, wie sie heute in vielen Wohnungen zu finden ist. Im hinteren Bereich konnte sie eine Speisekammer entdecken.

„Ob da noch Essen drin ist", überlegte sie, verzichtete dann aber doch darauf, die Tür zu öffnen.

Ein weiteres Zimmer und ein kleines Badezimmer bildeten den Abschluss der Räume, die Jungs waren nicht zu finden.

„Wo stecken die bloß", in Julia stieg langsam Ärger hoch.

Sie ging zurück ins Wohnzimmer und schaute in den Garten hinaus. In dem Bereich, den sie überblicken konnte, waren die Jungs nicht zu sehen. So stieg sie die Treppe nach oben und öffnete die oberen Zimmertüren nacheinander. In jedes Zimmer schaute sie hinein, die Jungs blieben spurlos verschwunden. Mit diesem Ergebnis kam sie oben im Dachboden an und erschrak.

„Wo diese Treppe wohl hinführt?", Andreas schaute sich um.

„Und wofür war die überhaupt gedacht?", überlegte Tobias. „Es gibt doch draußen auch eine große Treppe. Reicht das nicht?"

„Nun ja", gab Andreas zu bedenken. „In alten herrschaftlichen Häusern gibt es Dienstbotenzimmer und auch Treppen. Das könnte hier so eine gewesen sein."

„Komm!", Tobias zog den Freund mit sich. „Wir schauen mal, wohin uns dieses Abenteuer bringt."

Andreas rollte die Augen und sie stiegen die Treppe nach oben. Vorsichtig öffneten sie einen Augenblick später die obere Tür. Sie ließ sich zumindest einfacher öffnen als ihr Gegenstück im Erdgeschoss.

Sie staunten nicht schlecht als sich ihre Augen an das dunkle Zimmer gewöhnt hatten. Die Klappläden waren hier geschlossen und so drang nur ein wenig Licht in das Zimmer. Tobias ging zu einem Fenster und öffnete es. Er beugte sich heraus und versuchte den Klappladen vom Fenster wegzustoßen.

„Pass auf", Andreas zeigte mit den Fingern auf das Fenster. „Das sieht irgendwie nicht so richtig stabil aus."

Vorsichtig öffnete Tobias den Laden und sie staunten nun wirklich. Das Zimmer war wunderschön. Die Tapeten strahlten in einer Farbenpracht, die Einrichtung war hier noch vorhanden und irgendwie wirkte es so als würde noch jemand hier wohnen.

Julia traute ihren Augen nicht. Wo war Sophie? Als sie sie verlassen hatte, saß sie zwischen den Kisten auf dem Boden und war in einen Brief vertieft. Was war in der kurzen Zeit passiert und wohin war Sophie gegangen? Julia nahm ihr Handy aus der Hosentasche und schaute darauf. Keine Nachricht. Typisch. Auch die Jungs hatten sich nicht gemeldet. Julia wählte die Nummer von Sophie und legte sich bereits ihre Worte zurecht. Na die konnte was erleben.

Konnte sie nicht, denn der Klingelton, ein paar Kisten neben ihr verriet Julia, dass die Freundin ihr Handy gar nicht mitgenommen hatte. Sie legte auf und schaute sich erneut um. „Wo konnte sie hier verschwunden sein?", überlegte sie und ließ ihren Blick schweifen. Es war ein großer Dachboden, der sich über die gesamte Fläche des Hauses erstreckte. Weitere Türen waren nicht zu erkennen. Hier stand zwar viel Unrat herum und doch war es übersichtlich. Man konnte den großen Raum gut überblicken. Julia wurde ängstlich zumute und sie überlegte, was sie tun sollte. Die Jungs verschwunden, Sophie verschwunden. Sie zögerte. „Sollte sie wirklich das Haus verlassen und Hilfe holen?", überlegte sie. Einem Impuls folgend wollte sie nach ihr rufen. „Wer weiß, wer mich sonst noch hier hört. Das kann ich immer noch versuchen. Sie wird schon wieder auftauchen."

Julia setzte sich wieder auf den Boden und begann in der Kiste zu wühlen, die neben Sophies Handy stand. „Ob sie vielleicht mal zur Toilette musste?" Sie konnte sich einfach nicht erinnern, ob Sophie irgendwas zu ihr gesagt hatte. Sie war so vertieft in den Inhalt der Kiste gewesen. Erneut stand sie auf und durchstreifte den Dachboden. Keine Spur von Sophie. Sie beschloss, die Treppe wieder herunter zu steigen und weiter nach ihren Freunden zu suchen.

„Sieht aus, als wohnt hier noch jemand", Tobias deutete auf das Bett. „Hier! Das sind doch Zeitungen von", er nahm die oberste in die Hand, „den letzten Wochen."

„Komm, wir schauen mal, wohin uns diese Tür führt.", zeigte Andreas und sie versuchten diese zu öffnen.

Nun standen sie in einem weiteren Zimmer. Der Größe nach konnte es sich um ein Schlafzimmer gehandelt haben. Als sie die gegenüberliegende Tür geöffnet hatten, standen sie im Treppenhaus. Sie schauten in jedes weitere Zimmer und wollten gerade die Treppe zum Dachboden nach oben steigen, als ihnen Julia blass entgegenkam.

„Was hast du denn für ein Gespenst gesehen", versuchte Andreas einen Scherz.

„Sophie ist weg", stammelte Julia.

„Warte, ich ruf sie auf dem Handy an", erklärte Tobias aber Julia schüttelte den Kopf.

„Das habe ich zuerst probiert", sie hob eine Hand und zeigte auf ein Handy. „Sie hat ihres nicht mitgenommen."

„Das Haus hat eines mit Wilhelms Schloss gemeinsam", begann Tobias. „Es gibt Geheimtüren und ein weiteres Treppenhaus. Vielleicht hat sie das entdeckt und ist auf Spurensuche."

Julia schüttelte den Kopf.

„Sophie ganz bestimmt nicht. Schon gar nicht alleine. Die fürchtet sich vor allem was krabbelt. Sie würde bestimmt nicht alleine los ziehen."

„Und wenn sie nicht freiwillig weg ist?", Andreas schaute die Beiden an.

Julia hielt sich die Hand vor den Mund.

„Was meinst du damit? Glaubst du, Ewald treibt einen seiner Späße?"

„Ach der", Andreas schüttelte den Kopf. „Der hat, glaube ich, die Nase voll. Wir haben ein Zimmer gefunden, das bewohnt aussieht. Vielleicht ist sie auf den Bewohner gestoßen und der fand das nicht so nett."

Tobias Augen weiteten sich. „Was bleibt uns anderes übrig, wir müssen das Haus auf den Kopf stellen oder wie seht ihr das?"

„Was schlägst du vor? Wie sollen wir vorgehen", Julia schaute Tobias an.

„Wir durchstöbern jetzt noch mal Zimmer für Zimmer hier im ersten Stock und halten Ausschau nach sogenannten Tapetentüren", erklärte er.

„Wir sollten uns trennen", überlegte Andreas aber als er Julias Gesicht sah, verwarf er den Gedanken.

Zimmer für Zimmer durchstreiften die Drei. Auch Julia staunte über den scheinbar bewohnten Raum. Außer dieser Tapetentür gab es augenscheinlich keine weiteren Geheimgänge und so traten sie nach geraumer Zeit wieder in das Treppenhaus.

„Rauf oder runter?" Andreas deutete mit dem Daumen eine Geste an.

„Runter würde ich sagen", Tobias beugte sich über das Geländer.

„Ja, eine gute Idee", nickte Julia.

Sie schauten in das große Wohnzimmer, der Raum war leer.

„Dort hinten", Julia deutete mit dem Finger, „gibt es noch eine Küche, ein Bad, eine Speisekammer hinter der Küche und einen Raum."

Der Raum war leer, das Bad hatte schon bessere Tage gesehen und die vermeintliche Speisekammer entpuppte sich als Abstieg in den Keller.

„Da möchte ich eigentlich nicht runter gehen", erklärte Julia während sie nach unten blickte.

Tobias leuchtete mit dem Handylicht nach unten. Ein Lichtschalter war nicht zu finden. Zum Vorschein kam ein uralter Keller, soweit man das erblicken konnte. Ein bisschen unheimlich war er schon, das fanden auch die Jungs.

„Hier ist Sophie auf keinem Fall", Julia schüttelte den Kopf.

„Freiwillig sicher nicht", flüsterte Andreas und Tobias schaute ihn erschrocken an.

„Glaubst du, sie wurde entführt?"

„Wer sollte Sophie entführen?", Andreas stieg ein paar Stufen nach unten.

„Na hör mal. Das klingt gerade so als ob Sophie nichts wert ist", ereiferte sich Julia.

„In dem Fall wäre es auf jeden Fall positiv", Tobias folgte Andreas nach unten.

„Ich bleibe hier oben stehen und halte Wache", erklärte Julia.

Nach ein paar Minuten kamen die Jungs zurück und berichteten, dass dort nichts Auffälliges zu finden war. Auch von Sophie war weit und breit keine Spur.

„Und jetzt?", Tobias klopfte sich seine Hose ab.

„Jetzt steigen wir auf den Dachboden und schauen uns auch dort noch mal um, bevor wir dann…", Julia ließ offen, was sie sich unter dann vorstellte.

Sie stiegen die Treppe nach oben. Julia ging voran. Oben auf dem Dachboden angekommen, schrie sie laut auf.

„Was ist?", Andreas ging als letzter und stand erst auf der Hälfte der Treppe. Er konnte nichts erkennen.

„Sophie!", Julia rannte auf die Freundin zu. „Was machst du denn hier?"

„Blöde Frage, wo wart ihr denn?", Sophie stand auf.

„Wieso? DU warst doch weg", Julia schüttelte den Kopf.

„Ich habe ein Geräusch dort hinten gehört und habe mich fürchterlich erschreckt", Sophie zeigte in die Ecke, „dann bin ich aufgestanden und die Treppe runter. Habe die nächste Tür geöffnet und mich in dem Raum versteckt. Nach einer Weile wollte ich dir schreiben und habe festgestellt, dass ich mein Handy nicht mitgenommen habe. Ich habe dann noch ein bisschen überlegt und bin dann wieder nach oben geschlichen. Da war mein Handy weg und ich dachte, Mist, das hat wohl jemand geklaut."

Julia winkte mit der Hand.

„Hier, ich hatte dich angerufen und es dann mitgenommen."

„Was war das für ein Geräusch, das du gehört hast?", Tobias suchte bereits die Ecke ab.

„Eigentlich waren es zwei Geräusche", versuchte sich Sophie zu erinnern. „Zunächst hatte ich das Gefühl, als würde eine Tür sich öffnen. Ich habe mich herumgedreht, da war aber keine Tür. Dann habe ich mir weiter die Briefe hier angeschaut und ein Knarzen gehört. Erst dachte ich, Julia käme die Treppe zurück aber sie kam nicht. Ich bin dann mal aufgestanden und habe mir die Ecke etwas genauer angeschaut und bin so was von erschrocken. Es knarzte direkt hinter mir wieder. Ich bin herumgefahren aber es war nichts zu sehen."

„Vielleicht war das ein Marder oder etwas Ähnliches?", überlegte Andreas.

„Kann schon sein", sagte Tobias, während er mit der Hand an der Wand entlangfuhr. „Dahinter ist bestimmt ein Stück verblendet, wenn da etwas offen ist und sich Tiere eingenistet haben, dann hört man das."

„Kommt"!, munterte Julia die Anderen auf. „Lasst uns weiter machen. Vielleicht finden wir ja die Sensation des Jahrhunderts."

Sie fanden einiges aber es war weit von einer Sensation entfernt. Alles, wirklich alles, was nicht mehr zu gebrauchen war, war hier oben gelandet und das von mehreren Generationen. Das interessanteste waren die Briefe, die zum Teil von vor dem 2. Weltkrieg stammten. Damit waren sie aber auch schwer zu lesen, denn die Handschrift so mancher Briefeschreiber war schwer zu entziffern.

„Wollen wir ein Eis essen gehen", fragte Tobias und alle stimmten ein.

Sie hatten sich ein gemütliches, schattiges Plätzchen im Eissalon gesucht und Julia kramte in ihrer Tasche das Buch hervor.

„Du schleppst das Teil aber nicht die ganze Zeit mit dir rum?", Andreas lachte.

„Warum nicht?", Julia leckte ihren Löffel ab. „Wir haben doch Zeit und ich bin mir sicher, dass die Lösung des Rätsels in diesem Buch versteckt ist."

Sie blätterte die einzelnen Seiten sorgfältig um.

„Ich habe schon so oft darin geblättert, bald kann ich einzelne Passagen auswendig", lachte Julia auf. „Hier zum Beispiel, wo er von der Überfahrt erzählt und da", sie deutete ein paar Seiten weiter, „da reiten sie auf Kamelen. Das ist schon spannend."

„Bringt uns aber irgendwie nicht weiter", Sophie schüttelte den Kopf.

„Was haltet ihr von dem Dachboden und den Geräuschen da oben?" Tobias winkte der Kellnerin und bestellte einen weiteren Eisbecher.

„Sag mal", Andreas schaute ihn verdutzt an. „Gab es heute Morgen kein Frühstück für dich?"

„Ich könnte für Eis sterben", verteidigte sich Tobias. „Also noch mal: Was haltet ihr davon?"

„Was soll ich davon halten?", Sophie schaute von ihrem Eisbecher auf. „Ich denke, da sind irgendwelche Tiere, die sich Nester gebaut haben. So verfallen wie das Grundstück ist, würde es mich nicht wundern, wenn auch am Dach so mancher Ziegel fehlt."

„Ja, das denke ich auch", Julia schaute vom Buch hoch.

„Mir lässt das keine Ruhe", Andreas kratzte sich am Kopf. „Der Raum, der so bewohnt aussieht, das Knarzen, ich würde gerne noch mal zurückfahren und mich weiter umsehen."

„Was haltet ihr davon, wenn wir uns mal um unser erstes Rätsel kümmern?", Julia schaute von einem zum anderen. „Ich finde, das sind wir dem Zaubertintenschreiber schuldig, dass wir uns um sein Rätsel kümmern. Danach können wir dann immer noch die Kisten weiter durchwühlen."

„Ich befürchte nur, wir haben nicht mehr so viel Zeit. Die läuft uns nämlich gerade davon", erklärte Andreas.

„Eben drum bin ich für den Zaubertintenschreiber, er hat Vorrang", Julia hielt trotzig das Buch hoch.

„Zwei Gruppen?", versuchte Tobias vorsichtig einen Einwand.

„Ganz sicher nicht", Sophie funkelte mit den Augen. „Entweder alle zusammen oder gar nicht."

„Dann schlage ich folgendes vor: Wir fahren zum alten Gebäude zurück. Julia setzt sich oben auf dem Dachboden in eine ruhige Ecke und schmökert im Buch. Wir suchen weiter in den Kisten und vielleicht finden wir ja doch etwas, was deine Mutter interessiert, Sophie, und ganz nebenbei vielleicht auch den Bewohner des Zimmers. Wenn wir bis heute Abend nichts gefunden haben, versuchen wir die restliche Zeit das Rätsel des Zaubertintenschreibers zu lösen. Ist das ein guter Vorschlag?", Andreas schaute sich um.

Als alle nickten winkten sie die Bedienung heran und bezahlten. Auf dem Rückweg zum Gebäude radelten sie an einer Bäckerei vorbei und stockten ihren Picknickkorb auf, um zum Mittagessen nicht wieder losfahren zu müssen und kamen zur Mittagszeit am alten Gebäude an. Die Fahrräder versteckten sie wieder im Gebüsch, zwängten sich durch den Bauzaun und stapften durch das hohe Gestrüpp. Schon von weitem sahen sie die offene Tür des Gebäudes.

„Hatten wir die nicht vorhin geschlossen?", überlegte Tobias laut.

„Ich bin mir absolut sicher, dass ich die zu gemacht habe", antwortete Andreas.

„Was machen wir jetzt?", Sophie hielt sich an Julia fest, ihr Fuß hatte sich gerade in einer Wurzel verfangen.

„Wir gehen einen anderen Weg, damit wir nicht gleich auffallen", Andreas deutete nach rechts, dort standen Büsche und Bäume an denen man ungesehen vorbei zum Haus kam.

Sie schlichen so vorsichtig es ging an das Haus heran. Keine Menschenseele weit und breit. Sie stiegen die Stufen zur Haustür nach oben und betraten das Innere des Hauses.

„Lass die Tür offenstehen", wisperte Tobias Andreas zu, der als letzter hinein ging.

Leise schlichen sie nach oben. Julia setzte sich auf einen alten Koffer und blätterte weiter im Buch, während die Anderen die Kisten weiter durchstöberten.

„Hier!", rief Sophie nach einer Weile. „Schaut mal, da sind Bilder drin."

Andreas und Tobias traten näher. Es handelte sich um eine große Kiste, die Sophie geöffnet hatte. Zum Vorschein kamen alte Ölmalereien. Die Rahmen fehlten, nur die bemalten Leinwände waren sorgsam verpackt worden.

„Ob die was Wert sind?", grübelte Julia, die in der Zwischenzeit auch herangetreten war.

„Wer weiß das schon", sagte eine Stimme von der Treppe her.

Die Vier fuhren erschrocken herum. Dort stand ein kleiner untersetzter Mann, Mitte fünfzig. Seine Kleidung hatte schon bessere Tage gesehen und ein mächtiger Bartwuchs zierte sein Gesicht.

„Was macht ihr denn hier?", er schaute die Vier an.

„Wir", stammelte Sophie und Julia half weiter, „wir wollten uns mal das Gebäude ansehen."

„Und da kommt ihr innerhalb von zwei Tagen dreimal vorbei?", der Mann kam langsam näher.

Sophie und Julia wichen einen Schritt zurück.

„Was machen sie hier?", fragte Andreas.

Seufzend setzte sich der Mann auf einen Stuhl. „Ich wohne schon seit ein paar Jahren hier zum Glück bisher unentdeckt. Bis ihr gekommen seid und meine Ruhe gestört habt. Warum?"

Fieberhaft überlegten die Vier, was sie diesem Mann erzählen sollten. Ihr Geheimnis wollten sie nicht preisgeben.

„Sogar mit Spaten habt ihr im Garten gegraben", er runzelte die Stirn. „Was soll das? Hier gibt es nichts zu holen. Alles, was hier mal wertvoll war, das wurde längst abtransportiert."

„Wir wollten nichts stehlen", antwortete Julia trotzig.

„Das soll ich euch glauben?", erwiderte der Mann. „Da, das Armband", er deutete auf Sophie Arm, „das lag sicher in dieser Kiste dort. Nichts stehlen…"

Erschrocken nahm Sophie das Armband ab und legte es in die Kiste zurück.

„Wir sind durch einen doofen Zufall hierhergekommen", begann Andreas vorsichtig und übersah die warnenden Blicke der Freunde. „Eigentlich suchen wir hier eine Stelle aus dem Buch Meine Reise ins Morgenland."

„Was für eine Stelle soll das denn sein?", der Mann lehnte sich zurück.

„Es ist ein Reisebericht, der auch die Vorbereitungen und so weiter mit beinhaltet. Wir dachten, dieses Buch hätte einen Hinweis auf dieses Haus und auf den Garten. Das ist alles", erklärte Sophie.

„Ich kenne das Buch", erklärte der Mann. „Ich kannte sogar den Enkel des Schreibers."

Nun staunten die Vier und Andreas fragte: „Wer sind sie?"

Der Mann begann zu erzählen: „Ich habe schon als Kind des Hausmeisterehepaares hier viele Stunden verbracht." Er schaute wehmütig die Treppe hinunter. „Ihr hättet das Haus früher sehen müssen. Ein Traum für jeden, der so etwas mag. Später habe ich den Hausmeisterposten dann selbst übernommen aber die Zeit brachte viele Veränderungen und irgendwann gab es niemanden mehr, der sich für das Haus interessiere. Der letzte Erbe hatte keine Nachkommen und so verfiel hier alles. Es ist wirklich traurig."

„Und was machen sie dann hier?", Julia schaute ihn an.

„Ich habe vieles verloren und irgendwann auch meine Wohnung. So habe ich es mir hier gemütlich gemacht. Viel brauche ich nicht zum Leben und ein Dach über dem Kopf ist in kalten

Nächten schon viel wert. „Und trotzdem", er kratze sich am Kopf, „ich verstehe nicht, was euch hier interessiert?"

Sophie gab sich einen Ruck und begann die Geschichte zu erzählen. Als sie die erschrockenen Gesichter ihrer Freunde sah, hielt sie kurz inne doch dann sprudelte es aus ihr heraus.

„Das ist ja eine tolle Geschichte", der Mann lächelte.

„Vielleicht haben sie eine Idee, was mit dem letzten Hinweis gemeint ist?", fasste nun auch Tobias Vertrauen.

„Leider nein, ich habe das Buch nie gelesen. Lesen ist nicht so meine Sache, müsst ihr wissen."

„Meinen sie, man sollte sich die Kisten genauer unter die Lupe nehmen? Meine Mutter hat vorgeschlagen, wir sollen mal schauen, ob es vielleicht eine interessante Story für eine Zeitung gibt", erschrocken sah sie in das Gesicht des Mannes der mit den Händen abwehrte.

„Nein, das dürft ihr mir nicht antun. Wenn hier erst mal Reporter durchs Haus schleichen, ist es aus mit meiner Ruhe und meinem Versteck." Er erhob sich und schlurfte langsam zur Treppe. Dann drehte er sich herum: „Schaut euch um, vielleicht findet ihr ja doch einen Hinweis auf den Zaubertintenschreiber, wie ihr ihn nennt. Er kannte zumindest den Garten, ob er aber auch die Hausbewohner kannte, das wird wohl ein ewiges Geheimnis bleiben."

Verdutzt blieben die Vier zurück. Es dauerte eine Weile, bis Julia sagte: „Da hat er recht. Es wird sich vermutlich nie klären lassen, ob es einen Zusammenhang zwischen dem Zaubertintenschreiber und den Bewohnern dieses Hauses gibt. Schade eigentlich."

Sie stöberten noch eine ganze Weile in dem Fundus und wunderten sich über alte Brotdosen, die man statt in den Müll, auf den Dachboden gebracht hatte. Das schöne Geschirr mit einem Motiv aus Blumen bewunderten sie ebenso, wie eine Sammlung von alten Vasen. In der hintersten Ecke kam eine Kindereisenbahn zum Vorschein und die Jungs steckten ein paar Schienen zusammen. Leider konnten sie die Lok nicht in Betrieb setzten, da kein Strom vorhanden war. Die Mädchen hatten einen Koffer gefunden, in dem alte Kleider aus den fünfziger Jahren sauber verpackt waren. Julia war ganz verzückt davon und sie überlegten, ob man diese Kleider mitnehmen durfte.

„Ich frage den Mann ganz einfach, wer sollte diese Kleider vermissen?", erklärte Julia.

Der Mann war nicht zu finden und so nahm Julia die Kleider mit. Sie radelten nach Hause.

Julia legte sich auf die Couch und nahm sich erneut das Buch vor. Sie blätterte die Seiten zum x-ten Mal vorsichtig um.

„Moment mal", sie setzte sich wieder auf. „Denkt doch mal nach. Von dem Punkt aus, wo das Buch lag, so ist doch die Botschaft zu verstehen. Also da stand doch", sie blätterte auf die Seite mit dem Text und deutete darauf, „Hier!

Bist du nicht mehr weit davon entfernt.

Es muss sich doch in unmittelbarer Nähe befinden und nicht in ein paar Kilometer Entfernung oder?"

„Jetzt, wo du es sagst", Sophie nickte.

„Ja aber da war doch nichts außer Wand", gab Andreas zu bedenken.

„Richtig, da war ganz viel Wand und ganz viele Steine. Was ist, wenn wir die falsche Wand eingehauen haben?", erklärte Julia.

„Wir können aber da unten nun nicht die Wände alle abtragen", Barbara lachte auf.

„Nein, das sicher nicht", schaltete sich jetzt auch der Onkel ein. „Aber abklopfen in Ruhe und wo es hohl klingt mal dahinter schauen, das wäre schon eine Möglichkeit. Prima Julia.

„Wollen wir das jetzt noch beginnen?", Andreas schaute auf die Uhr.

„Jetzt", Sophie ereiferte sich, „lassen wir erst mal den Kuchen aus dem Ofen kommen, trinken Kaffee und dann können wir uns wieder mit unserem Abenteuer beschäftigen. Findet ihr nicht?"

Gestärkt mit Kaffee und Kuchen radelten sie später mit ihrer Ausrüstung los. Sie wollten bei Julia zu Hause vorbei. Julias Mutter hatte ebenfalls die zwei im Haushalt befindlichen Lampen herausgesucht, mit Batterien bestückt und wünschte ihnen für die Suche viel Glück.

Kapitel 10 – Steine über Steine

Der Einstieg in der alten Ruine sollte in zwei Gruppen erfolgen, um kein Aufsehen zu erregen. Immerhin konnte es jemandem auffallen, wenn sich fünf Personen plötzlich in Luft auflösen würden. Barbara wollte sich einen gemütlichen Fernsehabend machen und die Stellung zu Hause halten, wenn Hilfe benötigt würde.

Als sie den Zielort erreicht hatten, schauten sie sich zunächst sehr genau um.

„Ich teile jetzt jedem ein Stück Wand zu und ihr schaut sie euch genau an und klopft sie ab. Ich weiß nicht, ob das funktioniert, wenn hier alle klopfen, aber so beginnen wir am besten.", erklärte er. „Hans und ich halten die Lampen."

Jeder arbeitete konzentriert vor sich hin, bis Julia rief: „Hier ist eine Stelle, die könnte locker sein".

Sie unterbrachen ihre Arbeit und Tobias und Hans schauten sich die Stelle genau an.

„Versuch mal, den Stein zu lockern", gab Hans Anweisung.

Es dauerte eine ganze Weile, da erklärte Tobias: „Hier bei mir ist auch ein hohler Stein, ich versuche ebenfalls diesen zu lockern."

Nach einer Stunde hatten sie acht Steine auf diese Art aus der Wand herausgelöst und sie jedes Mal enttäuscht wieder zurückgeschoben.

„Ich bin mir sicher, dass wir auf dem richtigen Weg sind", sprach Tobias den anderen und sich selbst Mut zu.

Plötzlich pfiff Sophie durch die Zähne, erschrocken hielten alle inne.

„Ich glaube, hier ist etwas ungewöhnlich", sie trat zur Seite. „Das sind mindestens vier hohle Steine, hört mal."

Sie klopfte die Steine ab und die Anderen gaben ihr recht.

Ganz vorsichtig löste sie Stein für Stein aus der Wand. Das dauerte eine ganze Weile. Tobias half ihr dabei. Die anderen hatten aufgehört zu klopfen, zu spannend war der Moment, als sie den letzten hohlen Stein aus der Wand holten. Julia, beherzt wie immer, fasste mutig ins Dunkle.

„Warte Julia", rief Andreas. „Ich leuchte hinein."

„Ich fühle da hinten einen Spalt und ja, da ist irgendwas – weiches", Julia zuckte zurück.

„Bewegt es sich", Sophie schüttelte sich.

„Nein", Julia fasste erneut in den Spalt. „Ich kann es nicht richtig fassen. Lasst uns die beiden Steine auch noch herauslösen. Das wird doch sicher keinen Schaden anrichten?"

Die nächsten beiden Steine ließen sich recht gut herausnehmen und dann kam ein Beutel zum Vorschein. Ganz andächtig hob Julia diesen heraus.

„Ich traue mich gar nicht, ihn aufzumachen", flüsterte sie.

Sie trauten ihren Augen nicht, als sie den Inhalt unter Taschenlampenbeleuchtung betrachteten. Es waren zwei Bündel mit alten Briefen darin. Außerdem lag auf dem Boden des Beutels ein weiterer Beutel, In diesem befanden sich Münzen aus längst vergangenen Tagen.

„Was das wohl zu bedeuten hat?", überlegte Hans und öffnete den ersten Brief. „Es scheint ein Liebesbrief zu sein", erklärte er.

Schnell hatten sie die Steine wieder an die alte Stelle eingefügt und den Dreck ein wenig beseitigt. Onkel Hans wollte am nächsten Tag die Steine wieder befestigen. Sie nahmen das Päckchen mit und fuhren nach Hause.

Zuhause beugte sich auch Barbara mit über den Fund, den sie auf dem Wohnzimmertisch ausgebreitet hatten.

„Das sind schon sehr alte Münzen, die ihr da gefunden habt. Ob sie natürlich etwas wert sind, das wird erst ein Gutachten herausbringen", meinte Barbara.

„Die Briefe sind schwer zu lesen", stellte Hans schnell fest. „Auch hier werden sich sicher ein paar Profis darüber beugen müssen und schauen, ob diese Briefe von Bedeutung sind. Wir haben auf jeden Fall die Vorarbeit geleistet."

„Es war auf jeden Fall eine spannende Sache", leitete Tobias den Abend ein. Sie saßen am Esstisch und sprachen über die schönen Ferien. Der Dank aller ging an Barbara, die ihr Haus für so viele Gäste zur Verfügung gestellt hatte. Natürlich auch an Hans, der so viel geholfen hatte.

Hans wehrte ab: „Es hat mir sehr viel Spaß gemacht, euch zu unterstützen. Allerdings freuen sich meine Stiftungskollegen schon darauf, wenn ich mich wieder ihnen widmen kann. Also bitte nicht so schnell ein neues Abenteuer." Er zwinkerte Tobias zu.

Die Vier sprachen noch lange über diese außergewöhnlichen Ferien und das Abenteuer. Sie lachten noch einmal über die

Falltür, die sie zunächst nicht öffnen konnten, gruselten sich mit Sophie, die in dem Raum eingesperrt war. Schüttelten noch einmal den Kopf über diesen Escape-Room und waren froh, dass ihnen Herbert nicht mehr angetan hatte.

Am nächsten Tag hieß es Abschied nehmen. Julia hatte rotverweinte Augen, als sie am Frühstückstisch erschien. Auch Sophies Stimme klang belegt, als sie die Jungs fragte, wie viele Brötchen sie zum Frühstück aufbacken sollte. Während des Frühstücks vermieden sie das Thema Abschied und schmiedeten Pläne, was sie alles in den nächsten Ferien machen wollten.

„Hoffentlich kommt uns nicht wieder so ein Wilhelm oder ein Zaubertintenschreiber dazwischen", zwinkerte Andreas den anderen zu.

„Na hör mal", protestierte Sophie. „Von Wilhelm haben wir alle profitiert und vielleicht springt bei den Münzen auch noch etwas heraus."

„Ohne Wilhelm hätten wir uns vermutlich auch nicht kennen gelernt", Julia seufzte.

„Wäre das wirklich schade gewesen?", versuchte Tobias einen Scherz. Alle lachten, sogar Sophie.

Die Jungs packten ihre Sachen zusammen und trugen sie zum Auto. Sophie und Julia begleiteten sie. Dann kam der Moment des Abschieds nehmen. Andreas nahm Julia in den Arm und wiegte sie ein bisschen. Sie vergrub ihr Gesicht an seinem Hals.

„Komm großes Mädchen", er stupste sie an. „Wir sehen uns bald wieder." Julia drückte ihn ganz fest an sich.

Auch Sophie und Tobias standen eng umschlungen neben dem Auto. Sophie wuschelte durch Tobias´ Haare und knuffte ihn in die Seite.

„Ich freue mich auf unser Wiedersehen", erklärte sie.

Dann stiegen die Jungs in ihr Auto und fuhren davon. Zurück blieb eine schluchzende Julia, die von Sophie umarmt wurde.

„Es dauert doch nicht so lange, bald sehen wir sie wieder", versuchte Sophie zu trösten.

„Das ist eine Ewigkeit", schniefte Julia.

„Vielleicht können wir die Beiden auch mal an einem Wochenende besuchen. So weit ist Köln von hieraus doch nicht", Sophie schaute ihre Freundin an.

Diese nickte und wischte sich die Tränen ab. Gemeinsam packten sie Julias Sachen zusammen. Etwas später schwang sie sich auf ihr Fahrrad und fuhr nach Hause. Barbara hatte versprochen, die große Tasche am nächsten Morgen vorbei zu fahren.

Ein paar Wochen später, der Alltag hatte die Vier bereits wieder, kam ein Brief vom Denkmalamt. Man hatte herausgefunden, dass der Zaubertintenschreiber ein Verhältnis mit einer verheirateten Frau hatte, dies konnte man den Briefen entnehmen. Es handelte sich um die Briefe, die das Liebespaar heimlich hin und her schrieb. Der Zaubertintenschreiber hatte augenscheinlich mit seiner Liebsten fliehen wollen. Die Briefe hatte er verschwinden lassen wollen. Das Säckchen mit den Münzen war wohl für die Flucht bereitgelegt worden. Da die Briefe recht abrupt endeten, ging man davon aus, dass die Flucht vielleicht missglückt war. Eine Erklärung für das Buch in der Nische mit dem Hinweis durch die Zaubertinte gab es leider nicht.

„Schade eigentlich", seufzte Sophie auf dem Pausenhof, als sie mit Julia in einer Ecke stand. „Das Rätsel um Wilhelm hat sich irgendwie mehr gelohnt."

„Man kann nicht immer solche Rätsel finden, die auch noch einen hübschen Finderlohn zum Vorschein bringen", erklärte Julia. „Ich fand es trotzdem sehr spannend, überlege doch mal alleine die Sache mit Herbert und auch Ewald."

„Na die Beiden, die wären sicher sehr enttäuscht, wenn sie wüssten, dass es für die Münzen keinen Finderlohn gibt und sie auch sonst mehr einen ideellen Wert haben", lachte Sophie auf.

„Außerdem, wer sagt denn, dass wir nicht ein weiteres Rätsel lösen?", gab Julia zu bedenken. „In den Ferien, du weißt ja, sie beginnen nächste Woche, werden Tobias und Andreas wieder kommen und der Dachboden in dem alten Haus wartet doch nur darauf, weiter genauer unter die Lupe genommen zu werden."

Lachend schlenderten die Mädchen in das Schulgebäude zurück.

Abenteuer in der alten Burgruine ist nach *Das Geheimnis von Schloss Auersbach* der zweite Teil mit den Protagonisten Sophie, Julia, Tobias und Andreas, die sich in Köln kennengelernt haben. Eigentlich wollen die Vier nur schöne gemeinsame Ferien verbringen. Vor allen Dingen Julia freut sich sehr auf Andreas. Doch dann kommt wieder alles anders und sie schlittern erneut in ein spannendes Abenteuer. Können sie das Rätsel in der alten Burgruine lösen? Ein Abenteuer für Kinder ab 12 und jung gebliebene Erwachsene.

Heike Scholze wurde 1966 in Frankfurt am Main geboren. Nach einer kaufmännischen Ausbildung arbeitete sie zunächst für ein Versandhaus und später bei einer Versicherung. Für ihre Kinder begann sie das Schreiben eines Kinderkriminalromans. In ihrer Freizeit beschäftigt sie sich gerne mit ihrer Enkeltochter. Mit ihrem Mann lebt sie in einem Stadtteil von Frankfurt.